KAMOURASKA

Anne Hébert est née à Sainte-Catherine-de-Fossambault, près de Québec, où elle a fait ses études. Après deux recueils de poèmes et un recueil de nouvelles, *Le Torrent*, elle publie en 1958 *Les Chambres de Bois*, roman chaleureusement accueilli par la critique et qui lui valut le prix France-Canada. Son roman *Kamouraska* a obtenu le prix des Libraires en 1971, *Les Fous de Bassan* le prix Femina en 1982, *L'Enfant chargé de songes* le prix du Gouverneur Général en 1992. Après de longues années passées en France, Anne Hébert est retournée vivre au Québec. Elle s'y est éteinte en janvier 2000.

Anne Hébert

KAMOURASKA

ROMAN

Éditions du Seuil

Quoique ce roman soit basé sur un fait réel qui s'est produit au Canada, il y a très longtemps, il n'en demeure pas moins une œuvre d'imagination. Les personnages véritables de ce drame n'ont fait que prêter à mon histoire leurs gestes les plus extérieurs, les plus officiels, en quelque sorte. Pour le reste, ils sont devenus mes créatures imaginaires, au cours d'un lent cheminement intérieur.

A. H.

TEXTE INTÉGRAL

ISBN 978-2-7578-0399-8
(ISBN 2-02-001146-8, 1re publication broché
ISBN 2-02-001743-1, 1re publication relié,
ISBN 2-02-006123-6, 1re publication poche,
ISBN 2-02-031429-0, 2e publication poche)

© Éditions du Seuil, 1970

L'été passa en entier. Mme Rolland, contre son habitude, ne quitta pas sa maison de la rue du Parloir. Il fit très beau et très chaud. Mais ni Mme Rolland, ni les enfants n'allèrent à la campagne, cet été-là.

Son mari allait mourir et elle éprouvait une grande paix. Cet homme s'en allait tout doucement, sans trop souffrir, avec une discrétion louable. Mme Rolland attendait, soumise et irréprochable. Si son cœur se serrait, par moments, c'est que cet état d'attente lui paraissait devoir prendre des proportions inquiétantes. Cette disponibilité sereine qui l'envahissait jusqu'au bout des ongles ne laissait présager rien de bon. Tout semblait vouloir se passer comme si le sens même de son attente réelle allait lui être bientôt révélé. Au-delà de la mort de l'homme qui était son mari depuis bientôt dix-huit ans. Mais déjà l'angoisse exerçait ses défenses protectrices. Elle s'y raccrocha comme à une rampe de secours. Tout plutôt que cette paix mauvaise.

Il aurait fallu quitter Québec. Ne pas rester ici. Seule dans le désert du mois de juillet. Il n'y a plus personne que je connaisse en ville. Si je sors, on me regarde comme une bête curieuse. Comme ces deux voyous m'examinaient ce matin, en revenant du marché. Longtemps ils m'ont suivie des yeux. Je ne devrais pas sortir seule.

La ville n'est pas sûre en ce moment. Plus moyen d'en douter maintenant. On m'observe. On m'épie. On me suit. On me serre de près. On marche derrière moi. Cette femme, hier, s'attachait à mon ombre. Je sentais son pas égal, son allure obstinée, volontaire, sur mes talons. Lors-

7

que je me suis retournée, la femme s'est cachée, sous une porte cochère. Je l'ai bien vue s'engouffrer là-dedans, vive et agile comme personne au monde, sauf... C'est cela qui me pince le cœur à mourir ; vive et agile comme personne...

J'aurais fort bien pu la semer, cette créature. Prendre un fiacre. Ou changer de trottoir. Entrer dans une boutique. Faire prévenir mon cocher, lui dire d'atteler et de venir me chercher. J'ai continué de marcher sans me retourner. Sûre de traîner après moi, à dix pas, cette suivante entêtée. Marcher, marcher, sans fin. On se retourne sur mon passage. C'est cela ma vraie vie. Sentir le monde se diviser en deux haies pour me voir passer. La mer Rouge qui se fend en deux pour que l'armée sainte traverse. C'est ça la terre, la vie de la terre, ma vie à moi. Un jour, c'est entre deux policiers que j'ai dû affronter cette terre maudite. Moi, moi, Elisabeth d'Aulnières, veuve d'Antoine Tassy, épouse en secondes noces de Jérôme Rolland. Et j'avais envie de rire à la face du monde entier. Ah ! la jolie promenade en traîneau ! De Lavaltrie à Montréal. Le mandat d'arrêt contre moi, les deux policiers qui sentent la bière, la ville de Montréal, traversée en si bel équipage. Le gouverneur de la prison s'excuse et fait des courbettes jusqu'à terre. La porte noire se referme sur moi. Quatre murs moisis. L'odeur des latrines. Le froid. L'acte d'accusation. Cour du Banc du Roi. Terme de septembre 1840. *The Queen against Elisabeth d'Aulnières-Tassy.* Ma folle jeunesse. Les interrogatoires. Les témoins. Il fallait me refaire une innocence à chaque séance, comme une beauté entre deux bals, une virginité entre deux hommes. Je rentre chez moi, après deux mois de réclusion. Raison de santé, raison de famille. Adieu prison et vous Monsieur le gouverneur de la prison. Pauvre homme confus, consolez-vous avec ma servante. Elle demeurera à l'entière disposition de la justice. Prisonnière. Deux ans. Pauvre petite Aurélie Caron. Le temps efface tout. Te revoilà libre, comme ta maîtresse. La vie à refaire. L'extradition de mon amant n'aura jamais lieu. Il y a désistement. Deux ans. Il faut se faire une raison. Se remarier, sans voile ni couronne d'oranger. Jérôme Rolland, mon second mari, l'honneur est rétabli. L'honneur, quel idéal à avoir devant soi, lorsqu'on a perdu l'amour. L'honneur. La belle idée fixe à faire miroiter sous son nez. La carotte du petit âne. La pitance parfaite au bout d'une branche. Et le petit âne affamé avance, avance tout le jour. Toute sa vie. Au-delà de ses forces. Quelle duperie ! Mais ça fait marcher, toute une vie. J'adore marcher dans les rues, l'idée que je me fais de ma vertu à deux pas devant moi. Ne quittant pas cette idée de l'œil, un seul instant. Une surveillance de garde-chiourme. L'idée, toujours l'idée. L'ostensoir dans la procession. Et moi qui emboîte le pas derrière, comme une dinde. C'est cela une honnête femme : une dinde qui marche, fascinée par l'idée qu'elle se fait de son honneur. Rêver, m'échapper, perdre de vue l'idée fixe. Relever mon voile de deuil. Regarder tous les hommes, dans la rue. Tous. Un par un. Être regardée par eux. Fuir la rue du Parloir. Rejoindre mon amour, à l'autre bout du monde. A Burlington. A Burlington. Aux États-Unis : *Par la suite des temps vous laisserez le Canada, n'est-ce pas, dites-moi cela seulement. Dites-moi comment il faudra vous écrire.*

Pauvre cher amour comme il a souffert ! Comme il a eu froid jusqu'à Kamouraska, tout seul, en hiver. 400 milles environ, aller et retour. Amour, amour, comme tu m'as fait mal. Pourquoi te plaindrais-je ? Tu as fui comme un lâche, me laissant derrière toi, toute seule pour faire face à la meute des justiciers. Amour, amour, je te mords, je te bats, je te tue. Ton cher visage jamais plus. Et l'âge qui vient sur moi. Je suis encore indemne, ou presque. Une petite ligne fine de l'aile du nez à la commissure de la lèvre. L'effort quotidien de la vertu, sans doute. Mes beaux jours sont comptés pourtant. Le beau massacre à venir. Autour des yeux, les griffes d'oiseaux en tous sens. La taille qui s'empâte. Saine et sauve, puisque je vous dis que je suis saine et sauve. Après un tel enfer. L'épreuve de l'horreur sur une chair incorruptible. Voyez vous-même ? La salamandre. Mon âme n'a pas encore rejoint mon corps. Toutes mes dents, des seins et une croupe dure. Une pouliche de deux ans. Et grande avec ça. Prestance des vierges indomptées. Un mari, deux maris, et l'amour qui m'a laissée pour compte un soir de février. C'était à Sorel. Après le malheur de Kamouraska. Au retour de mon amour de Kamouraska. Je n'avais jamais été aussi proche du bonheur. Et lui, l'homme unique, il a fui, les mains pleines de sang. Burlington. Burlington. Il me semble que ce nom sonne dans ma tête, comme une cloche grêle. Pour me narguer. Me faire mourir à petit feu. Ding, dong, ding. Inutile de jouer les martyres. Innocente je l'ai été, sans trop d'effort, depuis dix-huit ans. Épouse parfaite de Jérôme Rolland, un petit homme doux qui réclame son dû presque tous les soirs, avant de s'endormir, jusqu'à ce qu'il en devienne cardiaque. Mon devoir conjugal sans manquer. Règles ou pas. Enceinte ou pas. Nourrice ou pas. Parfois même le plaisir amer. L'humiliation de ce plaisir volé à l'amour. Pourquoi faire tant de simagrées. Je n'ai été qu'un ventre fidèle, une matrice à faire des enfants. Huit enfants de celui-ci. Et les trois petits d'avant celui-ci, du temps que j'étais l'épouse d'Antoine Tassy, seigneur de Kamouraska. Cherchez bien le père du troisième fils, les sources premières de mon règne de femme, deux rivières confondues entre mes cuisses. Mon petit Nicolas à qui ressembles-tu ? Tes yeux ? Ce sont les yeux de l'amour perdu. J'en suis sûre. C'est à l'amour qu'il ressemble, mon troisième fils, noir et mince. Ce petit homme. Ce petit démon qui étudie au collège.

Bientôt je serai libre à nouveau. Redevenir veuve. Je voudrais déjà être couverte de crêpe fin et de voiles de qualité. Le noir bon marché ça verdit facilement. Essuyer mes yeux secs, flâner dans une ville inconnue, immense, sans fin, pleine d'hommes. Toutes voiles battantes. Sur la haute mer. La grande ville est comme la mer hautaine et folle. Partir, à la recherche de l'unique douceur de mon cœur. Amour perdu. Toute cette marmaille à porter et à mettre au monde, à élever au sein, à sevrer. Occupation de mes jours et de mes nuits. Cela me tue et me fait vivre tout à la fois. Je suis occupée à plein temps. Onze maternités en vingt-deux ans. Terre aveugle, tant de sang et de lait, de placenta en galettes brisées. Pauvre Elisabeth, prodigue Elisabeth. Mon petit Nicolas, fils unique de l'amour. Le sacrifice célébré sur la neige. Dans l'anse de Kamouraska gelée comme un champ sec et poudreux. L'amour meurtrier. L'amour infâme. L'amour funeste. Amour. Amour. Unique vie de ce monde. La folie de l'amour. *Je vous en prie dites-moi l'état de votre santé et celle du pauvre petit enfant.* Sa dernière lettre interceptée par les juges.

Mme Rolland, très droite, sans bouger le buste, les mains immobiles sur sa jupe à crinoline, approche son visage de la jalousie, jette un regard vert entre les lattes, prête l'oreille, sous les bandeaux de cheveux lissés. Une bouffée chaude et humide monte de la rue. La gouttière déborde et fait un bruit assourdissant. Dans la chambre au velours épais, aux meubles anglais, une voix d'homme s'enroue et marmonne quelque chose d'incompréhensible, au sujet de la gouttière.

On entend, au loin, le pas lourd d'un cheval traînant une charrette. Il est deux heures du matin. Que peut bien faire cette charrette dans le désert de la nuit ? Depuis quelque temps on rôde dans la ville. La charrette se rapproche. Rue Saint-Louis, rue des Jardins, rue Donacona. Silence. Ah mon Dieu ! Les roues cerclées de fer tournent à angle droit, les sabots pesants et fatigués se rapprochent.

Cheval et voiture vont déboucher, d'un instant à l'autre, sous mes fenêtres. C'est pour moi que l'on vient ! Je suis sûre que c'est pour moi. Un jour, une voiture, non, un traîneau plutôt. C'est l'hiver. Derrière moi le bruit des patins sur la neige durcie. On me prend en chasse avec ma tante Adélaïde. Le galop lourd des chevaux, attelés en paire. On espère me rattraper à la course. Aïe ! Les chevaux énormes, le traîneau lancé à ma poursuite. Je crois que je crie, blottie contre l'épaule de ma tante Adélaïde. Vite la frontière américaine et je serai sauvée. Gagner ma petite tante à cette idée. Ma complice effrayée. Vite. Il faut faire vite. L'amour derrière cette ligne imaginaire. La frontière en pleine forêt, la liberté. Ce voyage à Montréal était inutile. Consulter un avocat au sujet du malheur de Kamouraska ? Il est trop tard maintenant, je n'ai plus le choix. Rejoindre mon amour. Vite. Je n'ai que le temps. Vite. Ma petite tante pleure : « Je ferai tout ce que tu voudras. Je me damne avec toi, ma petite fille. Mon Dieu, le malheur est sur nous. Je t'avais bien dit d'être prudente. Folle, folle Elisabeth. C'est la faute à ce monstre d'Antoine Tassy aussi. Tout ce qui arrive est de sa faute. Dieu ait pitié de son âme, et de nous aussi. Pauvres de nous. C'est un bien grand péché, Elisabeth. C'est un bien grand péché... » Il est trop tard pour vivre, maintenant. A la hauteur de Lavaltrie... La police. On m'arrête. Ma petite tante essuie ses yeux. Ah ! Ai-je voulu mourir ? L'ai-je voulu au centre de mes os ? Je veux vivre. Vivre à tout prix.

Mme Rolland referme la fenêtre. Elle se retourne vers son mari. Le dos contre la vitre, l'espagnolette dans sa main, elle mesure l'espace réduit entre la rue ruisselante, une vieille charrette qui grince et l'homme, tout petit, tout rond, tout tendre qui n'en finit plus de penser à la mort qui vient.

— Tu n'as pas encore fait réparer la gouttière ? Comment veux-tu que je m'assoupisse, un seul instant, avec tout ce bruit ?

Mme Rolland n'entend rien d'autre au monde qu'une charrette dans la nuit.

— Tu entends la charrette ?

— Quelle charrette ?

— Dans la rue. La charrette qui grince, le cheval...

M. Rolland prête l'oreille, l'air d'un confesseur ennuyé. La pluie, le vent, des cataractes d'eau débordant de la gouttière. Il n'y a rien d'autre à écouter.

— Tu rêves, ma pauvre Elisabeth. Il n'y a que la pluie qui...

Une flaque de silence s'affale brusquement. La pluie a dû cesser. La charrette s'est sûrement arrêtée devant la porte. Mme Rolland cherche des yeux un refuge dans la pièce. La grande glace en pied reflète le petit guéridon encombré : verres, fioles, médicaments, journaux, livres pieux s'entassent en désordre. Soulevée sur une masse d'oreillers, livide, veille la figure traquée de Jérôme Rolland.

Mme Rolland se redresse, refait les plis de sa jupe, ajuste ses bandeaux. Va vers la glace, à la rencontre de sa propre image, comme on va vers le secours le plus sûr. Mon âme moisie est ailleurs. Prisonnière, quelque part, loin. Je suis encore belle. Tout le reste peut bien crouler autour de moi. Une certitude me soutient au milieu des pressentiments de la peur et de l'horreur des jours. Un homme. Un seul homme au monde, perdu. Être belle à jamais pour lui. L'amour me lave à mesure. Il chasse toute faute, toute peur, toute honte.

M. Rolland voit une image triomphante s'avancer dans la glace. Sa femme lui apparaît telle qu'en lui-même se dresse la mort, transfigurée, tout au long des nuits de cauchemars. L'homme se fait plus petit encore. Il enfonce sa tête dans ses épaules. Se fait lisse et vulnérable, tout son être désossé, sans défense. Une huître hors de sa coquille. Seuls les yeux veillent, pointus, avec quelque chose qui ressemble à de la haine.

Il demande du sucre pour prendre ses gouttes. Elle assure que ce n'est pas encore le moment. M. Rolland réclame Florida. Il fait la moue, sa lèvre inférieure tremble comme celle d'un enfant qui va pleurer. Il a peur. Il supplie qu'on appelle Florida. La voix calme de Mme Rolland précise qu'il est deux heures et demie du matin. Florida dort à cette heure-ci. Les paroles de Mme Rolland, nettes, irréfutables, sonnent dans la nuit. Comme un arrêt de mort. Florida dort, les enfants dorment, le monde entier est hors d'atteinte. Il n'y a que cette femme. M. Rolland est seul, livré au pouvoir maléfique de sa femme qui, autrefois, a... Il supplie qu'on réveille Florida.

– Tu es fou. La pauvre fille reprend son service à six heures. Elle a besoin de sommeil. Ne t'inquiète pas, j'irai chercher le sucre moi-même. Ce n'est pas encore l'heure de ton médicament.

M. Rolland regarde l'heure à la pendule sur la cheminée. Encore quatre heures avant que Florida n'apparaisse dans la porte, maigre et efficace, un sourire béat sur sa face ingrate.

« Monsieur a bien dormi ? Venez que je vous débarbouille un peu. Et puis il ne faut pas oublier vos petits besoins. »

Avec Florida on peut être soi-même, malade et répugnant, épouvanté et résigné, plaintif et injuste. Tandis qu'avec Elisabeth...

– Tu veux boire ? Tu as besoin de quelque chose ?

Il ne faut pas que je boive une seule gorgée quand elle est là. Non. Rien quand elle est là. Elle me tuera. Surtout qu'elle ne me prépare pas mes gouttes elle-même ! Voir le sucre se mouiller, se teindre peu à peu, pendant que cette femme presse le compte-gouttes. Non, non, je ne le supporterai pas. Plutôt mourir tout de suite.

Quelle femme admirable vous avez, monsieur Rolland. Huit enfants et une maison si bien tenue. Et puis voici que depuis que vous êtes malade la pauvre Elisabeth ne sort plus. Elle ne quitte pas votre chevet. Quelle créature dévouée et attentive, une vraie sainte, monsieur Rolland. Et jolie avec ça, une princesse. L'âge, le malheur et le crime ont passé sur votre épouse comme de l'eau sur le dos d'un canard. Quelle femme admirable.

– Je t'en prie. Va chercher Florida.

Mme Rolland sait qu'il ne faut pas contrarier les malades. Plutôt essayer de les intéresser à autre chose, comme les enfants.

– Tu veux que je te fasse la lecture ?

Mme Rolland fouille parmi les livres empilés sur la table de chevet. M. Rolland désigne un livre.

– Tu vois là, les *Poésies liturgiques* ? La page marquée d'un signet ?

Jérôme observe le visage de sa femme. Celle-ci a ouvert le livre, à la page marquée. « Jour de colère, en ce jour-là. » Un passage est souligné, d'un trait de crayon. « Le fond des cœurs apparaîtra – Rien d'invengé ne restera. »

Feindre de ne rien comprendre des manigances du petit homme, appuyé sur cinq oreillers de plumes. « Le fond des cœurs apparaîtra. » Parle pour toi, le fond de ton cœur, à toi, livré, retourné comme un vieux gant troué. Ainsi tu n'as jamais cru à mon innocence ? Tu m'as toujours crainte comme la mort ? Découvrir cela après dix-huit ans. Me menacer de vengeance éternelle. Te réfugier sous les paroles du livre saint. Jérôme me regarde par en dessous, surveillant l'effet de ses pointes. Je suis ta femme fidèle ! Fidèle ! Depuis dix-huit ans. Innocente ! Je suis innocente ! Ta suspicion. Toi si bon. Le sol se dérobe sous mes pieds. Mais tu n'en sauras rien. Tu n'as aucune prise sur moi. Ne rien donner de soi. Ne rien recevoir. Que les époux demeurent secrets, l'un à l'autre. A jamais. Amen.

– Pourquoi souris-tu comme ça ?

– Pour rien. C'est nerveux. La fatigue sans doute...

Monsieur Rolland, votre femme se fatigue. Il est trois heures du matin. Vous ne pouvez exiger que la pauvre créature veille encore, partage avec vous l'insomnie, jusqu'au point du jour ?

– Je t'ai déjà demandé d'aller chercher Florida. Comme ça tu pourrais aller dormir en paix.

Du sucre, du sucre, il faut du sucre. C'est l'heure de votre médicament, monsieur Rolland. Il ne faut pas dépasser l'heure prescrite. C'est grave, cette agitation qui s'ébranle dans votre poitrine. Il faut la conjurer à temps, sans cela vous êtes perdu, monsieur Rolland. Le désastre se prépare. Un petit retard de rien du tout dans votre respiration et votre cœur suffoquera. Fera des sauts de carpe, hors de l'eau. Votre sang tout entier n'arrivera pas au cœur. Une carpe demande de l'air. La vie ! Vous allez étouffer, monsieur Rolland. Du sucre, du sucre ! Vos gouttes !

– Je descends chercher du sucre.

Cette voix paisible. M. Rolland arrache les boutons de son col de chemise. Sa face ruisselle. Mme Rolland se

16

penche sur lui ; ses seins rebondis, sous l'étoffe du corsage étroit. Elle essuie le visage suant de son mari. Sa voix inaltérable dit :

— Ça ne sera rien. Ne t'inquiète pas. Je cours chercher du sucre.

A quoi bon réclamer Florida ? Un mot de plus et la provision d'air sera épuisée dans la cage de votre cœur. Cet amas de broussailles dans votre poitrine, ce petit arbre échevelé où l'air circule avec tant de peine. Il ne faut plus puiser d'air dans ce buisson qui devient sec. Ne pas appeler Florida. Supplier des yeux seulement. Les gouttes, les gouttes...

Elisabeth est sortie de la pièce en courant.

L'ordonnance du médecin est formelle : cinq gouttes sur un morceau de sucre, toutes les quatre heures. Dans quatorze minutes, exactement, il sera l'heure.

Relevant ses jupes à pleines mains, Mme Rolland se presse dans l'escalier. Seule sa promptitude peut encore empêcher le mauvais sort de fondre à nouveau sur la maison.

Il est des instants si fulgurants que la vérité se précipite à une vitesse folle. Découvre son sens le plus secret, son angoisse la plus aiguë. Vite ! Vite ! Il faut conjurer le danger. Empêcher à tout prix que l'ordre du monde soit perturbé à nouveau. Que je fasse défaut un seul instant et tout redevient possible. La folie renaîtra de ses cendres et je lui serai à nouveau livrée, pieds et poings liés, fagot bon pour le feu éternel.

Mme Rolland descend aussi vite que ses jambes et ses jupes le lui permettent. Le sucre ! Le sucre ! Il faut trouver du sucre ! A chaque marche l'éclat jaune des baguettes de cuivre jaillit comme un éclair, emplit le cœur de Mme Rolland d'une joie démesurée. Comme si elle retrouvait à mesure les signes rassurants de sa maison bien assise.

Il n'y a pas de sucre à l'office. Qu'est-ce que Florida a bien pu faire du sucre ? Mme Rolland a beau fouiller, déplacer le sucrier vide, les salières, le moutardier. Rien. Toujours rien. Le sucre devrait être là pourtant, intarissable, renouvelé dans l'ombre par des mains vouées au sucre. Depuis le temps que cela fonctionne ainsi. Depuis le premier jour du mariage d'Elisabeth d'Aulnières avec

18

Jérôme Rolland. Ainsi pour le sel, la farine, l'huile, les œufs. Des provisions sûres, l'une suivant l'autre, selon les saisons, comme les phases de la lune. L'ordre impeccable. Mais qui a bien pu déplacer le sucre ? Ou, ce qui serait plus grave encore, le laisser s'épuiser ? Réveiller Florida. Cinq gouttes sur un morceau de sucre, toutes les quatre heures. Je suis complice, je suis sûre que je suis complice. Comment ai-je pu laisser le sucre disparaître ainsi ? Mon Dieu ! Les enfants ! Comment n'y ai-je pas pensé plus tôt ? Ce sont sans doute les enfants... Anne-Marie peut-être ? Ou le petit Eugène qui emplit toujours ses poches de sucre ? Les enfants ! Mme Rolland éprouve soudain le désir impérieux de les réveiller immédiatement, de les faire descendre tous de leur troisième étage ensommeillé, tel un grand dortoir. Elle voudrait grouper ses enfants autour d'elle, bien serrés dans ses jupes. Leur demander assistance et secours. Faire face avec eux en un seul bloc indestructible. Il faudrait peut-être aussi aller chercher les deux aînés, étudiants à Oxford ? Chapeau haut de forme, favoris blonds, beaux jeunes étrangers qu'un premier mari, brutalement, lui a un jour semés dans le ventre.

Réveiller tous les enfants. S'en faire un rempart. Les lâcher dans la maison, les mettre aux fenêtres, les poster à la porte de la rue. Les laisser, tous à la fois, grimper les escaliers en frappant du talon, en chantant et criant, se bousculant. Tous ces braves petits aux bonnes opulentes enrubannées. Tous ces chers petits nourris à la mamelle, puis sevrés, suralimentés à nouveau, pissant et bavant dans la dentelle et le cachemire. Gavés, lavés, repassés, amidonnés, froufroutés, vernis et bien élevés. Chapelets, dominos, cordes à sauter, scarlatine, première communion, coqueluche, otites, rosbif, puddings, blé d'Inde, blancs-mangers, manteau de lapin, mitaines fourrées. Crosse et toboggan. Ursulines et petit séminaire. Nous n'irons plus au bois. Sonatines de Clementi. La belle enfance qui pousse et s'étire sur la pointe des pieds. Huit petits dragons, mâles et femelles, prêts à témoigner pour elle, Elisabeth d'Aulnières. Sept sacrements plus un. Sept péchés capitaux, plus un. Sept petites terreurs, plus une. Soudain réveillées. Poussant leur cri de guerre. Sept petites sagesses, plus une, en col marin, baissant les yeux, chantant d'une voix suave : « Au ciel, au ciel, j'irai la voir un jour. » Il n'y a qu'à les laisser faire. Improviser quelques beaux cris du sang. Quel vacarme ! Quel chœur d'anges cornus si l'on ose montrer leur mère du doigt. Avons-nous déjà manqué de sucre ou de confiture ? Allons ? Répondez mes enfants, tous sans exception. Même le tout noir et mince enfant de l'amour. Mon petit Nicolas. Et les deux jeunes seigneurs aînés à la tête bien faite par l'Angleterre hautaine. Et vous, Eugène et Sophie, et vous, Anne-Marie, si sage et empesée, qui toujours surveillez la dentelle de votre pantalon de nansouk, dépassant votre jupe à crinoline. Et vous, Jean-Baptiste, qui bégayez un peu et rêvez, la bouche pleine de cailloux, de prêcher la retraite à la Basilique. Et vous, Éléonore, toute petite fille au bavoir brodé, qui n'avez jamais quitté la nursery. Vos témoignages sont irréfutables. Et vous n'aurez qu'à retourner dormir lorsqu'on vous aura entendus. Votre père, M. Rolland, ne vous aime jamais autant que lorsque vous dormez, tout là-haut, au troisième étage, sous les toits. Veillés par des bonnes triées sur le volet. A l'abri des parents. Protégés des crimes des parents par les caresses bourrues des paysannes en bonnets tuyautés.

Le sucre ! Sonner Florida ! La tancer vertement pour sa négligence. Le timbre de la sonnette déchire le silence de la nuit, se répercute en ondes sonores, aux quatre coins de la maison endormie. Mme Rolland est épouvantée par tout ce fracas. Elle tient encore le cordon dans sa main. Sa main éprouve la vibration de la sonnerie par petits coups décroissants. Lâcher ce cordon, avant qu'il ne soit trop tard, avant que ne se déclenche une immense clameur réveillant toute la ville. Une sorte de carillon hanté tirant à lui toutes les sonneries les plus stridentes. Cette fois, le coup est parti tout seul. C'est dans le bras même de Mme Rolland qu'il éclate. Du bout des doigts jusqu'à l'attache de l'épaule. Comme une décharge électrique. Un silence bref, puis une réponse timide, à peine appuyée. La sonnette de la porte d'entrée. Un coup. Un seul qui reste en l'air. Inachevé.

Mme Rolland bondit, trouve le sucrier, caché derrière la corbeille à pain. Jette des morceaux dans sa jupe qu'elle relève d'une main. Reprend la lampe allumée. Grimpe l'escalier, hors d'haleine. Se retrouve devant son mari. Dieu soit loué, cet homme est vivant. Il sourit vaguement.

Ce n'est rien que l'angoisse...

Mme Rolland compte les gouttes, sa main tremble. Il faut lui faire confiance et la rassurer. Empêcher par tous les moyens sa main de trembler. Il est indispensable de se réconcilier avec cette femme qui tremble. La vie en dépend. Jérôme sourit encore, avec effort. Il sent sa bouche qui sèche sur ses dents.

— Elisabeth, calme-toi je t'en prie.

Mme Rolland s'avance tout près de son mari. Elle mesure les gouttes jusque sous son nez.

— Compte avec moi, veux-tu...

Faire compter les gouttes par son mari, partager sa défiance. Accepter d'être contrôlée par lui, subir cet affront. Consentir à cette surveillance infâme, après toute une vie d'épouse modèle. Tout, plutôt que d'être à nouveau complice de la mort.

M. et Mme Rolland sont sauvés à nouveau, joints ensemble, pareils aux doigts de la main. Exactement mariés et unis, simplifiés à l'extrême. Une seule attention effrénée, une seule vie ramassée, une seule crainte, un seul désir, une seule prière : bien mesurer les gouttes. Surtout ne pas trembler. Les laisser tomber, une à une, bien espacées et nettes, comme des larmes rondes.

Le mari croque son sucre, avec reconnaissance. Il ferme les yeux de fatigue et de gratitude. Vivre encore. Vivre. Quelle femme extraordinaire que la sienne. Mais quel tourment agite encore Elisabeth ? Ne se calmera-t-elle donc jamais ? Ne me laissera-t-elle pas me reposer enfin ? Dormir, entraîner ma femme avec moi dans un sommeil profond, sans mémoire, ni appréhension de l'avenir, à jamais gagné. Un seul présent de sommeil et de paix. Ma femme avec moi. Dormir. « Le fond des cœurs apparaîtra. » Dormir ensemble. *In pace*.

Elisabeth continue de trembler.

– Jérôme, tu as entendu la sonnette ?

M. Rolland ouvre un œil morne.

– La sonnette ? Quand tu as voulu appeler Florida ?

– Non, non, la sonnette de la porte d'entrée ?

– La sonnette de la porte d'entrée ? A cette heure-là ? Tu es folle !

Oui, oui, je suis folle. C'est cela la folie, se laisser emporter par un rêve ; le laisser croître en toute liberté, exubérant, envahissant. Inventer une horreur à propos d'une charrette égarée dans la ville. S'imaginer qu'un charretier sonne à la porte en pleine nuit. Rêver au risque de se détruire, à tout instant, comme si on mimait sa mort. Pour voir. Inutile de se leurrer, un jour il y aura coïncidence entre la réalité et son double imaginaire. Tout pressentiment vérifié. Toute marge abolie. Tout alibi éventé. Toute fuite interdite. Le destin collera à mes os. Je serai reconnue coupable, à la face du monde. Il faut sortir de ce marasme tout de suite. Confondre le songe avant qu'il ne soit trop tard. S'ébrouer bien vite dans la lumière. Secouer les fantasmes. Le salut consiste à ne pas manquer sa sortie au grand jour, à ne pas se laisser terrasser par le rêve. Reprendre son allure de reine offensée, retrouver sa morgue et sa hauteur. Ainsi qu'au beau temps des interrogatoires. « Comment peut-on faire peser sur moi un aussi injurieux soupçon ? » Décliner son nom. Se nommer Elisabeth d'Aulnières à jamais. Habiter toute sa chair intacte, comme le sang libre et joyeux.

Mme Rolland va à la fenêtre, d'un geste large elle ouvre la jalousie, la rabat sur le mur. Autant en avoir le cœur net. On verra bien si cette charrette de malheur existe.

Un vieux cheval, tête basse, attelé à un tombereau couvert d'une bâche, semble dormir dans la rue, devant la porte cochère des Rolland. Sur la charge minable, des légumes probablement, le cocher, tout petit et frêle, courbe le dos sous la pluie, les coudes aux genoux, la tête dans les mains. On dirait un enfant têtu, enfermé à double tour dans sa misère ruisselante.

Mme Rolland retient un cri. Se précipite vers son mari. S'agenouille près du lit.

— Jérôme, il y a une charrette arrêtée dans la rue, à notre porte !

A ce moment précis la charrette s'ébranle, et cahote. S'éloigne lentement.

M. et Mme Rolland se taisent. Longtemps ils suivent le bruit de l'attelage s'enfonçant dans la nuit. L'humidité du dehors s'établit dans la chambre, comme une brise fraîche. Mme Rolland ne parvient pas à bouger. M. Rolland frissonne.

— Je t'en prie, Elisabeth. Ferme la fenêtre.

— J'ai si peur, si peur...

Elisabeth appuie sa tête sur la couverture, cherche la main de son mari avec sa joue.

Cet homme me protège, jusqu'à un certain point seulement. Si l'horreur devient trop vraie et emplit la nuit du fracas d'une vieille charrette, Jérôme s'y laissera prendre avec moi. Pris au piège tous les deux. C'est cela le mariage, la même peur partagée, le même besoin d'être consolé, la même vaine caresse dans le noir.

— Elisabeth, ferme la fenêtre. J'ai froid.

Elisabeth referme la jalousie et la fenêtre. Encore un peu elle tirerait les rideaux. Pour se protéger, se barricader contre toute attaque de l'extérieur. Le jour point déjà. Quelle heure sinistre que l'aube, ce moment vague entre le jour et la nuit, lorsque le corps et la tête flanchent tout à coup et nous livrent au pouvoir occulte de nos nerfs. Toute la nuit sans dormir. L'insomnie nous a défaits.

Monsieur Rolland, ce n'est pas encore la mort. Et voyez pourtant quelle noyade. La fatigue vous recouvre d'une longue lame, épaisse, lourde, roule sur vous son large, lourd mouvement. Vous couche sur le sable, sans force, épuisé, goûtant le sel et la vase, quasi sonore de douleurs. De par tout le corps une telle exaspération. La douleur reconnaissable, sonnant juste sous l'ongle, à fleur de peau. A votre chevet votre femme a repris sa solitude.

Il faudrait la rappeler cette femme, sans tarder. La ramener sur l'étroite margelle de ce monde, là où vous filez votre dernier coton, monsieur Rolland. Vous ne pouvez rester seul ainsi, c'est intolérable, cette angoisse, cette mince passerelle. Vous n'avez que juste l'espace d'y hisser de force une personne vivante qui vous accompagnera encore un petit bout de chemin. Il faut l'appeler. Vite.

– Elisabeth !

Mme Rolland est à cent lieues de là, perdue dans la contemplation de son poignet de dentelle droit. Absorbée, attentive et minutieuse. Myope et forcenée.

Il faudrait avoir la santé de violer cette femme. La ramener de force avec nous, sur le lit conjugal. L'étendre avec nous, sur notre lit de mort. L'obliger à penser à nous, à souffrir avec nous, à partager notre agonie, à mourir avec nous. L'insaisissable qui est notre femme, la coupable qui ne fut jamais pardonnée, notre femme, notre beauté corrompue. La convaincre du péché, la prendre en flagrant délit d'absence. Rompre le pacte du silence. Agiter le passé sous son joli petit nez, feindre un air détaché.

— Elisabeth ! Elle s'appelait comment cette fille ?

— Quelle fille ? Que veux-tu dire ?

La voix d'Elisabeth est terne, distraite. Elle semble à présent passionnément intéressée par la dentelle de son poignet gauche, identique à celle du poignet droit. Elle compare avec gravité les deux poignets sous la lampe.

— Tu sais bien, celle qui fumait la pipe ? Elle s'appelait Aurélie Caron. Je me souviens maintenant...

Jérôme Rolland a articulé chaque syllabe nettement. Terrifié, il attend maintenant la réaction d'Elisabeth. Comme si elle pouvait se venger à coups de pierres.

Elisabeth pâlit et frissonne de la tête aux talons.

— Pourquoi parles-tu de cela ? Qu'est-ce qui te prend ?

Le silence. Puis une sorte de cicatrice fraîche sur le silence. La petite question insidieuse de Jérôme Rolland se glisse au fond. Le silence refermé. Le silence recousu à grandes aiguillées.

Mme Rolland saisit la carafe. Cherche une diversion, feint d'oublier la question, affiche une face compatissante de sœur de charité. Elle verse l'eau dans un verre. S'approche de son mari.

— Tu veux boire un peu d'eau ?

M. Rolland ferme les yeux. Refuser carrément de boire. Il attend Florida. Le temps ne compte plus. Pourquoi ménager Elisabeth ? Pourquoi ne pas lui témoigner enfin notre profonde méfiance ? Lui avouer que l'on n'a jamais été dupe de son innocence ?

— Non je ne veux pas boire maintenant. Je préfère attendre Florida.

Mme Rolland range la carafe et le verre. L'impudeur des mourants. Jérôme Rolland n'a plus rien à perdre.

Comme il me méprise, lui, le jeune fiancé d'autrefois, éperdu de reconnaissance : « Elisabeth, vous, ma femme ! Je n'aurais jamais osé espérer un aussi beau cadeau. »

Elisabeth s'est assise très loin du lit. Elle appuie sa tête au dossier du fauteuil, des mèches glissent de son chignon, ses yeux sont cernés, sa bouche forte se gonfle de sang. Moi non plus je n'ai pas dormi de la nuit. Je suis folle et lucide. Cette fièvre de l'insomnie si tu savais, Jérôme mon mari, comme je la partage avec toi. Tous deux ensemble dans un même délire, attelés ensemble dans une même besogne. Ces grands filets marins que l'on traîne, ensemble. Le fond de l'océan raclé de ses pauvres trésors. La précise mémoire des fous ramène les faits comme des coquillages. La première fois, Jérôme, lorsque tu t'es approché de mon lit, tout rond et gras, perdu dans ton immense robe de chambre à brandebourgs et à carreaux, j'avais envie de rire et je fredonnais dans ma tête : « Mon père m'a donné un mari. Mon Dieu qu'il est petit ! » Tu as surpris mon regard sur toi. Cette tristesse incrédule dans ton œil gris, ce muet reproche. L'échec de la première nuit. Mon Dieu est-ce donc possible que rien ne s'efface en nous ? On vit comme si de rien n'était et voici que le poison au fond du cœur remonte soudain, Jérôme ne m'a sans doute jamais pardonné. Ce nom d'Aurélie Caron qu'il écume du fond de l'eau croupie, comme une arme rouillée, pour me tuer.

M. Rolland murmure distinctement à deux reprises : « Aurélie Caron », « Aurélie Caron ». Elisabeth ne bronche pas. Elle sent son front se couvrir de sueur. Il a le délire, certainement, autrement il n'oserait pas.

M. Rolland respire mal. Il voudrait rejeter dans les ténèbres ce nom de fille peu recommandable. C'est une épée à deux tranchants qui me retombe dessus. Me déchire la poitrine. Aurélie Caron tient par toutes les fibres de son être au cœur criminel d'Elisabeth d'Aulnières, ma femme, devant Dieu, et devant les hommes. Je ne veux rien savoir, j'ai juré de ne rien savoir, de vivre les yeux fermés. Ah !

mon Dieu j'étouffe avec toute cette saleté de mémoire dans les veines.

Elisabeth revient près du lit. Contemple la face altérée de son mari.

– Calme-toi. Essaie de dormir un peu. Florida ne devrait plus tarder à présent.

M. Rolland ferme les yeux. Quelle bonne femme vous avez, monsieur Rolland, attentive au moindre mouvement de la mort, sur votre visage blême.

Elisabeth redevient paisible. Elle redresse son chignon, entoure ses épaules d'un grand châle. Pourquoi ne pas en prendre son parti ? Se décharger de cet homme à la fin ? Tant pis. C'est lui qui l'aura voulu. Que tout se règle donc entre Florida et lui, entre la mort et lui. N'a-t-il pas réclamé Florida à plusieurs reprises ? Eh bien qu'elle s'en occupe à présent, moi je m'en lave les mains. J'abandonne mon mari sans retour à Florida. Me reposer enfin. M'étendre dans le grand lit, en long, et en travers. Vivre. Quel crime est-ce là quand on a surpris une seule fois le regard avide de Florida flairant la mort ? Cette grande bringue soudain ranimée. Le changement subit de la bonne pressentant la fin de son maître. Une gourde qui sort de sa balourdise. Une cataleptique qui retrouve l'usage de sa vie. Une égarée qui trouve son sens et sa voie. Mon Dieu est-ce possible ? La mauvaise servante baye aux corneilles, laisse déborder le lait sur le feu, casse les verres et les assiettes, chausse les enfants tout de travers. La bottine droite dans le pied gauche et vice versa. Que ferons-nous de cette fille ! Elle n'est bonne à rien. Ne vaudrait-il pas mieux la renvoyer dans son village ? Il a suffi que Jérôme ait sa dernière crise devant sa bonne pour qu'elle émerge du fin fond de la nuit. Se transfigure. Découvre sa vocation funèbre. La transformation est complète. Regard vif et gestes précis, voilà Florida, deuxième manière. Étrange, légère créature qui s'apprête à célébrer, selon les rites, les derniers moments de Jérôme Rolland. Sangsues et cataplasmes, bouillotte et lait de poule, compresses et extrême-onction, larmes et linceul. Rien ne manque et rien ne manquera. Vous pouvez vous fier à Florida. Madame pourra pleurer en paix. Je m'occuperai de tout.

Elle est déjà là, dans l'encadrement de la porte. On ne l'entend jamais venir, sur ses chaussons de feutre. Le pas massif, étouffé, les larges pieds écartés l'un de l'autre. Cette longue encolure courbée qu'elle a Florida, avec une petite tête nattée qui se balance. Un air cheval de corbillard agitant ses petites tresses grises, nouées de noir. Florida sourit de toutes ses dents blanches et longues.

– C'est jour de marché. Il y a déjà des charrettes qui passent dans la rue. Madame peut aller dormir. Il n'y a pas à s'inquiéter pour Monsieur. Je suis là.

Florida soulève Jérôme Rolland dans ses bras robustes, le retourne, comme un paquet léger. Lui enlève sa chemise mouillée de sueur, le lave et lui remet une chemise propre. Elisabeth se sent de trop, s'efface. Elle se penche à la fenêtre. Perçoit derrière son dos, dans la chambre livrée à Florida, toute une activité matinale d'hôpital.

Mme Rolland abandonne son mari aux mains expertes qui l'apaisent et le possèdent. Elle quitte la pièce furtivement, tandis que M. Rolland, soulagé, lavé et rasé, s'endort d'épuisement dans ses draps frais. Florida veille, immobile sur sa chaise, tout contre le lit. M. Rolland rêve qu'il repose à jamais dans le giron de Florida.

Chassée ! Je suis chassée de la chambre conjugale. Chassée de mon lit. Depuis dix-huit ans cet homme doux à mon côté, dans un grand lit de bois sculpté, matelas de plumes, draps de toile. Me voici seule dans le petit lit ridicule de Léontine Mélançon, institutrice des enfants. Mademoiselle, depuis hier, dort sur un sofa dans la chambre d'Anne-Marie. Mon mari est si malade. Cela sent l'encre et la vieille fille ici. Il faut dormir. Dormir. Bien vite avant que ne s'éveillent les enfants là-haut. M'habituer à dormir seule. Supporter l'horreur des rêves. Toute seule, sans le recours à l'homme, sans le secours de l'homme. Présence d'un corps sous les couvertures. Chaleur rayonnante. L'étreinte qui rassure. Absolution de tout mal, brève éternité, réconciliation avec le monde entier. Mon petit Jérôme je puis bien te l'avouer maintenant, sans toi je serais morte de terreur. Dévorée, déchiquetée par les cauchemars. L'épouvante se lève comme un orage ! Un homme plein de sang gît à jamais dans la neige. Je le vois là ! Son bras gelé dur, levé, tendu vers le ciel ! Ah ! Jérôme mon mari. J'ai si peur ! Prends-moi une fois, une fois encore que je retrouve mon salut. Un peu de paix. Le sommeil enfin !

Mme Rolland se redresse sur le lit de Léontine Mélançon, s'étonne de se retrouver là tout habillée, étendue. J'ai dû m'assoupir.

Elle s'y prend à deux reprises pour défaire les couvertures bordées serré, sans un pli. Elle dégrafe son corsage, sa ceinture. Elle rêve d'appeler pour qu'on lui enlève ses longues bottines, mais n'ose le faire de crainte d'éveiller les enfants. La bouche pleine d'épingles à cheveux elle se penche pour déboutonner ses bottines, s'étouffe avec une épingle, manque de l'avaler. Pleure à gros sanglots, des mèches fauves plein les yeux. Un sein déborde du corset.

Elle s'allonge enfin. Par-dessus les couvertures. Cette odeur aigre de vierge mal lavée, non, non je ne puis supporter cela ! Elisabeth ferme les yeux.

Coupable ! Coupable ! Madame Rolland vous êtes coupable ! Elisabeth se redresse d'un bond. Prête l'oreille. A l'étage au-dessous le pas solennel de Florida s'affaire autour du lit de Jérôme. Mon mari serait-il plus mal ? Non, car Florida me préviendrait sûrement. Il faut dormir. C'est la faute de cette fille lugubre, aussi. Il n'aurait pas fallu lui abandonner mon mari malade. Qui sait quelle cérémonie démoniaque elle est en train de comploter avec lui. Mon pauvre mari de connivence avec Florida, pour se perdre à jamais. Mon mari meurt à nouveau. Doucement dans son lit. La première fois c'était dans la violence, le sang et la neige. Non pas deux maris se remplaçant l'un l'autre, se suivant l'un l'autre, sur les registres de mariage, mais un seul homme renaissant sans cesse de ses cendres. Un long serpent unique se reformant sans fin, dans ses anneaux. L'homme éternel qui me prend et m'abandonne à mesure. Sa première face cruelle. J'avais seize ans et je voulais être heureuse. Voyou ! Sale voyou ! Antoine Tassy seigneur de Kamouraska. Puis vient l'éclat sombre de l'amour. Œil, barbe, cils, sourcils, noirs. L'amour noir. Docteur Nelson, je suis malade et ne vous verrai plus. Quel joli triptyque ! La troisième face est si douce et fade, Jérôme. Jérôme, Florida s'occupe de toi. Et moi, je veux dormir ! Dormir !

On dirait que Florida déplace des meubles ? Qu'est-ce qu'elle peut bien faire ? Toute la maison lui appartient à présent. Elle ordonne, dispose, prépare les meubles et les chambres pour la cérémonie. Elle ouvre la porte cochère toute grande. J'entends les deux battants qui claquent. Je suis sûre que Florida a ouvert la porte sur la rue. Qu'est-ce qui lui prend ! Le songe ! Est-ce le songe ? Florida avec ses mollets de coq. Je sais qu'elle monte la garde sur le trottoir. Je la vois très bien maintenant, je l'entends et je la vois. Elle porte une hallebarde sur l'épaule droite, un vrai suisse à l'église. Ce tablier amidonné qu'elle a mis ce matin, tout papillonnant sur son corps sec. Elle proclame des horreurs à l'adresse des passants de la messe de sept heures : « Oyez ! Braves gens, oyez ! Monsieur se meurt. C'est Madame qui l'assassine. Venez. Venez tous. Nous passerons Madame en jugement. Nous passerons Madame à la casserole comme un lapin qu'on fend au couteau dans toute sa longueur. Cric son sale ventre plein de sales tripes. Oyez ! Braves gens oyez ! L'acte d'accusation est écrit en anglais. Par les maîtres de ce pays :

At her majesty's court of kings' bench the iurors for our Lady the Queen upon their oath present that Elisabeth Eleonore d'Aulnieres late of the parish of Kamouraska, in the county of Kamouraska in the district of Quebec, wife of one Antoine Tassy, on the fourth day of january in the second year of the reign of our sovereign Lady Victoria, by the grace of God of the united kingdom of Great Britain and Ireland, Queen, defender of the faith, with force and arms at the parish aforesaid, in the county aforesaid, wilfully, maliciously and unlawfully, did mix deadly poison, towit one ounce of white arsenic with brandy and the same poison mixed with brandy as aforesaid towit on the same day and year above mentioned with force and arms at the parish aforesaid in the county aforesaid, feloniously, wilfully, maliciously, and unlawfully did administer, to and cause the same to be taken by the said Antoine Tassy then and there being a subject of our said Lady the Queen with intent in so doing feloniously, wilfully and of her malice aforethought to poison, kill and murder the said Antoine Tassy, against the peace of our said Lady the Queen, her crown and dignity.

Oyez ! La cour est ouverte ! »

Quel cri aigu et guttural à la fois, j'en ai le crâne transpercé. Florida est le diable. J'ai pris le diable à mon service. C'est la seconde fois, madame Rolland. C'est la seconde fille de l'enfer que vous engagez chez vous. La première s'appelait Aurélie Caron. Aurélie Caron, Madame s'en souvient-elle ? Non ce n'est pas vrai. Je ne sais de qui vous voulez parler.

Elisabeth se prend la tête à deux mains. Chaque cri se change en coup ; je vais mourir. Elle se dresse sur son séant. La petite chambre de Léontine Mélançon est maintenant envahie de lumière. C'est le plein matin. Là-haut les enfants font un beau vacarme, piaffent et piaillent à qui mieux mieux. Soudain deux cris perçants s'élèvent à nouveau, dominant le tumulte, déchirant l'air. L'enfant qui crie ainsi le fait sans rage ni douleur, juste pour le plaisir de donner toute sa voix, par-dessus la masse de ses frères et sœurs.

Mme Rolland met sa robe de chambre, grimpe l'escalier en trombe. La voici hagarde, essoufflée dans la nursery. Elle claque avec vigueur le petit Eugène qui de surprise oublie de pleurer.

— Ton père qui est malade. Tu n'es pas fou de crier comme ça !

Le désordre de la pièce est indescriptible. Des restes de pain émiettés sur le tapis, une tasse de lait renversée. Un grand cheval de bois couché sur le flanc a l'air de tendre le cou vers la flaque de lait. Du linge sale en tas. La petite Éléonore, à moitié nue, montre ses petites fesses irritées. Mme Rolland secoue la bonne d'enfant par les épaules. Une pluie d'épingles à cheveux tombe autour de la fille ainsi agitée par une main ferme.

— Ma pauvre Agathe vous n'êtes qu'une bête !

— Florida avait promis de m'aider. Je peux pas tout faire toute seule, moi.

En un tour de main Mme Rolland talque le derrière de la petite Éléonore qu'elle revêt d'un joli pantalon brodé. Le cheval de bois est remis sur pied. Agathe débarrasse le linge sale, essuie le lait renversé par terre, époussette les miettes tombées. Tout s'apaise. Les enfants habillés, coiffés, calmés ont des poses charmantes autour de leur mère. Agathe joint les mains devant un aussi touchant tableau.

– On dirait la reine avec ses petits princes autour d'elle !

La vérité sort de la bouche des innocents. La reine contre Elisabeth d'Aulnières, quelle absurdité. Comment ose-t-on m'accuser d'avoir offensé la reine ? Lorsqu'il est prouvé que je lui ressemble, comme une sœur, avec tous mes enfants autour de moi. Je ressemble à la reine d'Angleterre. Je me calque sur la reine d'Angleterre. Je suis fascinée par l'image de Victoria et de ses enfants. Mimétisme profond. Qui me convaincra de péché ?

La voix flûtée de la petite Anne-Marie s'élève soudain.

– Mais maman est en robe de chambre ! Ses cheveux sont en désordre. Et puis son visage a l'air tout rouge !

Quelle peste que cette petite fille sage et trop lucide. En un clin d'œil le charme est rompu, la fausse représentation démasquée. Le désordre de la toilette de Mme Rolland jure comme une fausse note. Un si joli tableau d'enfants soignés et tirés à quatre épingles. Agathe semble honteuse de s'être laissé prendre par d'aussi pauvres apparences.

– Ô maman laisse-moi te coiffer !

Anne-Marie supplie, les yeux brillants. Un bon moment Elisabeth se laisse tirer les cheveux par sa fille. Coups de peigne et de brosse se multiplient sans succès sur une chevelure somptueuse et embroussaillée.

Bon, offrons-leur sans vergogne l'envers de l'image de Victoria. Que ces enfants soient déconcertés et perplexes un bon coup. Cela les rendra moins bêtes. Cheveux et vêtements en désordre, voici votre mère, émergeant d'un sommeil de quelques heures, visité par les démons. Anne-Marie ma petite tu trouves que j'ai le visage rouge ? Tu ne peux savoir comme ta remarque m'atteint et me tourmente. Ta petite voix d'enfant tire au jour une autre voix enfouie dans la nuit des temps. Une longue racine sonore s'arrache et vient avec la terre même de ma mémoire. L'accent rude et effrayé de Justine Latour qui témoigne devant le juge de paix.

– Pendant le voyage du docteur Nelson à Kamouraska, Madame était encore plus rouge et plus agitée que d'habitude.

Expédions les enfants pour la journée. Anne-Marie et Eugène chez la tante Églantine qui les a invités, Mademoiselle les accompagnera. Quant aux autres qu'Agathe les emmène au jardin du fort. Qu'ils se promènent jusqu'à la nuit. Amen. Je n'aurai plus qu'à m'habiller et à attendre le docteur qui ne tardera plus maintenant.

Rhabillée, rafistolée, au garde-à-vous, Mme Rolland reprend son poste au chevet de son mari. Le docteur est catégorique :

– Votre mari peut partir d'un moment à l'autre.

Ne plus quitter Jérôme Rolland de l'œil, le veiller comme le mystère même de la vie et de la mort. Surprendre la main de Dieu saisissant sa proie, rassurer cette pauvre proie humaine. Être vigilante jusqu'à l'extrême limite de l'attention. Accéder à l'ombre du moindre désir de cet homme. Être là. Lui donner à boire, lui dire bonjour, lui dire adieu. Lui dire que c'est l'été. L'assurer de la miséricorde de Dieu. Montrer un visage de paix, l'évidence même de la paix sur notre visage réconcilié. L'innocence étalée comme la peau sur les os. Jérôme tu es là ? Il s'agite en dormant. Il murmure le nom de Florida. A deux reprises il réclame Florida. Il ne semble pas me voir. Il passe par-dessus moi pour appeler une femme accointée avec la mort.

– Florida est allée faire le marché. Elle n'en a pas pour longtemps.

Mme Rolland est debout, le sang se retire de son visage. Elle a froid par tout le corps. Non, non, cela ne se passera pas comme cela. Il exagère. Il m'insulte. C'est trop injuste à la fin. Je suis sa femme. C'est moi seule qui veillerai Jérôme Rolland mon mari. Lorsque Florida rentrera, je l'enverrai à la cuisine.

La voix basse et lente de Jérôme.

– Elisabeth, tu as eu bien de la chance de m'épouser, n'est-ce pas ?

La voix blanche, sans vibration, d'Elisabeth.

– Jérôme, sans toi, j'étais libre et je refaisais ma vie, comme on retourne un manteau usé.

Moins qu'une passe d'armes, deux coups parfaits, droits et justes. La vérité atteinte. La pointe du cœur touchée, dans un chuchotement d'alcôve. Face à la mort qui vient.

La matinée se traîne et Florida n'est toujours pas rentrée. M. Rolland est furieux. Qu'est-ce qu'elle peut bien faire, cette idiote ? Elisabeth ne sait plus quoi inventer pour calmer son mari. Elle va et vient de la fenêtre à la porte, monte et descend l'escalier, appelle Florida, va jusque sur le trottoir de bois, afin de l'y chercher. Elle revient auprès de Jérôme.

– Il n'est que onze heures. Elle n'a pas tellement de retard après tout...

– Elle devrait être déjà là. Elle sait que je l'attends et elle le fait exprès...

Florida arrive doucement, par la rue Donacona. Elle se dandine, bâtée de légumes et de fruits, pareille à un âne tranquille dans le matin d'été. Comme elle marche lentement. Mme Rolland lâche le rideau et se précipite au-devant de Florida. Elle fouille dans les paniers de provisions. Découvre des merveilles.

– Des petits pois ! Et des framboises !

Goûter les framboises, manger les petits pois crus, croquants comme des perles. Mme Rolland est à nouveau saine et sauve, ravie absolument. Un instant. Puis elle recommence à tourner en rond. Remonte en hâte l'escalier, ramasse ses jupes, les traîne sur le plancher. Elle ouvre la fenêtre, redresse l'oreiller, tire le drap. Mme Rolland n'est plus qu'une machine qui s'agite. Tout, pour ne pas succomber au sommeil. Jérôme Rolland a les ongles bleus. Mon Dieu j'ai peur de m'endormir. Il faudrait aller chercher les enfants. Boire un grand café noir. Surtout ne pas appuyer ma tête au dossier du fauteuil, ou je suis perdue. Comme Florida trottine lourdement autour du lit ! Quel tablier ridicule ! Il a tant d'amidon, ce tablier, qu'on pourrait le casser comme du mica. La voix plate du docteur, une sorte de sermon appris par cœur.

— Madame, vous ne tenez plus sur vos jambes. Il faut vous étendre un peu. Cela fait tant de nuits que vous ne dormez plus. Vous ne résisterez pas. Il faut vous étendre un peu...

Le docteur est de connivence avec Florida pour me chasser. Résister. Ne pas m'étendre. Renvoyer Florida et le docteur aussi. Rester seule au chevet de Jérôme Rolland. Sa femme, je suis sa femme. Aller chercher les enfants. Donner à boire à mon mari. Baigner son visage d'eau fraîche. Lui fermer les yeux. Moi seule. Le recevoir dans mes bras. Son corps de crucifié trop gras. Et moi une pietà sauvage, défigurée par les larmes. Nous sauver tous les deux. Ah mon Dieu, Jérôme me regarde !

— Elisabeth ! Tu devrais aller dormir !

Il veut se débarrasser de moi. Le curé qui doit venir. L'extrême-onction. Il faut que je sois présente. Prévenir les enfants. Et ma belle-sœur, Églantine, éplorée depuis sa naissance. Quel surcroît de larmes pour cette fontaine. Ses larmes vont emplir la maison, noyer tout le monde dans une eau sale, pleine de poudre de riz. Il faut que je sois là. Jérôme n'a qu'une idée en tête, une idée fixe de mourant : m'envoyer dormir, me prendre en faute, en flagrant délit d'absence. Et cette créature amidonnée est là, d'accord avec mon mari, pour me voler son dernier souffle. C'est moi que cela regarde, moi, Mme Jérôme Rolland, pour le meilleur et pour le pire. Ah le pire est arrivé ! C'est mon mari qui me donne mon congé. Ne pas céder au désespoir. Qui est-ce qui pleure ainsi convulsivement ? Des sanglots m'emplissent la gorge, me déchirent la poitrine. A nouveau la voix terne et servile du docteur.

— Madame. Il faut dormir. Vous avez la fièvre. Prenez cette poudre avec un peu d'eau. Je vous assure. Allez. Vous ne résisterez pas... Une telle fatigue...

Léontine, de son pas entravé, accompagne Mme Rolland jusque dans sa petite chambre aigrelette.

– Venez Madame. Étendez-vous. Je vais vous déchausser.

Léontine tire sur les bottines d'Elisabeth de toutes ses forces. Son lorgnon s'agite violemment sur sa poitrine étroite.

La pièce est petite et ridicule. Une sorte de carton à chapeau, carré, avec un papier à fleurs. Les rideaux de toile rouge sont tirés. On a oublié de fermer les jalousies. Il y a du soleil qui passe à travers les rideaux. Cela fait une lueur étrange, couleur jus de framboise, jusque sur le lit. Mes mains dans la lueur, comme dans une eau rouge. La poudre du docteur, puis un grand verre d'eau. Ah ! on dirait que j'ai une couronne de fer sur mon front ! Un étau qui ferait le tour de ma tête. Mes tempes battent. Il aurait fallu fermer les jalousies, donner un tour de clef à la porte. Boucher toutes les issues. Demeurer seule avec mon mal de tête, en guise d'unique compagnie. N'admettre aucune intrusion, aucune autre torture que la migraine. Que personne ni rien au monde n'entre ici. Me reposer. Désarmer le génie malfaisant des sons et des images, lui consentir quelques concessions minimes. Tricher avec lui. Choisir mes propres divagations. Prêter l'oreille aux merveilleuses paroles du docteur et de Léontine Mélançon. Me laisser consoler. Laisser chanter mes louanges aux quatre coins de la ville. Distribuer des hallebardes et des bicornes. En mettre plein les bras du docteur et de Léontine. Mes hérauts ainsi costumés iront de par les rues glorifiant mon nom.

« Monsieur se meurt ! Madame aussi ! Madame a tant veillé Monsieur qu'elle crève de fatigue. Oyez ! Le dévouement de Madame pour Monsieur. La fidélité de Madame pour Monsieur. Oyez ! Le ménage exemplaire de Madame avec Monsieur ! Dieu seul déliera ce qu'il a lié. Oyez. »

Un chapelet attaché aux entrelacs compliqués du petit lit de fer. Sur la commode, un missel usé, une statue de la Vierge, une broche d'un sou, un bloc de camphre. Léontine Mélançon est bien gardée. Tout l'arsenal des vieilles filles pauvres.

Mes yeux sont lourds. On y jette du sable et des pierres. Ma face aveugle du côté du mur. Des femmes minuscules en tabliers et bonnets blancs passent à travers mes paupières fermées. Comme des rayons bardés de feu. Il aurait certainement mieux valu fermer les jalousies. Des espèces de petits êtres s'agitent entre mes cils. Ils me brouillent la vue. Justine Latour, Sophie Langlade, je les reconnais bien ces deux-là, toutes timides et affolées. La troisième porte un masque de papier gris. Une pipe de plâtre bien culottée est pendue par un ruban à sa ceinture. Je sais ! Je ne puis pas ne pas savoir ! La troisième de ces femmes s'appelle Aurélie Caron. Aurélie Caron ! Je vais appeler Mademoiselle et Agathe pour qu'elles ferment les persiennes et chassent ces créatures. C'est à cause de la lumière. C'est un phénomène de la lumière. Cela est entré dans la pièce avec ces rayons pointus qui déchirent mes yeux. Ces images monstrueuses, aiguës comme des aiguilles. C'est dans ma tête qu'elles veulent s'installer. Me tourner de côté, ouvrir les yeux. Ne pas leur permettre de prendre racine, les arracher de mes yeux, ainsi qu'on extirpe une poussière. Je n'arrive plus à bouger. Mes paupières sont lourdes. Semblables à du plomb. Ce doit être la poudre du docteur. Encore un petit effort. Je parviendrai bien tout de même à me tourner de l'autre côté. Voilà. Enfin. Ça n'a pas été sans peine. C'est bien ce que je craignais, les trois femmes ont grandi. Grandeur nature elles envahissent à présent la petite chambre de Léontine Mélançon. Je crois qu'elles font le ménage et disposent des objets sur la commode, comme des pièces à conviction.

C'est très étrange. Les objets de Léontine eux-mêmes

changent doucement. Je suis sûre que ce ne sont plus tout à fait les mêmes. Imperceptiblement, ils deviennent autres. L'appareil des saintes vieilles filles riches se déploie maintenant sur la commode de Léontine. Vierges d'argent, missels dorés sur tranche, broche d'émeraude, chapelets de perles. Les trésors de mes tantes, les trois petites Lanouette, s'étalent sur le marbre noir, veiné de blanc.

Justine Latour, Sophie Langlade, Aurélie Caron vont et viennent dans la pièce, transportent des meubles sans effort. Leurs gestes sont légers. Elles n'ont ni poids ni consistance. Je suis sûre qu'on pourrait passer le bras au travers de leurs corps, comme on transperce un nuage. Voici qu'elles déplacent un piano droit, le roulent jusqu'à mes pieds. Je refuse de regarder ce piano. Je refuse d'entendre le froissement des feuillets de musique qu'on place sur le pupitre. Qu'un seul titre de romance s'étale au grand jour et je suis perdue. Surtout qu'on ne touche pas à mon métier à tapisserie ! Je ne pourrais supporter certain travail au petit point. Sur fond jaune une rose rouge éclatante, inachevée ! Non, non, je ne puis supporter cela ! S'éveillent la laine écarlate, les longues aiguillées, le patient dessin de la fleur de sang. Le projet rêvé et médité, à petits points, soir après soir, sous la lampe. Le meurtre imaginé et mis en marche à loisir. Tire la laine. Les petits ciseaux d'argent pendus à ma ceinture. L'aiguille qu'on enfile, la laine mouillée de salive qui entre dans le chas. Le crime qui passe la porte du cœur consentant. La mort d'Antoine Tassy, convoitée comme un fruit. Mon complice silencieux à mes côtés. Son beau visage sombre près du mien. Docteur Nelson, je suis fascinée. Le murmure de son sang perceptible à mon oreille tendue. Au moindre petit mouvement son genou frôle le mien. Les apparences sont sauves. Ma mère fait une patience, les coudes sur la table. En vain elle évoque l'avenir, les cartes sont muettes. Ma mère s'ennuie. As de cœur : une lettre d'amour. Mensonge, ma mère ne croit ni aux cartes ni à l'amour, d'ailleurs le jeu est truqué. Et notre cœur aussi. Dame de carreau : Elisabeth, ma fille unique, est blonde et fauve dans la lumière. Deux de trèfle : la soirée est calme, pareille à du lait frais. Mes petites tantes font de la tapisserie. Des fleurs ternes naissent sous leurs petits doigts secs, servilement copiées du cahier de *La Parfaite Brodeuse de Boston.*

– Adélaïde ma sœur, vous avez vu comme la Petite met du rouge sur son métier ? Ne trouvez-vous pas cela choquant ? Ne peut-elle pas s'en tenir au modèle ? Des teintes douces et passées...

La veillée des chaumières de Sorel. Une seule lampe allumée. La Petite est bien gardée. Son monstre de mari peut bien s'épailler en paix dans sa seigneurie de Kamouraska. Toutes ces femmes brodent au petit point, paisiblement. Un seul invité mâle est reçu dans la salle basse au plafond de bois peint en blanc, comme une porcelaine brillante qui fait danser les ombres. Tous les soirs, le docteur Nelson nous tient compagnie, un petit bout de veillée. Il est si gentil et bien élevé, le docteur Nelson. Il a si bien soigné la Petite lorsqu'elle était malade. Un peu nerveux peut-être, un peu rêveur. Bien fin qui saura quel secret le ronge et lui fait flamber la face, par moments, comme une colère brève.

– Je vais appeler Aurélie pour qu'elle nous apporte de la limonade.

– Il faudrait renvoyer Aurélie. Elle a bien mauvaise réputation.

– Il ne faut pas contrarier la Petite. Elle est si malheureuse avec son mari...

Ma mère et mes petites tantes parlent à mi-voix. Le docteur Nelson et moi n'échangeons pas une parole. Il me tend les brins de laine à mesure. Nous suivons, tous deux, sur le canevas l'avance d'une fleur trop rouge.

On marche dans le corridor, un petit pas décidé. C'est Aurélie qui apporte la limonade. Piétinement confus. Sophie Langlade et Justine Latour sont avec Aurélie. Ces filles sont déchaînées, prises d'une sorte d'activité fébrile. Elles ouvrent des portes à l'infini, se croient obligées de faire communiquer entre elles toutes les pièces de la maison. Mystère des chambres en enfilade. Elles me font signe et me prient, d'un air malicieux, d'habiter bien vite, à nouveau, toute la maison de Sorel, sans en excepter aucune pièce.

— Madame s'enfermait souvent dans des chambres fermées avec le docteur Nelson.

Qui a parlé ? Qui a osé dire cela ? C'est écrit sur papier timbré. La déposition d'Aurélie Caron. Cette fille est une menteuse. Voici la simplette Justine Latour qui témoigne à son tour.

— Madame n'était jamais seule avec le docteur Nelson. Madame sa mère les suivait toujours dans la pièce où ils se trouvaient.

Brave petite Justine, le réconfort de ta petite âme niaise ne dure guère. Voici le greffier qui termine l'acte d'accusation.

With intent in so doing feloniously, wilfully and of her malice aforethought to poison, kill and murder the said Antoine Tassy, against the peace of our said Lady the Queen, her crown and dignity.

The Queen ! Toujours the Queen ! C'est à mourir de rire. Qu'est-ce que cela peut bien lui faire à Victoria-au-delà-des-mers qu'on commette l'adultère et le meurtre sur les quelques arpents de neige cédés à l'Angleterre par la France ?

Elisabeth d'Aulnières veuve Tassy, vous entendez ? C'est en langue étrangère qu'on vous accuse et qu'on vous charge ? Cette langue est celle de mon amour. Rien ne compte pour moi que la forme des mots sur ses lèvres. Elisabeth d'Aulnières, veuve Tassy, souvenez-vous de Saint-Denis et de Saint-Eustache ! Que la reine pende tous les patriotes si tel est son bon plaisir. Que mon amour vive ! Lui seul entre tous. Que je lui sois donnée à jamais.

Les servantes de Sorel ont fini de rassembler les objets sur la commode. Elles apportent maintenant des manteaux, des chapeaux, des gants pour vêtir les trois petites Lanouette qui vont témoigner chez le magistrat. Mes tantes, sans homme et sans espoir. L'uniforme des âges canoniques, de bonne famille. Du marron, un peu de dentelle, très peu, du gris, beaucoup de gris, un peu de beige, pas trop de beige. Du noir, du beau noir de qualité. Des airs pincés plus qu'aucune dame de la Congrégation.

– Levez la main droite sur l'Évangile et dites : « Je le jure. » Parlez, je vous écoute.

La plume d'oie grince sur le papier. Le clerc baisse la tête et écrit. Tout ce que vous direz sera consigné.

Mademoiselle Angélique Lanouette fille majeure usant de ses droits résidente au bourg de Sorel après serment dûment prêté sur les Saints Évangiles dépose et dit :

« Je suis la tante maternelle de ladite dame Elisabeth d'Aulnières. Comment peut-on faire peser sur ma nièce un aussi injurieux soupçon ? Cette dame de qualité, élevée par mes soins, dans la pratique des bonnes manières et la fréquentation des sacrements, ne peut en aucune sorte être complice du meurtre de son mari, ledit Antoine Tassy. Cette jeune femme aimait son mari et lui était très attachée... Quant à la dénommée Aurélie Caron, elle n'a pas très bonne réputation, et la faute la plus grave que l'on puisse reprocher à Elisabeth d'Aulnières, veuve Tassy, c'est d'avoir gardé à son service cette fille dévergondée, menteuse, sans scrupule... adonnée à l'ivrognerie... infâme, traînée... »

Ma petite tante Angélique éclate en sanglots. Les larmes coulent sur ses joues creuses, atteignent le coin de sa bouche serrée. Elle s'essuie le visage avec sa main gauche, gantée de chevreau. Cette odeur de cuir fin passant sous son nez augmente son chagrin. Tant de délicatesse, de finesse de toute sorte, chevreau, dentelle, première communion, Walter Scott, tant de classe et de dignité pour aboutir à cette ignominie. Nous sommes traînées dans la boue avec notre petite fille altière. Joie de notre sécheresse. Gloire insolente de notre triste célibat.

Mademoiselle Luce-Gertrude Lanouette fille majeure usant de ses droits déclare et dit :

« Je proclame très hautement la réputation sans faille de ma nièce, dame Elisabeth d'Aulnières, veuve d'Antoine

45

Tassy. Élevée dans les meilleurs principes de la religion et des familles bien nées, ladite Elisabeth d'Aulnières demeure au-dessus de tout blâme et de tout reproche. »

Ma tante Luce-Gertrude ne pleure pas. Sa voix est sèche et mesurée. Elle a enlevé ses gants. Ses mains sont moites et glacées. Son cœur bat à son poignet, un train d'enfer qui s'étend dans tout le bras, l'agite brusquement par saccades, gagne l'épaule, le dos, l'autre bras, secoue Luce-Gertrude tout entière. Un pommier dans la rafale.

Mademoiselle Adélaïde Lanouette fille majeure usant de ses droits après serment dûment prêté sur les Saints Évangiles dit et déclare :

« La dame Elisabeth d'Aulnières, épouse de feu Antoine Tassy, est une grande dame, irréprochable et chrétienne. Si jeune et belle... En un mot adorable. Calomniée à la face du monde. L'amour charmant, les soins attentifs dont elle a su entourer son époux bien-aimé, feu Antoine Tassy. Les trois petits enfants nés de ce mariage. Le dernier n'a que trois ou quatre mois, un chérubin. Je n'accorderais aucun crédit aux déclarations de la dénommée Aurélie Caron. »

Ma tante Adélaïde si digne jusque-là, fière de son petit morceau de roman, débité sur un ton chantant, légèrement emphatique, perd contenance au seul nom d'Aurélie Caron, prononce des mots sans suite tandis qu'un flot de larmes ravine sa petite face crochue :

« Aurélie Caron... C'est une menteuse... une débauchée, une ivrognesse, une... La petite Elisabeth, née après la mort de son père, nous l'avons élevée mes sœurs et moi. La mère de la Petite, notre sœur bien-aimée Marie-Louise, n'ayant pu s'occuper elle-même de l'éducation de sa fille, à cause d'un veuvage trop précoce. Six mois à peine de vie conjugale. Le mari est mort du charbon, à vingt-deux ans. Un terrible choc nerveux pour notre pauvre sœur. Un chagrin démesuré, interminable. »

Est-ce ainsi que les saintes femmes vivent ? Se lèvent de grand matin pour aller prêter un faux serment, n'ont qu'une idée en tête, qu'un seul mot d'ordre bien précis ?

Risquer son âme, mais sauver l'honneur de la famille. Ramener la Petite à la maison, la sortir du déshonneur et de la prison. Sauver la Petite, elle est si belle. On lui donnerait le bon Dieu sans confession. Il ne faut pas que le procès ait lieu. Nous leur apprendrons, à tous ces gens de rien, l'impunité due à certaines familles. Et puis la Petite fera le reste. Elle n'aura qu'à paraître pour confondre ses accusateurs ; droite, hautaine, superbe et rouée. Cette chair rayonnante qu'elle a, la Petite, cette haute taille, ces robes bien coupées, cette morgue au coin de la bouche, le regard aveugle des statues, insoutenable. Elle passerait au cœur du feu, sans se brûler ; au plus profond du vice sans que s'altère son visage. La tragique, dure vertu de la beauté suffisante invente ses propres lois. Vous ne pouvez comprendre. Elle est au-dessus des lois ordinaires de la terre. Soutenez donc son regard vert, couleur d'herbe et de raisin, si vous le pouvez ? Nous la ramènerons à la maison, nous la consolerons. Nous la laverons, de la tête aux pieds, ses longs cheveux aussi. Dans de grandes cuves de cuivre rouge. Du savon parfumé. De grandes serviettes très blanches. Nous la roulerons dedans, comme un nouveau-né. Une petite fille nouvelle-née, notre nièce au sortir du ventre de sa mère. Sa petite face plissée, ses yeux bridés. Ses premiers cris. Nous lui referons un honneur infranchissable. Une réputation inattaquable. Inattaquable. Infranchissable. Adorable. Cette enfant est adorable. Trois petites fées pointues se penchent sur son berceau. Nous élèverons cette enfant. Nous lui apprendrons à lire. Nous lui ferons faire sa première communion. Nous l'amènerons au bal du gouverneur. Nous lui ferons faire un grand mariage. Antoine Tassy seigneur de Kamouraska. Seigneur, Antoine... Kamouraska... Ah mon Dieu ! Un grand mariage... C'est un bien grand péché. Elisabeth ! Qui a tué ton pauvre mari dans la neige ? Dans l'anse de Kamouraska ? La neige... Tout ce sang... Ah ton beau visage souillé ! La neige, la neige, Kamouraska. C'est notre faute aussi. Nous t'avons mal élevée, Elisabeth, pourrie. Petite idole, statuette d'or dans notre désert.

Trois si pauvres vieilles filles de Sorel. Ah ! mes sœurs nous nous damnons avec la Petite ! Ah !

Mes tantes extravagantes. Fourrures noires, voilettes noires, colliers de jais, emmêlés autour de leurs cous de poulet. Filles de dérision, vous voici au centre d'un cirque énorme, noir de monde. Adélaïde, Luce-Gertrude, Angélique, minuscules, traquées, moquées, brandissent vers le ciel leurs poings crispés. Leurs chapelets s'entrechoquent enroulés à leurs poignets, sonnent comme des grelots. Mes petites tantes crient des choses inaudibles sur des roulements de tambour interminables. Au premier rang, trois juges énormes en perruque de ficelle blanche. Le plus gros des juges, d'un geste de la main, arrête le batteur de tambour. Le silence tombe si vite que ma petite tante Adélaïde n'a pas le temps de retenir sa langue. Habituée qu'elle était à cet accompagnement de tambour, elle s'est mise à hurler pour elle seule : « La Petite se damne ! Et nous nous damnons avec elle ! »

La foule, un instant saisie par cet aveu, éclate de rire. Gradin par gradin le rire fracassant s'étend, comme un incendie qui prend, de branche en branche. Les trois petites Lanouette sous cet orage de rire sortent de l'arène, à la queue leu leu. Elles tremblent si fort, toutes les trois, que la trace de leurs pas sur le sable ressemble aux zigzags des ivrognes.

L'huissier, sur un ordre du juge, note sur ses tablettes : « La Petite se damne et nous nous damnons avec elle. » L'huissier recommence à l'infini cette phrase. Il en fait des pages entières. Il s'applique férocement en soignant surtout les majuscules.

« La Petite se damne et nous nous damnons avec elle... »

Des rires gras, épais, déployés. Une grêle pourrie sur nos têtes. Mme Rolland s'agite sur le lit étroit de Léontine, ne parvient pas, en rêve, à quitter l'arène du cirque. Elle doit faire face à la scène suivante. Une femme, poitrine découverte, s'appuie de dos à une planche. Ses mains sont liées derrière son dos. La foule, qui a cessé de rire, retient son souffle. Les trois juges, en perruque de ficelle blanche, se penchent et regardent concentrés, attentifs, comme si le sort du monde allait se jouer à l'instant. Quelqu'un d'invisible lance des poignards à la femme, clouée à la planche. Vise son cœur.

Mme Rolland se débat sur le lit de Léontine Mélançon. Elle tente de sortir de ce cauchemar. Voit venir l'éclair métallique du couteau s'abattant en plein cœur de la femme condamnée. Parvient à fermer les yeux. Dans le noir cherche éperdument l'issue cachée pour sortir de ce cirque. Réussit à remonter un escalier dans l'obscurité. Croit enfin se réveiller. Entrevoit le papier à fleurs de la chambre de Léontine et porte la main à son sein. Éprouve une vive douleur.

D'où vient ce calme, cette lumière douce promenée sur une petite ville déserte ? Sorel. Ses rues de quelques maisons à peine. Maisons de bois. Maisons de briques. Square Royal. Rue Charlotte. Rue Georges. Coin des rues Augusta et Philippe. Le fleuve tout près coule entre des rives plates. Les longues îles vertes, propriété de la commune, là où paissent les vaches, les chevaux, les moutons et les chèvres.

La vie est paisible et lumineuse. Pas une âme qui vive. Je sens que je vais être heureuse dans cette lumière. Le fleuve lisse, la lisière des pâturages sur l'eau. Cette frise de bêtes placides broutant à l'infini. Je m'étire. Je soupire profondément. Est-ce l'innocence première qui m'est rendue d'un coup, dans un paysage d'enfance ?

Depuis un instant il y a quelque chose qui se passe du côté de la lumière. Une sorte d'éclat qui monte peu à peu et s'intensifie à mesure. Cela devient trop fort, presque brutal. J'ai envie de mettre mon bras replié sur mes yeux, pour les protéger contre l'éblouissement.

Soudain, cela s'arrête et se fixe sur une seule maison de briques rouges, angle des rues Philippe et Augusta. Isolée de ses voisines, par cette clarté qui lui tombe dessus, la maison se met à briller. Précise comme si on la regardait à la loupe. Lustrée. Émaillée de lumière. Le petit jardin derrière pâlit sous un si grand soleil. Les hortensias bleus paraissent poudrés de blanc. Deux étages de briques. Des volets de bois verts, strictement fermés. Une galerie de bois, les minces colonnes. Le fronton légèrement découpé dans le bois, fine dentelure peinte à la chaux, si blanche, si fine et folle. Je pourrais y toucher. Chaque dent, chaque nervure vivante dans un éclairage terrible et fort, dur, vif, jaune. Un soleil fixe au-dessus de la maison, un peu à gauche.

En vain, je tente de m'écarter de ce centre lumineux. Le bourg tout entier semble plongé dans l'obscurité. Il n'y a que ma maison de la rue Augusta, au coin de la rue Philippe, qui émerge étincelante, comme un éclat de verre. Je voudrais m'éloigner, pourtant. Retrouver la rue Georges et ma maison natale. Échapper à l'emprise de cette redoutable demeure de la rue Augusta. Ma vie ! Toute ma vie dans son tumulte et sa fureur m'attend là, derrière les volets fermés de la rue Augusta. Une bête sauvage qu'on a enfermée et qui guette dans l'ombre pour vous sauter dessus. Ne puis-je fuir cette époque de ma vie ? Retrouver le lieu de ma naissance ? Le doux état tranquille d'avant ma naissance ? Ma mère en grand deuil me porte dans son ventre, comme un fruit son noyau. Cette petite a poussé dans un cocon de crêpe. Peut-être pourrais-je voir des images du monde d'alors par les yeux, rougis de larmes, de la jeune veuve qui est ma mère ? Le cercueil de mon jeune père quitte la maison. Ma mère s'évanouit. Et moi, bien enfermée à double tour, je lui donne des coups de pied dans le foie. Pour la réveiller. Je me démène comme un cabri. Nous pourrions en mourir toutes les deux, ma mère et moi, d'un évanouissement aussi terrible et prolongé.

– Quelle petite fille malfaisante !

Est-ce là la première voix du monde qui parvient à mes oreilles ?

Pas moyen de s'habituer à une face de bonne que déjà il en surgit une nouvelle. Mme d'Aulnières change de bonne comme elle respire. C'est à cause de la Petite. La Petite échoit aux domestiques, corps et âme.

– Pas moyen de la tenir. Il n'y a rien à en faire. Je vous assure. Elle a le diable dans le corps. Vous ne réussirez jamais à la mater !

Bonnet blanc sur un chignon douteux. Celle-ci a des poux, qu'elle prenne le large immédiatement. La cuisinière ne peut supporter une pareille abomination. Ma mère se lamente.

– Quel ennui. J'ai la migraine. La cuisinière n'est vraiment pas tolérante. Tant pis. Il faut ce qu'il faut. Qu'on me trouve une nouvelle bonne d'enfant au plus vite !

La bonne est partie ! Vive la bonne ! Celle-ci est propre et sans pitié.

– La Petite a attrapé des poux !

Il faut un peigne fin ! Aïe ! c'est comme un râteau d'aiguilles qui passe et repasse sur mon crâne.

– Grouille pas ou les poux vont te manger la cervelle !

Ces lourds cheveux qu'elle a, la Petite, il vaudrait mieux les lui couper. Il n'y a qu'un remède pour chasser cette vermine. Couic, couic, boucle après boucle. Les cheveux de la Petite sont coupés ras. Le plancher de la cuisine est jonché d'une bourre dorée. La jolie tête tondue que voilà ! On dirait un forçat ! La Petite fouille sur le tas de balayures pour retrouver ses boucles blondes. Les casseroles de cuivre rouge brillent, alignées sur le mur. La cuisinière dit qu'un oignon cru, coupé en rondelles, dans une soucoupe, c'est bon pour chasser les maringouins. Je vous jure que j'entends la cuisinière grogner cela, penchée sur son fourneau noir et brûlant.

Sa fille mise au monde, Mme d'Aulnières quitte le grand deuil pour entrer en demi-deuil, pour l'éternité. Costumée en grand-mère, malgré ses dix-sept ans, robe noire, bonnet blanc, col et poignets de lingerie fine, elle entreprend de vieillir et de se désoler. Jour et nuit. Sans quitter sa chambre. Se contentant de tâter son pouls, à intervalles réguliers, attentive aux seuls battements ténus d'un cœur emmailloté.

Mes petites tantes se font pressantes. Usent de leur droit d'aînesse.

– Tu ne peux rester ainsi. Pense à ta fille. Pourquoi ne pas revenir vivre à la maison avec nous ? Comme avant ?

Mme d'Aulnières, ma mère, secoue la tête tristement.

Réintégrer la maison familiale, quel piège ! Risquer d'être confondue avec mes sœurs célibataires, quel affront. Il me semble que j'ai payé assez cher l'honneur d'être Madame pour ne pas y renoncer si facilement.

– Apprenez, mes sœurs, que rien ne sera plus jamais comme avant. Je suis Mme d'Aulnières. Je le resterai jusqu'à ma mort. D'ici là j'ai droit à mon propre train de maison, à ma fille, à mes domestiques, à mes équipages, à tout mon deuil. Cette maison est celle de mon mari. J'y mourrai. C'est décidé.

– Et la Petite ? C'est une vraie sauvageonne. Il faudrait pourtant s'occuper de son éducation. Lui apprendre l'anglais, le catéchisme et les bonnes manières...

– J'ai la migraine. Surtout n'ouvrez pas les rideaux. La Petite me fatigue. Je suis fatiguée du curé de Sorel aussi qui s'obstine à vouloir me consoler en Notre-Seigneur. Et puis le Seigneur lui-même me tanne à la longue. C'est cela qui me tue. Je suis minée à petit feu par un ennui épouvantable. Je n'y résisterai pas longtemps.

Mes petites tantes m'embrassent et me cajolent. Elles sentent la naphtaline et le pain d'épice. Est-ce que je les retrouve vraiment, en cet instant ? Émouvantes, odorantes, telles qu'en ma toute petite enfance ? Mes trois tantes, la peau presque fraîche, sur des os d'oiseaux. Leurs yeux de jais tout ronds et brillants, fixés sur moi. Toute l'adoration du monde.

Elles reviennent à la charge et talonnent ma mère qui se dérobe.

– Il faut faire quelque chose. C'est épouvantable. La Petite se lève avant l'aube. Avec sa tête de petit garçon tondu elle s'échappe par une fenêtre. Rejoint tout un tas de petits gamins. Et s'en va à la pêche à la barbote avec eux. Du côté des îles...

Un jour... Ma mère, de guerre lasse. Déjà ! Je n'ai pas eu le temps de reconnaître aucune chambre de la rue Georges. Ah ! ma première maison est bien perdue ! Une espèce de brouillard blanc, comme du lait, s'étend sur la ville. Une seule maison demeure tout illuminée. Pareille à un tréteau. La moindre poussière vole avec la précision d'une phalène, autour d'une lampe. L'air, lui, ressemble à la lumière, clair, et sonore. On entendrait respirer une souris. Tout ce qui va se passer ici sera sans réplique. Exact. Sonnant sous l'ongle. Pur et sans appel. Une sorte de jugement.

Rue Augusta. On voit les joints de la brique, comme si on avait le nez dessus. Le mortier dépasse légèrement, par endroits, et saupoudre de gris l'ocre rouge. Une buée de suie tache tout le côté jardin de la maison. Une vigne sèche s'accroche au petit mur de la cour, comme une chevelure de vieille femme. On peut voir les détails des volets. Les nœuds dans le bois. La couleur verte passe par plaques. La penture du volet droit, à gauche de la porte d'entrée, est arrachée et cogne contre le mur, au moindre signe de vent.

Je jurerais qu'il fait encore plus clair que tout à l'heure. Une jeune veuve monte les marches du perron usé. Sa démarche est à la fois enfantine et compassée. Un instant elle tourne vers moi son visage penaud. Ma jeune mère ! Elle tient par la main maladroitement une petite fille, tête nue, aux cheveux tondus.

Cédant sans doute à l'ennui d'avoir à changer continuellement de bonne, Mme d'Aulnières se résigne à retourner là d'où elle vient. Gynécée familial de briques rouges sous le grand peuplier trembleur. Ma mère s'abandonne, corps et biens, à la direction rassurante de ses sœurs aînées.

Je dois avoir sept ou huit ans. Mon éducation commence à l'instant.

— Elisabeth tiens-toi droite !

— Elisabeth ne parle pas en mangeant !

— Elisabeth recommence cette révérence immédiatement !

— Elisabeth il y a combien de personnes en Dieu ?

— *The cat, the bird.* Le *th* anglais se prononce la langue sur les dents, n'oublie pas !

Adélaïde, Luce-Gertrude, Angélique rayonnent de joie.

Délaissent la lecture de leurs romans favoris. Elles comblent le vide de leurs existences. Vivent profondément, par osmose, l'état de veuve éplorée et toute une enfance sauvage.

Les cheveux de la Petite se mettent à repousser vertigineusement. C'est à qui coifferait l'enfant et s'enchanterait de cette toison fauve. Les rares cheveux plats des petites Lanouette s'illuminent et flamboient d'orgueil, par procuration. Mes premières règles. L'émotion pudique de mes petites tantes.

– Vous êtes sûre, tante Angélique, que cela va recommencer comme ça tous les mois ?

– Oui, ma chérie. Nous y passons toutes. C'est la loi du monde.

Tante Angélique demeure troublée, confuse et ravie. « La loi du monde. » Une profonde et mystérieuse solidarité féminine semble lui promettre tout un destin fabuleux et romanesque. Chaque ovule perdu de sa vie stérile va-t-il incessamment être fécondé ? Galamment. Par de tendres maris ? Par de tendres amants ? Toute la magie de l'amour fou la rendra-t-elle grosse enfin, malgré son âge, de cent enfants joyeux, aux yeux bleus ?

Le soleil s'est éteint au-dessus de la maison. Comme une lampe qu'on souffle. Il fait brusquement très noir. Mes trois petites tantes s'agitent, courent en tous sens. Montent et descendent l'escalier de la galerie. S'emparent de trois pots de géranium. Disparaissent à l'intérieur de la maison. Chacune tenant serré, contre sa poitrine, son pot de fleurs rouges ou roses. La porte d'entrée claque. L'écho derrière cette porte fermée est extraordinaire. Le bruit de la porte claquée persiste longtemps, ainsi que dans un lieu désert, sans meubles ni rideaux. Un lieu immense. Démesuré. Une espèce de gare. Une cave haute et nue. Presque aussitôt une voix pointue s'élève, reprise à l'infini par l'écho.

— Je vous assure qu'il va geler cette nuit. Ce serait dommage de laisser les géraniums sur la galerie. Gé-ra-ni-ums... ga-le-rie... rie... ie-i...

Les mots s'enflent. Roulent et s'affaissent. La voix venait du salon. Ma tante Luce-Gertrude ? Je suis sûre que c'est elle. La nuit est tout à fait tombée maintenant. La silhouette sombre de ma maison fermée emplit toute la rue Augusta. On dirait même que ma maison se dresse en plein milieu de la rue. Massive, inévitable, provocante. Une espèce de barricade.

Je voudrais fuir. Ne pas rentrer à l'intérieur de la maison. Risquer à coup sûr d'y retrouver ma vie ancienne se ranimant, secouant ses cendres, en miettes poudreuses. Chaque tison éteint, rallumé. Chaque rose du feu éclatante, foudroyante. Non, non ! Je ne veux pas. Je ne franchirai jamais plus le seuil de la maison. Vous vous trompez, je ne suis pas celle que vous croyez. J'ai un alibi irréfutable, un sauf-conduit bien en règle. Laissez-moi m'échapper, je suis Mme Rolland, épouse de Jérôme Rolland, notaire exerçant dans la ville de Québec. Je n'ai rien à voir avec les mystères défunts et peu édifiants de cette maison de briques au coin des rues Augusta et Philippe, dans la ville de Sorel. Il y a erreur sur la personne. Laissez-moi. J'ai affaire ailleurs. Mon devoir m'appelle, rue du Parloir, à Québec. Mon mari se meurt, en ce moment même. Ma place est à son chevet. Je n'ai rien à faire rue Augusta, à Sorel. Je vous le jure. Je suis Mme Rolland, Mme Jérôme Rolland !

Je n'ose détourner la tête. Je regarde fixement devant moi. A droite et à gauche de ma personne il se passe pourtant quelque chose que je ne vois pas. Cela se rapproche de moi, des deux côtés à la fois. Cela me frôle. Me presse. Contre mes flancs. On froisse ma jupe. On touche mon genou. Je suis soulevée de terre. Prise sous les bras par deux bras vigoureux. Vais-je subir encore une fois cet affront ? Encadrée de deux policiers me faudra-t-il franchir la porte, là devant moi ? Les témoins ! Ils sont tous là, massés dans le grand salon, à l'abri derrière les volets fermés. Je les entends qui chuchotent. Je n'accepte pas d'être confrontée avec ces gens-là : domestiques, aubergistes, bateliers, paysans. Témoins sans importance. Contre moi, personne ne fait le poids. Quant à Aurélie Caron...

C'est elle, je l'ai appelée, convoquée par ma peur même. Aurélie me tient le bras. Je jette un coup d'œil à la dérobée. Son profil prognathe se détache en silhouette. Sa poitrine se soulève sous la respiration oppressée. Elle semble en proie à une indignation extraordinaire. Péniblement je tourne la tête de l'autre côté, comme un malade épuisé sur son oreiller. La figure ahurie de Justine Latour me regarde maintenant, moitié riant, moitié pleurant.

— Mon Dou ! Mon Dou, Madame ! Vous nous avez-t-y mis dans de beaux draps !

Le rire fou d'Aurélie éclate. Tout contre moi. Vibre un

instant. Se brise. M'écorche la joue. Mes deux gardes du corps me tiennent solidement. Me font gravir l'escalier, quatre à quatre. Quelqu'un que je ne vois pas ouvre la porte de l'intérieur. Me voici dans le vestibule. La porte du salon est fermée. Derrière la porte les témoins se taisent. Je les entends respirer, toussoter, renâcler, froisser du linge ou du papier, en sourdine. Tout un piétinement confus et nerveux emplit le grand salon.

Le silence qui suit est tellement subit et total qu'il me prend à la gorge. Il n'y a plus personne dans le salon. La porte s'ouvre doucement sur le vide. Il n'y a plus personne à mes côtés non plus, pour me forcer à avancer. Aurélie Caron et Justine Latour ont disparu. Je suis seule dans le vestibule. L'odeur fade et puissante des maisons fermées m'envahit toute, me monte au nez, me pique les yeux. Se colle à ma peau.

On voit le crépi arraché, par grandes plaques. Les gravats ont été balayés, en tas, contre la plinthe. Une poussière fine tombe, inlassable comme la neige. Vais-je mourir là dans ce vide absolu ? Une cloche de verre où persiste une sèche poussière, pour m'étouffer.

Dans cet espace réduit, dans cet air gris qui se raréfie, surgit une communiante. Tout de blanc vêtue, de la tête aux pieds. Son long voile pend jusqu'à terre. Sur sa tête une couronne de roses blanches. Je ne puis faire un mouvement. Dans sa main lourde, dans mon bras pétrifié, doucement meurt l'esquisse vaine d'un signe de croix. Une enfant qui est moi me regarde, bien en face, et me sourit gravement. M'oblige à écouter la voix légère et solennelle que je croyais perdue.

– Je renonce à Satan, à ses pompes et à ses œuvres, et je m'attache à Jésus-Christ pour toujours.

Ainsi donc les vœux du baptême sont solennellement renouvelés. Le reste peut suivre en bon ordre. La porte est ouverte. On respire à pleins poumons un air vif et pur. Je retrouve l'usage de mes mouvements, tandis que la communiante se déshabille devant moi, dans le vestibule. Mes trois petites tantes tournent autour de l'enfant. Lui enlèvent son voile et sa couronne. L'enfant se débarrasse joyeusement de sa robe blanche qui tombe à terre, l'entoure d'un anneau neigeux, qu'elle franchit allégrement à cloche-pied.

Ne nous attardons pas davantage. L'enfance est révolue. Toute une éducation de fille riche se déroule en bon ordre. La soie, la batiste fine, la mousseline, le velours, le satin, les fourrures et le cachemire succèdent rapidement au tulle de la première communion. Les cahiers de mode, les ballots de tissus, fleurant bon les longs voyages, à fond de cale, sur les océans lointains, échouent dans le vestibule délabré. Lieu de la reconstitution.

— La Petite grandit à vue d'œil !

— Elisabeth tiens-toi droite, le buste bien dégagé. Surtout ne t'appuie pas au dossier du fauteuil.

— Il faudrait changer de couturière. Celle-ci ne sait pas piquer droit.

— N'oublie pas tes Pâques. Ne lève pas les yeux de ton ouvrage de tapisserie. Ta beauté et tes bonnes manières feront le reste.

Adélaïde, Luce-Gertrude, Angélique tourbillonnent autour de la Petite. Surveillent son poids et sa taille.

Aurélie à quinze ans. Elle passe et repasse sur le trottoir, devant ma maison. Se dandine, dans sa petite robe d'indienne. Me fait de grands signes de la main. Toute une bande de vauriens l'escortent et la bousculent. Cette fille me nargue et me fait mourir de jalousie. A quinze ans elle en sait autant sur la vie que les morts eux-mêmes.

Ma tante Luce-Gertrude ferme la porte.

— Cette fille est déjà perdue. A son âge c'est une. abomination.

— Je voudrais bien sortir moi aussi. Aller pêcher la barbote comme quand j'étais petite ! Avec des garçons !

Tante Luce-Gertrude ne répond plus rien. Tante Luce-Gertrude a le souffle coupé. Tante Adélaïde aussi. Et tante Angélique. La Petite est bel et bien devenue une vraie femme.

La voici qui s'avance dans sa première robe de bal toute

en froufrous changeants, les épaules découvertes, des fleurs dans les cheveux. Heureusement que dans ce pays sauvage il y a le bal du gouverneur !

Les trois petites Lanouette s'abîment dans un rêve fou, non dépourvu d'angoisse. Comme si elles devaient elles-mêmes s'engager incessamment dans une mutation charnelle, extravagante et libertine.

Ma mère s'avance doucement dans le vestibule. Me regarde avec consternation. Éprouve un surcroît de mélancolie. Se décide à parler.

– Il va falloir marier la Petite.

Je n'ai que juste le temps de courir le long du chemin de halage, à la suite d'Aurélie. Autant nous rencontrer tout de suite, l'une et l'autre, dans la fraîcheur acide de nos quinze ans.

Nous nous observons mutuellement. A distance. Méfiantes comme des chattes.

Sa jupe mince lui colle aux jambes. Ses pieds nus sont pleins de glaise séchée. Deux longues nattes de cheveux crépus lui battent le dos, deux espèces de lanières noires, auréolées d'épines roussies dans le soleil. Son visage, son cou, ses bras nus sont d'une blancheur livide de champignons frais.

— Comme tu es pâle, Aurélie.

— J'ai toujours eu un teint de prisonnière, Madame sait bien. Un vrai pressentiment...

Rien ne va plus. Du premier coup le fond de l'histoire est atteint. Aurélie me parle de prison. Elle m'appelle « Madame ». Elle va vieillir sous mes yeux, s'alourdir. Se charger de toute sa vie. Me demander des comptes sans doute ? Mon âme pour que cela n'arrive pas une seconde fois ! Ma vie pour retrouver intact le temps où nous étions innocentes, l'une et l'autre.

— Je n'ai jamais été innocente. Ni Madame non plus.

Nous avons l'air de répéter une pièce. De chercher des mots et des gestes déjà vécus et mûris à loisir, mais qui hésitent à se montrer dans une certaine lumière !

La voix est de plus en plus pointue, adulte et mauvaise.

— Deux ans et demi que j'ai été en prison, moi. A cause

de vous. A la disposition de la justice, comme ils disent. Tandis que Madame est libre sous caution...

– Deux longs mois de prison, pour moi aussi, Aurélie. Tu oublies cela ?

La voix coupante. La fille saute de côté. L'épaule déjetée. Prête à bondir.

– Je n'oublie rien. Rien du tout.

Il faut faire vite. Me protéger de la fureur d'Aurélie. Nous sauver toutes les deux. Nous réconcilier à jamais. Abolir toute une époque de notre vie. Retrouver notre adolescence. Bien avant que... On dirait que je tire vers le jour avec effort un mot, un seul, lourd, lointain. Indispensable. Une sorte de poids enfoui sous terre. Une ancre rouillée. Au bout d'une longue corde souterraine. Une espèce de racine profonde, perdue.

– Désistement ! Désistement ! Aurélie, tu sais bien qu'il y a désistement !

Aurélie répète avec application « désistement ». Sans avoir l'air d'y croire. Incertaine. Semblable à quelqu'un qui apprend une langue. « Désistement ». Puis ce mot l'illumine toute. La fait rire aux éclats.

– « Désistement ». Confondus les juges ! Renvoyés les témoins. Le bec cloué les journalistes ! Madame est sauvée et moi avec ! Libres ! Libres ! Nous sommes libres !

Aurélie, tout essoufflée de rire, se laisse tomber à terre. Ses épaules sont secouées, comme si elle pleurait. Je m'agenouille à ses côtés, sur l'herbe usée du chemin de halage.

– Aurélie. Souviens-toi. Tu as quinze ans ?

Elle lève vers moi son petit visage kalmouk aux yeux bridés de rire. Elle m'examine attentivement avec précaution. Cherchant à retenir je ne sais quoi de brûlant, de virulent dans son regard.

– En ce temps-là on vous appelait « Mademoiselle », gros comme le bras.

Nouvel éclat de rire. Elle touche mes vêtements, comme si elle touchait du feu ou de la neige.

– Comme vous êtes bien habillée ! Une vraie fête ! Mais vous ne connaissez rien des garçons.

Je prends un air pincé. Je détourne la tête et tapote les plis de ma jupe avec hauteur.

— Ce n'est rien cela. Si tu voyais ma robe de bal. Décolletée, tout en soie, pour aller danser chez le gouverneur.

Encouragée par le mot « gouverneur », Aurélie saisit ma jupe, à pleines mains.

— Que c'est doux et joli ! Peuh le gouverneur ! Moi, je vis chez mon oncle !

— J'ai entendu dire que ce n'était pas ton oncle ?

De nouveau l'œil d'Aurélie se plisse. Une petite vipère, rapidement, surgit entre les cils et disparaît.

— Vrai ou pas. Il me fait vivre à l'aise. Je ne travaille presque pas. J'ai un col de dentelle, le dimanche, pour aller à la messe.

— Aurélie, on dit que tu es une sorcière ?

Aurélie, soudain très calme et digne, hausse les épaules. Elle saisit la pipe accrochée à sa ceinture par un ruban. La tape sur son talon nu pour la vider. Sort une blague à tabac de sa poche.

Aurélie bourre sa pipe. Approche une allumette. Fait tuf... tuf... avec sa grosse bouche. Comme si elle tétait. Son visage blême exprime un contentement infini. Elle parle dans un nuage de fumée. La voix lointaine. Le ton détaché.

— Je sais, moi, si oui ou non les bébés naissants vont vivre. C'est pourtant facile. Tout de suite après leur naissance, quand la bonne femme les a bien lavés, moi je les lèche, de la tête aux pieds, les bébés. Et puis, quand ils goûtent trop salé, ça veut dire qu'ils vont mourir. Je ne me suis pas trompée une seule fois. Les mères me font venir exprès, pour savoir.

— Et les garçons, Aurélie ? Parle-moi des garçons ?

Il me semble que je crie, les mains en porte-voix. Aurélie m'échappe. Je passe brusquement du soleil aveuglant à une sorte de pénombre, humide, envahissante. Une seule idée en vrille dans ma tête : il faut que je rentre, ou je serai privée du bal chez le gouverneur. Si mes tantes apprennent que j'ai rencontré Aurélie, je serai punie. A mesure que cette idée fait son chemin dans ma tête et s'installe, claire et nette, je m'éloigne vertigineusement d'Aurélie. Sans parvenir à faire un pas de moi-même d'ailleurs. C'est comme si je filais sur la rivière. Une sorte de radeau plat sous mes pieds. La rivière silencieuse. Aucune résistance de l'eau. Aucun bruit de vague ou de rames. Je vais au bal du gouverneur. Il faut que j'aille au bal du gouverneur. Adieu Aurélie. Si jamais je te rencontre, je ne te reconnaîtrai pas, mauvaise compagnie, mauvaise rencontre. Ma mère m'a promis un collier de perles, pour aller au bal du gouverneur. Mon âme pour un collier de perles. Et les garçons, Aurélie ? Et les...

Son profil précis couleur d'ivoire. Sa bouche lippue. Sa pipe. Un nuage de fumée. Puis plus rien. Aurélie a disparu.

Le bal est une merveille. Le gouverneur lui-même me respire dans le cou en dansant. Tante Adélaïde me donne un coup d'éventail sur le bras. Les lustres sont extraordinaires. Il y a des lueurs roses qui se balancent au plafond. Je veux danser toute la nuit. Les garçons endimanchés ne sont vraiment pas drôles. Et les filles donc ? Pimbêches et pincées, avec des rires d'oies chatouillées. Il n'y a que le gouverneur lui-même... Tout rouge. Ses favoris rouillés. Je crois qu'il louche dans... J'ai échancré mon corsage. La musique, mes jambes. Ma taille, la musique. La musique me monte à la tête. Une, deux. La polka. Je suis folle de la polka. Souple comme une bougie qui fond. Vive comme une flamme. Je crois que le gouverneur (danser à en perdre le souffle) me renverse sur son bras. Comme une fleur qui se pâme. Peut-être me suis-je imaginé cela ? Ma mère dit qu'il faut me marier. Le quadrille reprend. Les garçons s'essoufflent, renâclent, pareils à de petits cochons, patauds et maladroits. Ils me regardent par en dessous. Ma mère dit encore qu'il faut me marier. Le gouverneur a bien quarante ans, l'âge intéressant. Les autres, de petits cochons endimanchés, vous dis-je. Aurélie, il faudrait que je te parle pourtant. Comment faire ? Je voudrais savoir... Les garçons... Les garçons...

C'est à la chasse que je fais la connaissance d'Antoine Tassy. Les îles. Le bateau à fond plat. Le bruit des rames dans le silence de l'aube. Les gouttes d'eau qui retombent, épaisses et rondes. Les canaux, étroits méandres d'algues vertes. Les longues heures d'attente cachée dans les joncs. La pluie, la boue, le bon coup de fusil. L'odeur de la poudre. L'oiseau qui tombe, comme une pierre emplumée. Les chiens à l'affût, la voix rauque des chiens. Le goût de la brume sur mon visage.

– Mon Dieu que j'aime cette vie-là ! Que je l'aime !

Les mâles compagnons de chasse. Leurs joues noircies par la barbe qui pousse. Leurs voix basses. Leurs regards hardis sur « la chasseresse », comme ils m'appellent. Leurs mains nues parfois sur mon épaule. Le gros œil bleu pâle d'Antoine Tassy qui s'embue de larmes à me regarder fixement. L'automne, les feuilles en tapis. La fumée bleue des fusils.

– Ce n'est pas un passe-temps convenable pour une jeune fille !

– Mes chères petites tantes, vous ne comprenez rien à rien. Et moi j'aime la chasse. Et j'irai à la chasse.

Mes trois chaperons transis, dans la maison du garde-chasse. En compagnie de jeunes femmes dolentes, emmitouflées et circonspectes, attendant leurs maris. Tenant en laisse la chienne noire qui nourrit ses petits et rêve de gibier. Se lamente doucement, à chaque coup de fusil, le museau entre les pattes. L'œil triste. Rivé sur la porte de la cabane.

– Quel joli coup de fusil ! Vous me semblez bien gaillarde, mademoiselle d'Aulnières ?

Je souris. Gaillarde, je le suis. Tu me devines, Antoine Tassy, et tu me traques, comme un bon chien de chasse. Et moi aussi je te flaire et je te découvre. Seigneur de Kamouraska. Mauvais gibier. Gibier facile, à demi enfoncé dans une cache de vase, guettant l'oie et le canard, le doigt sur la détente.

– Après vous, mademoiselle ?

C'est moi qui tire. C'est moi qui tue. Un gros paquet de plumes blanches et grises qui tournoie sur le ciel gris et retombe dans les joncs.

– Mes félicitations, mademoiselle.

Le beau setter roux rapporte l'oiseau pantelant, une étoile rouge sur la gorge. Antoine Tassy soupèse l'oiseau avec gourmandise et admiration.

– Vous savez viser. C'est rare pour une femme.

Son visage de face, gras et rose. Cette lippe d'enfant boudeur. Cette lueur sensuelle qui illumine ses joues, comme de petites vagues claires. Il a envie de me coucher là, dans les joncs et la boue. Et cela me plairait aussi d'être sous lui, me débattant, tandis qu'il m'embrasserait le visage avec de gros baisers mouillés.

Il n'est pas d'ici. Il vient du bas du fleuve. Je ne sais rien de lui. Mais c'est un voyou, j'en suis sûre. De bonne famille, mais un voyou quand même. Je me ferai respecter de lui, comme une jeune fille à marier.

Antoine Tassy a mis l'énorme oiseau dans mon carnier. Il a pris le carnier sur son épaule. Il me tend sa main dégantée, toute chaude et molle. Douce.

– Venez. Allons faire un petit tour par là.

Le sentier traverse le petit bois de pins. C'est plein d'aiguilles rousses par terre.

– Non, non, monsieur. Il faut que je rejoigne mes trois petites tantes qui m'attendent dans la cabane du garde-chasse.

Sa main presse ma main qui s'abandonne un instant.

Comme un oiseau blessé. Puis se retire, faussement pudique.

Angélique, Adélaïde, Luce-Gertrude ouvrent de grands yeux qui se pâment d'émotion.

– Ma sœur, pincez-moi ? Est-ce que je rêve ? C'est bien la Petite qui vient là ? Sortant du marais, les joues rouges de froid, les boucles en désordre, toute crottée, tenant par la main un beau, grand, gros garçon ?...

– Non, ma sœur, vous ne rêvez pas. C'est Antoine Tassy, le jeune seigneur de Kamouraska !

Antoine Tassy ne laisse pas très longtemps mes trois tantes savourer l'exaltation romanesque d'une première rencontre. Dès le lendemain il demande ma main. Par l'entremise de Mme Cazeau qui fait une longue visite à ma mère.

– Très bon parti. Vieille famille. Deux cent cinquante arpents de terre et de bois. Plus les îles, en face de la seigneurie. Une saline. Une boulangerie. Un quai. Un manoir de pierre construit sur le cap. Le père mort, l'année dernière. Vit seul avec sa mère. Sœurs mariées à Québec.

Mme d'Aulnières éclate en sanglots. Appréhende d'avoir à expliquer à sa fille les mystères, pour elle inséparables, du mariage et de la mort.

– Quelle vie, mon Dieu ! Quelle vie ! Veuve à dix-sept ans, avec une petite fille pas encore née... Non, je ne m'en remettrai jamais...

Je vais me marier. Ma mère a dit oui. Et moi aussi j'ai dit oui, dans la nuit de ma chair. Aidez-moi ! Dites-moi, vous, ma mère ? Conseillez-moi ! Et vous, mes tantes ? Est-ce l'amour ? Est-ce bien l'amour qui me tourmente ? Je crois que je vais me noyer.

Est-ce donc ainsi que les filles vivent ? Je te bichonne, je te coiffe. Je t'envoie à la messe et au catéchisme. Je te cache la vie et la mort derrière de grands paravents, brodés de roses et d'oiseaux exotiques. Ce sont les sauvages qui laissent tomber les nouveau-nés dans le lit des mères. Tu sais bien, les tout-petits-petits, à la face chiffonnée, qu'on trouve au matin, enveloppés de langes et de laine blanche ? Auprès d'une jeune maman exténuée qui sourit ? Les fables. Les fables de Dieu et celles des hommes. *Les Noces de Cana*, *La Fiancée de Lammermoor*, *A la claire fontaine, jamais je ne t'oublierai*. L'amour, la belle amour des chansons et des romans.

Voyou. Beau seigneur. Sale voyou. Je vous ai bien vu dans la rue. Mary Fletcher, une prostituée. Seigneur ! Son manteau rouge. Ses cheveux carotte. Et vous triste sire qui la suiviez sur le trottoir, comme un sale petit mouton. Vers son grand lit, aux draps souillés. Ah ! je l'ai bien devinée, avec quel coup au ventre, la fête effrontée entre vous deux. Moi, moi, l'innocente. Elisabeth d'Aulnières, jeune fille à marier.

Le bal des Cazeau. C'est étrange comme un homme aussi fort tourne et virevolte avec aisance. Je garde mes yeux obstinément baissés. Il me serre le bras. Sa voix basse et mouillée.

– Elisabeth, regardez-moi, je vous en prie !

– Vous m'avez insultée. Je vous ai vu avec cette fille. Hier dans la rue.

– Je ne savais pas. Enfin. Je vous demande pardon.

Sa lèvre tremble comme s'il allait pleurer.

Mon orgueil ! J'appelle mon orgueil à mon secours. Comme mon Dieu. Tandis que l'image carotte de Mary Fletcher me brûle de curiosité, de jalousie et de désir.

Un long moment nous nous regardons. En silence. Sa confusion. Sa veulerie. La mienne. Et mon orgueil qui se rend peu à peu. Nous détournons la tête, l'un de l'autre, épuisés, comme deux lutteurs.

– Éléonore-Elisabeth d'Aulnières, prenez-vous pour époux Jacques-Antoine Tassy ?

Il faut répondre « oui », bien fort. Ton voile de mariée. Ta couronne de fleurs d'oranger. Ta robe à traîne. Le gâteau de noces, à trois étages, nappé de sucre et de crème fouettée. Les invités se mouchent derrière toi. Tout le bourg de Sorel attend pour te voir passer, au bras de ton jeune époux. Mon Dieu, je me damne ! Je suis mariée à un homme que je n'aime pas.

Ce géant blond, il a des yeux si bleus, des fleurs de lin, pleines de larmes. Un peu trop gras peut-être. La larme trop facile. On dit qu'il boit et qu'il court les filles, c'est le seigneur de Kamouraska. Il a tout juste vingt et un ans. Et moi, Elisabeth d'Aulnières, j'ai seize ans. J'ai juré d'être heureuse.

Que Mme Rolland ne se rassure pas si vite. Ne se réveille pas en toute hâte, dans la petite chambre de Léontine Mélançon. Pour classer ses souvenirs de mariage et les accrocher au mur, les contempler à loisir. Rien n'est moins inoffensif que l'histoire du premier mariage d'Elisabeth d'Aulnières.

Ce n'est pas que la lumière soit particulièrement insistante. Mais c'est cette terrifiante immobilité. Cette distance même qui devrait me rassurer est pire que tout.

Penser à soi à la troisième personne. Feindre le détachement. Ne pas s'identifier à la jeune mariée tout habillée de velours bleu. Costume de voyage. Gravure de mode pour Louis-Philippe de France. Le marié a l'air d'un mannequin de cire. Longue redingote et chapeau haut de forme.

Voici la mariée qui bouge, poupée mécanique, appuyée au bras du mari, elle grimpe dans la voiture. Son bas de soie blanche, son soulier fin. Elle reprend la pose au fond du cabriolet. Toute la noce plaisante, entoure l'équipage et rit très fort. La mariée embrasse à nouveau sa mère, ses tantes et toute la noce. Le marié saisit les rênes, soupire après ce long voyage jusqu'à Kamouraska. Les auberges. Les relais. Tante Adélaïde crie quelque chose qui se perd dans le vent. Elle répète sa question tandis que le marié retient à grand-peine les chevaux noirs, attelés en paire.

Le marié embrasse la mariée sans fin. Le marié est en bois colorié. La mariée aussi, peinte en bleu.

Quant à moi, je suis Mme Rolland, et je referai mon premier voyage de noces comme on raconte une histoire, sans trop y croire, avec un sourire amusé. Même si le bonheur tourne au vinaigre, au fiel le plus amer.

La route est bordée d'arbres. Je compte les grains de riz dont la voiture est jonchée. Je ferme les yeux. Sur mon visage et mes mains passe le vent chaud et sec. J'aperçois, entre mes cils, le nuage de sable que soulève la voiture, sur la route.

Nous aurions dû prendre le bateau à vapeur jusqu'à Québec. Mais mon mari tient à conduire lui-même sa jeune épouse jusqu'à sa demeure du bas du fleuve, selon un itinéraire bien à lui.

L'odeur du foin coupé. Le parfum des trèfles. Le grésillement des grillons. De grandes brassées tour à tour brûlantes et fraîches, jetées sur mes épaules. Passage du plein soleil à l'ombre profonde de la forêt. Je redeviens sensible à outrance. Le centre de ma vie, ce désir... Non, je n'avouerai pas la connivence parfaite qui me lie à cet homme blond, assis à mes côtés. Cette voiture folle, lancée sur des routes peu sûres. Dans le brasier de l'été.

L'enseigne se balance au vent. *Auberge des Trembles*. Les lettres gothiques se mêlent à la broderie de bois peinte à la chaux, ornant la galerie et les colonnes minces.

L'aubergiste semble connaître le marié. Le costume du marié s'est considérablement libéré de son petit air cahier de mode. Le chapeau haut de forme, posé tout à fait à l'arrière de la tête, laisse tomber une mèche enfantine de fins cheveux blonds. Le gilet déboutonné, puis reboutonné de travers, fait des plis.

Le marié donne de grandes claques sur l'épaule de l'aubergiste. La voix sonore du marié emplit la salle basse.

– Bonsoir le père ! Je viens pour dîner. Et pour coucher. C'est ma femme que je te présente. Tu vas la saluer bien bas, tout de suite. Et tu l'appelleras « Madame ». Et puis trouve-moi des violoneux et des danseurs. Au plus vite. C'est ma nuit de noces. Il faut fêter cela.

J'aime mieux la polka. Mon Dieu, le bal du gouverneur ! Aidez-moi ! Sauvez-moi ! Les jeunes hommes ont des gants blancs et des mines confites. Le gouverneur lui-même... Ses favoris sont roux, comme du poil de chat. Son air très british. Je parle anglais avec distinction. Le gouverneur me l'a dit. Qu'est-ce que je fais ici ? Je vous le demande ? Mon mari a de drôles d'idées. Ah ! tous ces canayens-habitants-chiens-blancs ! Ils sentent la sueur et la crasse. Ils se démènent en dansant et crient comme des bêtes qu'on égorge. Mon mari aime les filles pas lavées, à l'odeur musquée. Il me l'a dit. Il boit du caribou. Il mange de la galette chaude.

– La vie est belle !

C'est le marié qui hurle cela en faisant tourner la mariée.

J'ai mal au cœur. Cette galette m'est restée... On suffoque ici. La gigue irlandaise est une invention du diable. Le son discordant des violons me perce la tête. Je crois que j'ai un peu trop bu. Cette brûlure vive dans des gobelets de fer-blanc. Ah mon Dieu ! Je vais mourir ! Au bal du gouverneur il y a des rondelles de citron vert qui flottent sur un punch rose, très doux. Tenir mon rang. Je deviens languissante comme avant mes règles. Je crois que je m'encanaille dans cette auberge de campagne. Mon mari joue avec la dentelle de mon jupon. Sous la table. Il glisse ses doigts très doux entre mon soulier et mon bas. A l'abri de la longue nappe de lin.

– Je suis heureux !

C'est le marié qui vante son bonheur. L'assemblée attentive et gênée roucoule doucement. Rit sans fin. Regarde la mariée par en dessous. D'un air complice.

Au petit matin, la mariée tarde à s'endormir, tout contre le marié, noyé de fatigue et d'alcool. Cette fraîche entaille entre ses cuisses, la mariée regarde avec effarement ses vêtements jetés dans la chambre, en grand désordre, de velours, de linge et de dentelle.

Quinze jours de voyage. Longues routes désertes. Forêts traversées. Petites auberges de village. Le lard salé et la mélasse me donnent mal au cœur. Parfois, il y a des punaises dans le bois du lit. Toujours les draps sont rugueux. La chaleur est insupportable. Il pleut à travers la capote de la voiture.

Louiseville, Saint-Hyacinthe, Saint-Nicolas, Pointe-Lévis, Saint-Michel, Montmagny, Berthier, L'Islet, Saint-Roch-des-Aulnaies, Saint-Jean-Port-Joli...

Le bas du fleuve respiré à pleins poumons. Les soirées deviennent plus fraîches. L'odeur des grèves se lève, de plus en plus fort.

Antoine Tassy salue au passage une frontière invisible sur l'eau, là où le fleuve devient salé comme la mer. Elisabeth d'Aulnières songe à la douceur du Richelieu.

Sainte-Anne, Rivière-Ouelle, Kamouraska !

Les collines émergent des bas taillis. La blancheur abrupte, tachetée de noir, du gneiss piqué d'arbres nains, clairsemés. La forêt toute proche. Les prairies de grèves ! Joncs, rouches, herbes à bernaches et foins de mer livrés au vent. Comme une eau moutonnante, en bordure du fleuve.

Le marié brandit son fouet sur le ciel de juillet. Il montre les îles, les nomme lentement, comme des personnes. Fait les honneurs de ses terres à sa jeune épouse.

— L'île aux Corneilles, l'île Providence, l'île aux Patins, la Grosse Ile...

Paysage d'été, bleu de brume chaude. Les longues étendues des grèves vaseuses. L'odeur de la marée basse emplit l'air lourd. La ligne de l'eau se perd sur le ciel. On ne voit pas l'autre rive du fleuve.

J'ai bien le temps de vivre ici avec mon jeune mari. Quelques années à peine de violence et de désespoir. Voyez comme je me serre contre Antoine (une vraie chatte) lorsqu'il me présente à sa mère, debout sur le seuil du manoir, venue accueillir les jeunes époux.

Le manoir, quelqu'un demande où se trouve le manoir. Une voix d'homme, avec une pointe d'accent américain. C'est l'hiver. Il gèle à pierre fendre. On lui indique d'un geste lent de paysan le bout du village, un cap solitaire qui s'avance dans le fleuve.

A l'auberge Dionne, une fille aux cheveux crépus (qui n'est pas du village) demande le manoir. Elle pose sa main sur la vitre gelée et gratte avec ses ongles, pour faire fondre le givre. Longtemps elle regarde dans la nuit, en direction du manoir.

Le manoir. Vous ne risquez pas grand-chose d'y retourner, madame Rolland. Vous savez bien qu'il n'y a plus rien. Tout a brûlé en 18... Rasé, nu comme la main. Qui peut se vanter de pouvoir ainsi effacer sa vie passée, d'un seul coup ? Quelques flammes, beaucoup de fumée, puis plus rien. La mémoire se cultive comme une terre. Il faut y mettre le feu parfois. Brûler les mauvaises herbes jusqu'à la racine. Y planter un champ de roses imaginaires, à la place.

C'est peu d'avoir une double vie, madame Rolland. Le plus difficile serait d'avoir quatre ou cinq existences secrètes, à l'insu de tous. Comme ces dévotes qui marmonnent des chapelets interminables, tandis que dans leur sang coule le venin des vipères. Bonjour madame Rolland. Bonsoir madame Rolland. Comment va monsieur Rolland ? Et les enfants ? Une fameuse portée, mais tous en bonne santé. Dieu merci. A quoi pensez-vous donc, madame Rolland, que votre œil s'assombrit ? Que votre front se plisse ? Irréprochable. Vous êtes irréprochable. Mais vous n'êtes qu'une absente, madame Rolland. Inutile de nier. Votre mari se meurt dans une des chambres du premier, et vous feignez de dormir, étendue sur le lit de l'institutrice de vos enfants. Vous entendez des voix, madame Rolland. Vous jouez à entendre des voix. Vous avez des hallucinations. Avez-vous donc tant besoin de distractions qu'il vous faut aller chercher, au plus creux des ténèbres, les fantômes de votre jeunesse ?

L'automne, Kamouraska, tout entier, est livré aux outardes, canards, sarcelles, bernaches, oies sauvages. Des milliers d'oiseaux sur des lieues de distance. Tout le long de la grève. Vous qui aimez tant la chasse, vous êtes comblée ? Il y a trop de vent ici. Non, je ne m'habituerai pas à ce vent. La nuit, le vent siffle tout autour de la maison, il secoue les volets. Le vent me fait mourir.

On dit que la voix des morts se mêle au vent, les soirs de tempête. Personne n'est mort ici. Je suis vivante et mon mari aussi. Nous passons au manoir de Kamouraska notre cruelle jeunesse, sans fin. Nous sommes vivants, lui et moi ! Mariés ensemble. S'affrontant. Se blessant. S'insultant à cœur joie, sous l'œil perçant de Mme mère Tassy. Ça ne peut continuer comme cela. Il faudra bien faire une fin, choisir le point du cœur et y déposer la mort. Tranquillement. Le premier des deux époux qui mettra son projet à exécution sera sauvé.

De nouveau l'immobilité. C'est le soir. Tout se fige. N'existe plus. Je suis seule. Et pourtant quelque chose de fixe et d'interdit m'épie dans le paysage pétrifié de Kamouraska. Je n'aurais pas dû revenir ici. Les ruines calcinées du manoir. Toutes noires sur un ciel de pierre. La façade semble intacte, la porte d'entrée est grande ouverte. On voit à travers la porte les herbes sauvages qui poussent, en masses féroces, derrière la maison. La fenêtre du salon conserve quelques petits carreaux, noirs de fumée. Au premier étage une lampe est allumée, celle de la chambre conjugale, lueur orangée, morte. Quelque part dans la muraille, un point fixe, vivant, quoique pierreux, est braqué sur moi. Au cran d'arrêt. Chevillé dans la pierre. Soudain cela bouge. Un lézard, sans doute, caché entre les pierres et qui dégringole maintenant la muraille. En zigzags prestes. Il va tomber à mes pieds. Seigneur ! Les ruines semblent s'animer toutes à présent. Ce petit point vivant qui se décide à bouger éveille à mesure les murs qui sont encore debout. Les pierres noircies léchées par le feu. Tout comme si les ruines entières...

Son petit œil marron, rivé sur moi, ses grosses paupières plissées qui ne clignent pas. Ma belle-mère est vivante. Elle émerge de la pierre calcinée. Couleur de poussière, dressée de toute sa filiforme et frétillante petite personne.

– Bonjour, ma fille. Soyez la bienvenue au manoir.

Elle fait deux pas de côté sur ses jambes courtes, crochues. Elle s'appuie sur une canne et contemple avec attention ses deux pieds bots, chaussés de bottines neuves.

Frugale en tout, vivant comme une paysanne, Mme mère Tassy se permet de faire faire ses chaussures à New York. Les bottines mettent parfois un an pour parvenir jusqu'à Kamouraska. Durant ce temps, Mme Tassy prend plaisir à penser que, dans la grande ville américaine, un cordonnier conserve précieusement l'empreinte de ses pieds monstrueux.

Ses longs voiles de deuil pendent jusqu'à terre. Je détourne la tête. Pourvu que je ne me mette pas à trembler et à pleurer devant elle. Les larmes n'entrent pas dans son ordre. Pour ma belle-mère, larmes et crises de nerfs font partie de ce monde excessif, inconvenant et douteux que, faute d'un autre mot, elle appelle le théâtre.

Et moi, je suis une femme de théâtre. Émotions, fièvres, cris, grincements de dents. Je ne crains rien. Sauf l'ennui. J'irai jusqu'au bout de ma folie. C'est une obligation que j'ai. Je suis lancée. Puis je me rangerai. Je redeviendrai Mme Rolland. Je suis déjà rangée. Je suis Mme Rolland. Quant à Antoine Tassy, votre fils, c'est aussi un homme de théâtre, livré aux gestes et aux vociférations de ses passions. Bien lui en prend d'ailleurs car...

Mme Tassy me regarde si fortement que je suis sûre qu'elle me voit penser. A un nouvel éclat de son petit œil je crains un instant qu'elle n'abatte sa lourde canne sur mon dos. Elle parle calmement, d'une voix mate. Reprend malicieusement son speech du premier jour de mon arrivée au manoir, lorsque blottie contre Antoine... je...

– Ma fille il faut que je vous dise. Mon fils est un bon garçon. Seulement il fait de petites fêtes de temps en temps. Je ne vous demande pas de vous habituer. Moi-même je n'y suis jamais parvenue. Ni mon pauvre mari, son père, Dieu ait son âme. Il s'agit de conserver ses distances avec tout ce qui est choquant et grossier. Ignorer tout simplement. Ceux qui vous disent que la vie est belle ne font pas autrement. Mettez-vous bien cela dans la tête et vous serez heureuse. Quoi que mon fils fasse contre vous, sa femme.

Ma belle-mère tricote pour les pauvres du village. Du

soir au matin. La laine rude et piquante du pays, couleur de gruau. Un petit matin je dois comparaître devant elle. Décoiffée, les yeux bouffis par les larmes et l'insomnie, projetant devant moi mon ventre énorme. Il me semble que je roule, comme un poussah. Je ne vois plus mes pieds. Je suis une tour, la tour prend garde. Mon mari est en voyage à Québec, avec une petite simplette du village. Ma belle-mère a le dur visage de la sagesse, aux larmes séchées comme du sable. Une lettre d'Antoine est dépliée sur ses genoux.

– La petite simplette est morte en cours de route. Une attaque de cœur...

– Tant mieux. Ça lui apprendra...

– Vous ne semblez pas vous rendre compte. Cette fille a quinze ans. Mon fils est responsable vis-à-vis des parents. Mourir en voyage, quelle sottise aussi. A cet âge-là on devrait être plus solide. Mieux se tenir. Enfin... le courrier attend là, dans la cuisine. Que répondre à Antoine ? Il a bien besoin d'un conseil, ce petit, pourtant... Il a surtout besoin qu'on lui fasse peur, une bonne fois pour toutes. Ne croyez-vous pas ?

La réponse est déjà toute préparée. Quelques mots griffonnés au crayon :

Vous avez perdu son âme. Arrangez-vous avec son corps. Caroline des Rivières Tassy.

Pas plus qu'elle ne pleure, ma belle-mère ne rit jamais. A peine un petit tremblement au coin de la bouche, une sorte de plissement imperceptible, sur sa joue parcheminée.

Son message envoyé et reçu par son fils, Mme Tassy fait immédiatement le nécessaire pour étouffer le scandale.

A nouveau la petite chambre de Léontine Mélançon. Je n'ai plus la force de bouger la tête sur l'oreiller. Étendue de tout mon long, sur le dos, les yeux plaqués au plafond. Les moulures tarabiscotées du plâtre. Ce blanc aveuglant. Toujours ce soleil qui... Les moulures vues et revues, examinées, faites et défaites. A satiété. Impossible de faire un mouvement, de remuer le petit doigt. Tout mon corps est lesté de centaines de plombs, semblables à ceux que l'on coud dans les ourlets des casaques et des jupes, pour qu'elles tombent bien. Parée comme une noyée que l'on va balancer par-dessus bord. Immergée dans le rêve saumâtre. La mémoire exacte, comme une pendule. Tic tac, tic tac... Qui me prendra dans ses bras. Doucement... Me fera quitter la chambre à fleurs ridicules. Qui m'entraînera dans l'escalier. Me fera descendre les marches. Une à une, comme un enfant. Me déposera saine et sauve au chevet de Jérôme Rolland ?

Deux balles dans la tête. La cervelle lui sort par les oreilles. On lui a bandé son horrible blessure. On l'a couché dans l'église sous le banc seigneurial. Je l'entends qui geint doucement les nuits de tempête. Ce pays est ravagé par le vent. Antoine se lève en secret. Suit des couloirs sous terre. Des chemins noirs là où passent les eaux souterraines. Arrive aux ruines du manoir. S'assoit dans son fauteuil, fragile comme du charbon de bois, cassant. Velours sec. Près de la cheminée intacte, gueule noire. Se plaint du froid de la terre. Des messes qu'il lui faut subir, tous les matins. Les glapissements des chantres lui parviennent par rafales. L'atteignent dans son trou, sous le plancher de l'église. Avec des bouffées d'encens. Le voici qui commande en rêve. Il appelle tous les domestiques. Demande qu'on lui serve à boire et à manger. Dit qu'il a tout son temps pour vivre. Qu'il attend sa femme. Il gémit encore. Dit que son mauvais caractère est mort, en même temps que son sang. Supplie qu'on lui envoie sa femme, immédiatement. Croit qu'il vient de hurler un ordre sans réplique. Alors qu'il chuchote, derrière sa main gantée de noir. Proclame que tout est prêt pour la reconstitution.

– Par ici, si Madame veut bien se donner la peine de me suivre...

Cette voix suraiguë. C'est Aurélie Caron. Telle qu'en ce mois de décembre 1838. Vêtue de neuf de la tête aux pieds. Prête à affronter le long et dur voyage à Kamouraska. Prête à remplir sa redoutable mission. Ses petites virgules de cheveux frisottés sur son front. Ses dents tachées de tabac. Elle s'enveloppe dans son manteau de laine du pays. Col, collerette, nuage et crémone.

Je remonte l'allée du manoir suivant de près cette fille qui se déhanche. Je ne puis m'empêcher de la suivre. Il faut absolument que je le fasse.

Aurélie me quitte au bas du perron.

– Je peux pas aller plus loin. Vous savez bien. J'ai jamais été en service au manoir de Kamouraska, moi. Je suis venue seulement une fois dans ces parages... Mais sans jamais entrer au manoir... Rapport à une certaine commission que...

Voici Rose Morin et le petit Robert, Marie Voisine, Alma Ouellette, Charles Deguire, Desjardins, Dionne... Rangés sur deux lignes. Tous lèvent des lampes au-dessus de leur tête. En signe de salut. Me font escorte jusqu'à l'escalier. Me laissent monter seule dans le noir. Cet escalier est rongé par les flammes. Une marche sur deux est effondrée. Je retrouve le craquement sourd de la sixième marche. La vie est présente. Et cet homme qui m'attend là-haut ! Mon Dieu faites qu'il soit vivant !

Pourquoi garde-t-il sa tête enveloppée de linge ? Cela

ne fait que quelques mois que nous sommes mariés ? Personne encore, en mon nom, n'a tenté d'assassiner mon mari ? J'hésite à entrer dans la chambre. Je reste là sur le palier. Il n'y a plus de porte dans notre chambre. Je ne puis quitter des yeux la tête bandée de linge blanc. Un désordre extraordinaire règne dans la pièce.

– Eh bien rentre ! Qu'est-ce que tu attends ? Ferme la porte !

Je ne reconnais pas cette voix à peine audible. Cette espèce d'éclat mat qui se brise à chaque mot. Il se lève. Il est sur moi. Retrouve d'un coup sa voix tonitruante d'autrefois. Son œil si pâle, exorbité, cherche mon regard. Je cache mon visage dans mes mains.

– Maudite ! Femme maudite ! Regarde ce que tu as fait !

Mon Dieu ! Il va ôter son bandeau ! Montrer sa blessure ! Antoine arrache mes mains de sur mon visage. Retient solidement mes deux poignets, dans une seule de ses mains larges. Me force à le regarder bien en face. Je retrouve l'onction des mains grasses sur la force des os. Les yeux grands ouverts, je reconnais les jeunes traits, un peu bouffis. Les joues d'enfant. Plus aucun bandage ne cache les fins cheveux blonds. Je voudrais remercier Antoine pour son image indemne. L'embrasser pour cela. Surtout qu'il ne se souvienne d'aucun attentat contre ses jours. Dans l'anse de Kamouraska. Mon jeune mari de six mois. Dieu soit loué. Rien n'est encore arrivé. Il rit en me regardant.

Il fait de grands gestes. Me montre le lit couvert de vêtements, de linge, d'objets de toilette, en désordre. Indique la grande armoire de pin, aux deux battants ouverts, aux planches vides.

– Tes chemises, ma belle ? Eh bien tu les veux, tes chemises ? Trouve-les donc, si tu peux. Cherche. Cherche bien. Et tes pantalons brodés ? Tu aimerais peut-être les retrouver aussi ? Faire la belle ? Tenter le diable et ton pauvre mari avec ?

Je ramasse, range et remets en place dans l'armoire. Il

faut bien me rendre à l'évidence. Presque tout le linge de mon trousseau de mariage a disparu.

– Finis. Partis. Disparus. Les chemises et les pantalons de ma femme. Tu n'auras qu'à te promener toute nue sous tes robes de soie et de cachemire. Non, mais quelle farce ! Je suis un grand comique !

Antoine Tassy s'étrangle de rire. Il avale un grand coup de cognac. Baisse la tête et devient piteux comme un enfant puni. De nouveau sa voix étrangère, imperceptible et sèche.

– Ne me regarde pas comme ça. Va-t'en, je t'en prie. Va-t'en. Je suis un salaud...

Un salaud ! Voilà comment il parle, mon jeune mari. Un salaud, voilà ce qu'il est en vérité. Il avoue. C'est lui le coupable. Je n'y suis pour rien. Innocente. Je suis innocente. Humiliée et offensée. Enceinte de six mois. Il m'insulte. Je suis grotesque, moquée. Avec mon ventre qui s'arrondit. A la grand-messe du dimanche je m'avance, lourde, mon mantelet mal croisé, au bras de mon mari. Aïe ! ma robe de mousseline bleue disparue ! Je la retrouve là sur le dos de cette souillon d'Aglaé Dionne ! Dernière conquête de mon mari. L'Aglaé fait des simagrées derrière ses mains jointes. Sur mon passage. Se rit de moi. Je voudrais la faire déshabiller sur-le-champ. Retrouver mon linge fin aussi. Faire fouetter cette fille sur la place.

Il ronfle et pue l'alcool. Il faut le dévêtir. Lui enlever ses longues bottes.

Aujourd'hui il m'a demandé pardon. Il m'a prise doucement dans ses bras. Il m'embrasse le ventre et le petit qui est dedans. Il s'amuse à pleurer dans mon nombril qu'il emplit de larmes. Il dit que c'est un bénitier. Il dit aussi que je suis belle et bonne et qu'un jour il me tuera.

Ma belle-mère ne cesse de répéter :

– Il faut garder ses distances. Ce qui entre par une oreille doit tout de suite sortir par l'autre...

Mon premier fils est né. Une maladie de trente-six heures. Il a fallu mettre les fers. Antoine a disparu. On l'a retrouvé ivre mort, le quatrième jour. Couché, recroquevillé, grelottant de froid et de fièvre. Sur le sable mouillé. Dans les joncs. Au bord du fleuve.

Il jure sur la tête de son fils de ne plus jamais boire. Le baptême se célèbre au champagne, tout juste arrivé de France. Antoine trinque jusque dans les cuisines et au grenier. Il cherche un potiron jaune et vert, pour un punch de son invention.

– Il faut célébrer ma femme et mon fils ! Une fête à tout casser ! Sonnez les cloches ! Carillonnez les verres. Ding ! Dong ! Je suis un homme fou !

Ma belle-mère trottine et sert à boire. Elle dit que son petit-fils est un braillard et son fils un double braillard.

Le monde est en ordre. Les morts dessous. Les vivants dessus. Petites images de baptême. Le manoir est illuminé dans la nuit. Comme un vaisseau retiré de la mer. Hissé sur un cap. En radoub. Conservant toutes ses lumières. Sa vie fourmillante à l'intérieur. Tout le village boit et mange dans les cuisines regorgeant d'anguilles, de volailles et de caribou.

– C'est un garçon ! Le seigneur a eu un fils !

Cette scène est joyeuse et bénéfique. Pourquoi ne pas la conserver ? S'y attacher ?

Un fragment de miroir tient encore au-dessus de la commode de la chambre conjugale. La suie se détache en poussière de velours. Dégage un petit hublot de tain pur.

Quel joli tableau se mire dans cette eau morte. Un portrait de famille. Le père et la mère confus se penchent sur un nouveau-né tout rouge. La belle-mère apporte un châle de laine du pays qu'elle vient de tricoter. La mère affirme que c'est trop rude pour son fils. La belle-mère, vexée, frappe avec sa canne sur le plancher. Trois coups bien distincts. Nous abandonne à notre destin d'histrions. Se retire. Méprisante.

— Tout ça, c'est du théâtre !

Nous sommes livrés à nous-mêmes. Pour le meilleur et pour le pire. Antoine Tassy et moi, Elisabeth d'Aulnières, sa femme.

Mon mari porte de nouveau un bandeau blanc qui lui serre le front. Il lève le bras et brandit le poing au-dessus de ma tête. Pour me maudire. Je tiens mon fils dans mes bras et ferme les yeux. Ma belle-mère revient. Dit que nous sommes des marionnettes. Aïe ! Le morceau de glace se casse en mille miettes.

Un seul éclat persiste au mur. Minuscule triangle guilloché. Mais si clair. Limpide. Non, je ne bougerai pas. Je resterai ainsi le temps qu'il faudra, mon fils serré contre mon sein. Je garderai les yeux obstinément fermés. Il faudrait me les ouvrir de force, pour que je consente à regarder. Cette glace est trop pure. Son éclat ne peut que me percer le cœur. Plutôt affronter son affreuse colère de bête abattue. La vengeance d'Antoine. Tout plutôt que de retrouver ce clair regard d'enfant, parfois, si bleu. Cette espace d'étonnement triste.

— Toi, toi, Elisabeth, ma femme ? Comment toi ?...

Sa voix trop douce, déchirée. Ah ! mon Dieu qu'ai-je fait ? Quel crime est-ce là ?

Mes jupes sont pleines de boue. Mon corsage est décousu. Nous courons tous les deux. A perdre haleine. Sur la grève mouillée. Tombons dans les joncs. Les petites flaques d'eau vertes qui éclatent sous notre poids. Les algues visqueuses rouges, jaunes. Des fougères de mer, dessinées sur notre peau. Antoine Tassy mon mari. Ah ! si les domestiques ou les villageois... Nous sommes deux enfants sauvages. Donnons-nous la main. Embrassons-nous sur la bouche. A perdre le souffle. Enlevons tous nos vêtements encore une fois. Courons bien vite nous cacher dans la petite maison de Paincourt que mon mari conserve pour ses rendez-vous.

Il me lance un couteau de cuisine par la tête. Je n'ai que le temps de me baisser. Le couteau s'est planté dans la boiserie. A la hauteur de ma gorge.

Cet homme est fou. Le voici immobile et tranquille, assis dans son fauteuil. Ou debout. Figé comme une souche lourde. A contre-jour dans la fenêtre. On dirait que l'immobilité s'accumule à mesure en lui. Le charge de tout son poids inerte. De silence aussi. Comme une jarre que l'on emplirait de grains de fer, un à un, à ras bord. Faire le vide. Sceller tout ce poids excessif. Son regard pétrifié. Tout occupé à suivre en lui-même le cheminement secret de quelque chose de terrible, oublié là, laissé pour compte, comme légèrement. Alors qu'on sait très bien quelle bête c'est, quelle souris malicieuse, dans le sac, quel démon triomphant. Antoine semble absent. Mais il écoute monter cette voix destructrice en lui. L'envers de sa joie bruyante, la voix aigre et souveraine de son désespoir.

Je me jette à ses genoux. Je le prie de revenir à lui. Je voudrais le débarrasser de son idée fixe. Il me regarde, sans me voir. Dit d'une voix posée et sage :

— Me tuer. Je vais me tuer. Il faut que je me tue. Tu sais bien qu'il le faut. Il n'y a que cela à faire. Me tuer. Elisabeth, je vais me tuer.

Ma belle-mère dit que cela fait cinq ans que cela dure. Lui faire boire du café noir, très fort. Lui parler d'autre chose. Ne pas le quitter des yeux.

La nuit, il a le délire. Il va à confesse. Il dit que le prêtre est un arbre mort. Il se frappe la poitrine.

— Mon père, je me roule dans la fange. Mon père, je dis des obscénités. Un débauché. Un faiseur de grimaces. Des cabrioles de bouc. Des sauts de truite. Des grognements de truie. Mon père, je ne suis qu'un comique plein de cognac et de bière, de caribou. Pouah ! Mon père, je descends dans un trou noir. Je deviens aveugle. Mon père, vous êtes un grand arbre mort. Avec beaucoup de branches mortes. – C'est pour mieux te pendre, mon enfant. – Mon père, je passe, tout de suite, dans le nœud coulant, ma tête d'idiot. Amen.

Antoine se traîne à genoux sur le plancher. Il tente de se relever. Tient à répéter sa confession, face au petit morceau de miroir, accroché au mur, au-dessus de la commode.

– Je veux voir ma tête d'idiot dans la glace !

Il écarquille les yeux. Ouvre la bouche. Exhibe une langue pâteuse. Tire une balle dans la glace. La rate. Un trou dans le mur. Tandis que l'éclat de verre intact (pendu à un clou) oscille. Vertigineusement.

Je suis enceinte à nouveau. J'aime être enceinte. Cela me donne une importance extraordinaire dans la maison. Antoine se fait tout petit, étonné, sournois. Ma belle-mère tricote de plus belle.

Antoine m'appelle, du fond d'un appentis, dans la cour. Il est assis sur une caisse de bois blanc. Derrière lui se balance une grosse corde, avec un nœud coulant, attachée à une des poutres. Il se lève avec peine, la voix bredouillante.

– Tu viens, Elisabeth ? J'agrandis le nœud coulant et tu viens avec moi. Te balancer au bout de la corde. Deux époux pendus ensemble, dans un même nœud de corde. C'est joli ça ? Le petit te crèvera le ventre, tout seul, sans l'aide de la sage-femme. Il tombera, comme une pierre, sur la paille. Nous entendrons son premier cri dans nos oreilles. Avant d'arriver en enfer, tous les deux. Viens donc avec moi. Cette corde est assez grande pour deux, Elisabeth, ma femme. Les liens du mariage, c'est ça. Une grosse corde bien attachée pour s'étouffer ensemble. Tu as promis pour le meilleur et pour le pire. Viens donc.

Il rit à gorge déployée tandis qu'il essaye de me passer le nœud coulant autour du cou. Je me débats, feignant de rire aussi. Il finit par perdre l'équilibre et tombe sur la paille. Avec un bruit sourd.

Dissimuler toutes les cordes, les lanières, les licous. Donner des ordres sévères aux domestiques. Empêcher cet homme de se pendre. De me détruire avec lui. Vivre. Accoucher pour la seconde fois. Dix mois après la première fois. Un second fils plus braillard que le premier. Le vent. Le bruit des vagues se brisant sur les rochers. Les grandes marées d'automne. Le manoir s'avance en pleine mer, dans un brouillard épais, comme du lait. Les volets de bois craquent et se disloquent. La tempête dure deux jours. Ne pas dormir. Épier les branches qui cassent. Les cataractes d'eau qui tombent. Le pas trébuchant d'un homme dans la nuit. Lui enlever ses vêtements mouillés.

Je crois que c'est la peur seule qui me tient en ce lieu. Je suis fascinée. Attachée au lit d'un homme fou. Son épouse folle que l'amour ravit encore. Parfois. De grandes flambées. De plus en plus rares. Vivre. Mon second fils hurle toute la nuit. Je n'ai presque plus de lait. Ma belle-mère me dit de dormir et de prendre une nourrice. Je cherche une femme laide, pas trop jeune, qui soit propre et qui ait du lait.

Ma belle-mère est sans réplique.

– Mon fils est un panier percé. A vous, ma fille, de faire en quelque sorte que mes petits-fils ne manquent de rien.

Mme Tassy, appuyée sur sa canne, son petit nez busqué, tout froncé, fouille dans ses nombreuses poches. Déploie, ramasse, plisse et déplisse de la main ses jupes de laine. En extrait une poignée de pièces qu'elle dépose brusquement dans ma main. M'égratigne la paume de ses ongles courts. Comme si elle grattait la terre pour y enfouir un trésor. Me répète qu'elle est la maîtresse de Kamouraska.

Antoine rendrait tripes et boyaux à ses pieds, sur le tapis, que sa mère ne lui adresserait pas un reproche. C'est à table que Mme Tassy se contente de faire régner la pénitence la plus stricte, en guise de représailles. Pommes de terre à l'eau, anguille saumurée, galette de sarrasin composent presque tous nos repas.

Mes petites tantes accourent pour le baptême de mon second fils. Me contemplent, consternées. Décident de me ramener à Sorel, pour quelque temps, avec les enfants. Je m'en remets, corps et âme, entre les mains des trois petites créatures surgies du bout du monde pour me sauver. Antoine jure que cela ne se fera pas. Puis, subitement, se résout à nous accompagner à Sorel.

Ma dernière messe dans l'église de Kamouraska. Les regards apitoyés de mes tantes sur l'épouse malheureuse.

– Comme elle a maigri !

– Et cette pâleur...

Les habitants de Kamouraska chuchotent sur mon passage.

– Quelle femme admirable. Et cette douceur égale. Cette résignation chrétienne.

Penchée sur mon missel. Je savoure avec une joie étrange mon rôle de femme martyre et de princesse offensée. Je rabâche dans mon cœur les douces louanges des paroissiens amassés dans la petite église de pierre. Je récite le « Notre Père », du bout des lèvres. Soudain une grande fureur s'empare de moi. Me réveille d'un coup comme une somnambule. Me fait mordre dans quatre mots de la prière, les détachant du texte, les éclairant, les dévorant. Comme si je m'en emparais à jamais. Leur conférant un sens définitif, souverain. « Délivrez-nous du mal. » Tandis que le mal dont il faut me délivrer, à tout prix, s'incarne à mes côtés, sur le banc seigneurial. Prend le visage congestionné, les mains tremblantes de l'homme qui est mon mari.

Quelle belle sortie de grand-messe ! Tout le village et

les rangs qui se pressent derrière les jeunes seigneurs. Bras dessus, bras dessous, pour la circonstance. La jeune épouse sourit doucement, encore toute pâlotte de ses couches. Le cœur souterrain, l'envers de la douceur, sa doublure violente. Votre fin visage, Elisabeth d'Aulnières. Mince pelure d'ange sur la haine. A fleur de peau.

Vous n'avez que juste le temps de dire adieu à Kamouraska. Regardez bien l'homme immense qui s'avance vers vous, couvert de neige. Se relevant de quelque trou, creusé dans un banc de neige sur la glace. Pour l'ensevelir à jamais. La plate, longue, large, vague, poudreuse étendue neigeuse. La belle anse entre Saint-Denis et Kamouraska. Cet homme est perdu. Se déplace sur l'horizon noyé. Un bandeau blanc couvre sa tête. Il grandit à vue d'œil, s'approche toujours. Son dessein est de vous avouer qu'il n'a jamais été dupe de votre amour.

Je crie. Je suis sûre que je crie. L'image d'Antoine tué va s'abattre sur moi. Me terrasser. Soudain... Mon épaule de pierre. Le géant se brise contre elle. Vole en éclats. Envahit tout mon être. Des milliers d'épines dans ma chair. Je suis hantée, jusqu'à la racine de mes cheveux, la pointe de mes ongles. Antoine multiplié à l'infini, comme écrasé au pilon, réduit en fines particules. Chaque grain infime conservant le poids entier du crime et de la mort. Son sang répandu. Sa tête fracassée. Son cœur arrêté. Vers neuf heures du soir. Le 31 janvier 1839. Dans l'anse de Kamouraska.

Son sang, sa tête, son cœur. Cela recommence. Une ronde dans mes os, une multitude d'Antoines assassinés circule dans mes os. Des fourmis noires, avec des yeux énormes. Bleus. Ah ! mon Dieu ! Je vais mourir. Puisque je vous dis que je vais mourir.

Je me dresse sur mon séant. Tous les liserons de ce papier peint m'enchaînent. Les quatre murs de la chambre me serrent et m'oppressent, comme un poing fermé sur ma gorge.

— Anne-Marie. C'est toi, ma petite fille !

Mme Rolland montre une tête de méduse, émergeant de la robe de chambre en bataille. Anne-Marie contemple sa mère d'un air grave et effrayé.

— Maman, c'est toi qui as crié ? Tu es malade ?

— Malade moi ? Quelle bêtise ! Tu serais gentille de m'apporter un verre d'eau.

Mme Rolland boit d'un trait. Promène le verre humide sur son font, sur ses joues. Le regard noir et pénétrant d'Anne-Marie est toujours fixé sur sa mère.

Mme Rolland fait mine de se lever. L'enfant se précipite et arrange les couvertures. Parle d'une voix déclamatoire. Répète les paroles du médecin, d'un air grave.

— Non, non il ne faut pas te lever encore. Le docteur dit qu'il faut te reposer. Tant de dévouement et d'inquiétude à cause de papa. Tu es complètement épuisée. Il faut dormir encore un peu.

Mme Rolland savoure les paroles de sa fille. Avec avidité : « dévouement », « inquiétude ». La paix, un jour, sera cachée dans un compliment, comme une amande dure.

Mme Rolland embrasse sa fille, avec gratitude. Puis, consciencieuse, demande des nouvelles de M. Rolland, d'une voix dolente.

— Il dort en ce moment. Florida est auprès de lui qui veille. Ne t'inquiète pas.

Quelle petite fille sage que votre fille. Et quelle bonne dévouée que Florida. Ne pas s'inquiéter. Surtout ne plus dormir. Veiller.

Veiller mon mari. Le suivre pas à pas, le plus longtemps possible. Sur cette passerelle étroite qui mène à la mort. Jusqu'à ce que je ne puisse mettre un pas devant l'autre, sans périr aussi. Au moment prévu par la loi le laisser seul franchir le... Sur un fil de plus en plus mince. Le voir s'éloigner. Demeurer vivante. Au bord du précipice. Ce fil cassé qui pend. Coupé. Agiter son mouchoir dans le vide, en guise d'adieu. Devenir veuve à nouveau. Vous chercheriez en vain. Contre celui-ci je n'ai jamais péché. Je suis innocente. Mon mari s'appelle Jérôme Rolland et je vais de ce pas lui faire un bout de conduite. Jusqu'à la mort.

Cette dangereuse propension au sommeil vous perdra, madame Rolland. Voyez, vous êtes tout intoxiquée de songe. Vous rabâchez, madame Rolland. Lourde et vaseuse, vous vous retournez contre le mur, comme quelqu'un qui n'a rien d'autre à faire. Tandis qu'au premier étage de votre maison de la rue du Parloir, M. Rolland... Expire peut-être ?...

Mes jambes sont en coton. Mes paupières retombent, malgré moi...

Sorel à nouveau. La maison de la rue Augusta, ouverte au beau soleil d'octobre. On m'attend. La lueur des feuilles rousses emplit la rue bordée d'arbres. Un courant d'air léger, coloré, circule avec la lumière.

Aucun voisin ne balaie les feuilles devant sa porte close. Pas un enfant ne court ni ne rit. Pas une voix de femme. Pas un chant d'oiseau. On a évacué le bourg tout entier, comme une courge que l'on évide. Seule ma maison persiste. Avec tout juste ce qu'il faut de vie. Le strict nécessaire. Pour mon procès.

Les feuilles mortes crissent dans l'allée du petit jardin. Le seuil bas est plein de soleil, tigré par le miroitement d'ombre des feuilles. Le vestibule a toujours son allure de gare désaffectée. Je n'ai pas le temps de me flatter de la liberté que j'ai d'éviter le grand salon (le piano noir, la tapisserie inachevée) que déjà je suis poussée dans l'escalier, par une force irrésistible. Quelqu'un m'attend là-haut. Quelqu'un d'enjuponné et de bien planté sur ses petits pieds.

Aurélie Caron me fait fête. Je n'aime pas son sourire malicieux. Elle sait la suite de l'histoire et jure que mes intentions ne sont pas pures.

— Madame sait très bien ce qui va arriver. Inutile de jouer les saintes nitouches.

— Je suis malade et je reviens chez ma mère pour me reposer. Il n'y a là rien que de très naturel et de très convenable.

— Si Madame veut se donner la peine d'entrer dans sa chambre de jeune fille ?

Aurélie rit. Elle quitte la pièce de son pas vif qui résonne sur le plancher nu du petit corridor.

Pourquoi a-t-on enlevé le tapis du corridor ? Et ma chambre ? Rien ne paraît avoir changé, et pourtant... Tout est trop bien rangé, figé plutôt, comme dans un musée. Voici les courtines de percale rose de mon lit d'adolescente. La courtepointe à fleurs. La longue poupée de son affalée en plein milieu de l'oreiller. Je n'ose avancer, franchir cette clôture invisible. Dressée autour de moi.

— Allez ! Allez, Madame ! Il n'y a que ça à faire. Recommencer votre vie de la rue Augusta. À partir de votre retour de Kamouraska. Comme s'il n'y avait jamais eu de première fois. Les juges sont intraitables sur ce point.

Elle répète in-trai-ta-bles, en séparant chaque syllabe, avec ostentation. Son sourire ébréché. Son allure insolente. Ses bras maigres me font signe d'avancer. Insistent.

Je mets un pas devant l'autre, avec peine. Comme si j'avançais dans une eau épaisse, étrangement résistante. Je m'écroule sur mon lit. A plat ventre. La tête dans l'oreiller. Je sanglote à m'arracher la poitrine. Aurélie se retire aussitôt, sur la pointe des pieds.

Des pas menus autour de mon lit. Des chuchotements plaintifs. Mes trois petites tantes ! Ce sont elles ! Je laisse filer mes larmes un peu plus que de raison, pour éprouver dans mon dos la compassion de mes tantes, déchaînées de pitié. Je crains aussi d'ouvrir les yeux et de ne plus retrouver vivantes Adélaïde, Angélique, Luce-Gertrude...

Une odeur suffocante de roses fanées. Un relent de souris empoisonnées, sous la plinthe du vestibule. Mortes de chagrin mes petites tantes. A la queue leu leu, à un an d'intervalle.

— Cette enfant nous fait mourir. Mon Dieu quel malheur est arrivé à Kamouraska !

Les étoffes noires, mates. Les bijoux d'améthyste et d'argent. Trois corps d'oiseaux momifiés dans leurs plumes ternies.

Je frappe dans mes mains. (Je ne sais quelle réserve de force, quel sursaut d'énergie.) Chasser les fantômes. Dissiper l'effroi. Organiser le songe. Conserver un certain équilibre. Le passé raisonnable, revécu à fleur de peau. Respecter l'ordre chronologique. Ne pas tenter de parcourir toute sa vie d'un coup. A vol d'oiseau fou, dans toute sa longueur, son épaisseur, sa largeur, son éternité dévastée. Se cabrer au moindre signe de la mort sur le chemin, comme un cheval qui fait demi-tour. Retrouver mes tantes vivantes. J'ai ce pouvoir. Je m'y accroche de toutes mes forces. Profiter de ce sursaut de vitalité.

Surtout ne pas passer en jugement ! Pas tout de suite ! Repousser l'échéance. Prendre les devants. Accuser soi-même. Lever la main droite, dire : Je le jure. Dire : C'est Antoine Tassy qui est coupable. Prêter serment. Répéter : C'est lui qui...

— La Petite n'est pas heureuse. Voyez comme elle a maigri. L'air de Kamouraska lui est contraire.

— Et ses cheveux ? Vous avez vu ses cheveux ? Ternes et tout cotonnés !

— Il faut laver les cheveux de la Petite. Mettre de la camomille allemande dans l'eau du rinçage.

Ma mère se joint à ses sœurs. Quatre femmes vertueuses, et de bonne famille, sont convoquées pour condamner à mort Antoine Tassy. Tout ce noir, ce deuil, l'éclat aveuglant des cols, des bonnets et des manchettes blanches. Les mains nues posées à plat sur les genoux. Les chapelets de perles enroulés aux poignets frêles.

Je raconte ma vie à Kamouraska. Je pleure. Je sanglote.

Je fonds en eau. Je tords ma chevelure. Je me mords les poings.

Ma mère intervient la première. Brise le silence lourd qui fait suite à mon récit. Arrache son chapelet. Se frotte le poignet, comme si on venait de lui retirer des menottes. Déclare que prier la tanne profondément. Fait un effort pour revenir au sujet.

— Ça ne vaut rien pour une femme de moisir trop longtemps avec son mari à la campagne.

Le visage de ma mère se brouille. Son regard s'égare à nouveau. Va rejoindre très loin en elle-même un songe bizarre où toutes les femmes mariées, après avoir donné naissance à une petite fille, n'ont plus qu'à devenir veuves le plus rapidement possible.

— Dommage que la Petite n'ait pas accouché d'une fille...

Les trois petites Lanouette soupirent en écho. Regrettent aussi que la dynastie des femmes seules ne se perpétue pas éternellement, dans la maison de la rue Augusta.

– Nous garderons la Petite ici. Bien à l'abri avec ses enfants. Quant à son mari...

– Qu'il retourne chez sa mère à Kamouraska !

– A tant manger et à tant boire il ne fera pas de vieux os.

Sur cette image d'un homme qui ne fait pas de vieux os (ce qui arrangerait tout), mes petites tantes laissent aller leur imagination la bride sur le cou. Pensent clairement : « Mon Dieu faites qu'il meure ! » Puis s'épouvantent d'avoir osé mettre Dieu dans leur mauvaise pensée. Se corrigent aussitôt. Entrent en prière avouable. A genoux, le soir, au pied de leurs lits de religieuse : « Mon Dieu faites qu'il se con-ver-tis-se. »

Chapelets, neuvaines, chemins de croix s'accumulent. Jour après jour. Tout un va-et-vient de petites tantes. Bonnets à ruchés et longues brides de ruban. Chapelets au poing. De la maison de la rue Augusta à l'église de Sorel. Une sorte d'envoûtement pieux. Des milliers de « Je vous salue Marie » sournois, aiguilles empoisonnées, ricochent sur le cœur résistant d'Antoine Tassy.

– Notre petite Elisabeth a retrouvé sa chambre d'enfant. Vous dormirez dans la chambre d'invité, monsieur.

Pauvres saintes femmes de la rue Augusta. Vous ne comprenez rien à rien. De jour, je veux bien pleurer sur votre épaule. Voter la mort du coupable. N'être plus qu'un appât dolent aux yeux battus que l'on place en première ligne, afin de mieux confondre le mari monstrueux.

– Votre petite femme si belle et douce, voyez... Vous devriez avoir honte...

Mais de nuit, je redeviens la complice d'Antoine. Jusqu'au dégoût le plus profond. La terreur la plus folle.

Mon lit d'enfant. Étroit et paré comme pour un viatique. Édredon de plumes blanches. La porte n'est jamais fermée à clef. Malgré les recommandations de mes tantes. Un homme pataud franchit la clôture. Une nuit sur trois. Lorsqu'il n'est pas trop soûl. Les saintes femmes ont empilé des chaises dans le corridor, tout contre ma porte, exprès pour qu'Antoine se cogne. Son pas de marin ivre s'affale parfois. Une bordée de mots sacrés, chargés de fureur. Je ris malgré ma crainte. Je suis sûre que mes petites tantes ne dorment pas et se signent en tremblant. Elles apprennent dans la nuit : l'ivresse, le blasphème, la violence, l'amour et la dérision.

La nuit, la Petite geint, parfois. De douleur ou de plaisir. Le crime est le même. Cet homme est coupable qui nous a enlevé l'enfant radieuse que nous aimons. Les jours, les mois passent. Antoine dépense son argent avec les filles de Sorel. Il boit et joue aux cartes. Toute la ville de Sorel nous montre du doigt.

Elisabeth est ensorcelée par son mari. Il faudrait l'exorciser.

Le temps. Ce temps-là. Un certain temps de ma vie, réintégré, comme une coquille vide. S'est refermé à nouveau sur moi. Un petit claquement sec d'huître. Je m'entraîne à vivre dans cet espace réduit. Je m'enracine dans la maison de la rue Augusta. Je respire un air raréfié, déjà respiré. Je mets mes pas dans mes pas. Mme Rolland n'existe plus. Je suis Elisabeth d'Aulnières, épouse d'Antoine Tassy. Je me meurs de langueur. J'attends que l'on vienne me délivrer. J'ai dix-neuf ans.

La voix perfide de ma mère affecte de faire des amabilités à son gendre.

– Vous serez très bien là, contre la patte de la table, avec vos grandes jambes...

Antoine sourit béatement. Il vient d'apercevoir la gibelotte qui fume sur la table.

– Il y a certainement du vin blanc là-dedans !

Ma voix suave ricoche contre le tête-à-tête bien clos
d'Antoine Tassy et de sa gibelotte.

– Ça nous change un peu de l'anguille et des galettes
de sarrasin de Kamouraska.

Je crois que je l'entends mastiquer. Il ne prend pas la
peine d'essuyer la sauce qui coule sur son menton.

Je suis sûre que ma mère travaille sa voix qui devient
presque mourante.

– J'ai commandé trois robes, pour Elisabeth, chez
Angélique Hus. Des chaussures et des chemises. La Petite
n'a plus rien à se mettre sur le dos, monsieur. Et les enfants
n'ont plus ni linge, ni vêtements... Et puis Elisabeth tousse,
monsieur. Il faudrait consulter un médecin...

Antoine redemande de la gibelotte. Il vide son assiette
d'un trait. Puis tente d'extraire ses jambes de sous la table.
Il tonne.

– Elisabeth, fais tes bagages. Prépare les enfants. Je ne
resterai pas une minute de plus dans cette maison où l'on
m'insulte !

Tante Adélaïde tousse pour raffermir sa voix fluette.

– Vous partirez seul, monsieur, pour Kamouraska. Elisabeth et les enfants resteront ici, sous notre protection.

– Je suis le seigneur de Kamouraska. J'ai droit au res-
pect. Je retournerai dans le bas du fleuve, sur mes terres.
On me saluera bien bas. Puis je me tuerai. Elisabeth, tu
m'entends ? Je vais me tuer. Sur la grève de Kamouraska...

Antoine se sert à boire. Pleure à gros sanglots. Ma mère
respire avec effort. Le visage enfoui dans son mouchoir
de dentelle d'où s'échappe une forte odeur de camphre.

Faux départ d'Antoine pour Kamouraska. Sa valise de
cuir fauve bouclée à la hâte. Un pan de chemise blanche
dépasse. Les initiales A. T. brillent. Il sort en claquant la
porte. Le voici de retour à l'aube, avec sa valise. A l'instant précis où mes petites tantes partent pour la messe de
cinq heures. Antoine contemple la frise des demoiselles

minuscules, encapuchonnées de noir, tuyautées de blanc. Il en saisit une à tout hasard. La soulève dans ses bras. L'embrasse sur les deux joues. Un quart de seconde les petits pieds battent l'air.

– Salut, sœur Adélaïde. Bon matin. Bonne messe. Priez pour moi. Je suis fou, sœur Adélaïde.

Vexée d'être prise pour sa sœur aînée, Angélique, à peine remise à terre, proteste vertement :

– Angélique, Angélique, mon nom... Je m'appelle Angélique Lanouette.

Antoine s'assoit sur sa valise, s'excuse d'une voix contrite et raisonnable.

– Pardon, sœur Angélique. Je vous demande pardon. Je me suis trompé de nonnette !

— Bien le bonjour, Madame. Vous avez bien dormi ?

En un tour de main, Aurélie dépose le broc d'eau chaude sur le lave-mains, à côté de la cuvette bleue à fleurs. Elle ouvre les rideaux brusquement. Une lumière extraordinaire entre à flots, déferle jusque sur le lit. Je me couvre le visage avec mon drap. Cette lumière est intolérable, plus claire que le soleil. Aurélie marmonne, tout en préparant mes vêtements pour la journée.

— On ne peut pas toujours vivre dans la noirceur. Il faut ce qu'il faut. Les grandes scènes de votre vie s'en viennent Madame. C'est en pleine clarté qu'il faut les revivre.

Mon premier geste en revenant à Sorel. Prendre Aurélie Caron à mon service. Malgré les adjurations de ma mère et de mes tantes. Jouer à Madame et sa bonne. En attendant que...

— On dit que tu cours la galipote, Aurélie ? Sur les grèves et dans les îles ? Raconte ! Raconte, ta vie, tout !

Costumée en soubrette, chaussée, enjuponnée, enrubannée, Aurélie se regarde dans la glace, avec ravissement. Se retourne vers moi. Sa pâleur excessive. L'éclair jaune de son œil, entre les cils. Suivent des chuchotements, des clignements d'yeux. Tout un langage incohérent, haletant, impudent et cru. Voix de ma propre solitude. Confidence pour confidence, je susurre à l'oreille d'Aurélie.

— Je suis mariée avec un bien méchant homme.

— Mon Dou, Madame ! Comme si les hommes ils n'étaient pas tous méchants, un jour ou l'autre. A la longue, vous savez...

Aurélie, à croupetons, fait du feu dans la cheminée.
C'est le matin. J'ai dix-neuf ans. Je peigne mes longues
anglaises enroulées pour la nuit sur des bandes de coton
blanc. La vie semble naturelle et calme. Et pourtant... Ce
silence. Cette impression amère de déjà vécu. L'aspect
étrange du feu surtout. Une sorte d'éclat froid, immobile.
L'apparence du feu plutôt, sans clarté, ni chaleur. Les
draps de toile garnis de jours. Le fin quadrillage de la toile
extrêmement visible, comme à travers une loupe. La table
de chevet au dessus de marbre. Je pourrais suivre le cheminement des veines noires éclatées, dans leurs moindres
méandres et éclaboussures.

Ce n'est pas tant la netteté des choses en soi qui me
bouleverse. Mais je suis forcée (dans tout mon être) à
l'attention la plus stricte. Rien ne doit plus m'échapper.
La vraie vie qui est sous le passé. Des fines piqûres
d'insectes apparaissent dans le bois du lit, vermoulu. La
chambre tout entière est rongée. Elle tient debout par mira-
cle et s'est déjà écroulée. A été remise sur pied, exprès
pour cet instant aveuglant. Tant de précision...

Il faudrait empêcher le silence de durer. Sans quoi il
n'y aura plus une parcelle de vie ici qui ne soit contami-
née. Qui n'atteigne sa lourdeur muette, définitive.

Je me tourne vers la personne insolente, immobile
devant moi, qui me regarde. Un drôle de sourire, figé sur
ses dents tachées par le tabac.

– Parle, Aurélie. Dis quelque chose. N'importe quoi.
Mais parle.

Aurélie hausse le ton. Elle force sa voix, comme si elle
récitait un rôle. Fait semblant de s'adresser à quelqu'un
qui se trouverait derrière la cloison.

– Madame ! Mon Dou Madame ! Ce pinçon tout bleu,
là, sur votre bras !

– Ne crie pas comme ça, Aurélie. Je t'en prie, pas si
fort. Si on t'entendait !

– Comme Monsieur maltraite Madame ! Je le dirai à la
cuisinière. Je le dirai à la bonne d'enfant. Je le dirai à

Mme d'Aulnières et aux trois petites Lanouette. Je le dirai aux juges, s'il le faut.

— Cesse de hurler comme ça, Aurélie. J'ai si honte. Si tu savais comme j'ai honte.

— C'est pas la peine d'avoir tant honte pour si peu. Mieux vaut être pincée que de pas avoir d'homme du tout. Et pour ce qui est de la honte, autant vous habituer tout de suite. Cela ne fait que commencer. Le pire n'est pas encore arrivé.

Ne plus voir. Ne plus être vue. Je bouscule Aurélie. Je quitte en trombe mon ancienne chambre de la rue Augusta. Me voici dans l'escalier. J'empoigne mes jupes à pleines mains. De nouveau le vestibule. La porte d'entrée est fermée à clef, celle de la cuisine aussi. Vite, l'escalier de service. Il y a une porte au grenier. Sans doute une échelle, du côté de la cour. Une fois au premier étage, impossible de retrouver l'escalier du grenier. Toutes les portes sont closes. Sauf une. Celle que dans ma précipitation j'ai laissée ouverte. Ma jolie chambre d'enfant, blanche et rose. Je m'engouffre là-dedans, comme si on me poussait. Le lit a été changé et refait avec soin. (Malgré le temps si court de ma fuite.) On l'a toutefois laissé largement ouvert. Ma mère est debout près du lit. Elle me dit que je suis malade et qu'il faut me coucher. J'hésite et jette un regard vers la porte. Aurélie est là, qui bloque le passage. J'obéis à ma mère. Je me déshabille et je mets une chemise garnie de dentelle, préparée à cet effet. Tandis que ma mère m'assure que le médecin doit arriver d'une minute à l'autre. Le rire réjoui d'Aurélie. En cascade. Elle apporte de l'eau chaude, dans une cuvette. Un gros savon rond parfumé. Et une serviette de toile d'Irlande. Ma mère dit :
– Pose ça là, Aurélie. C'est pour le docteur.
Sophie Langlade est là aussi et Justine Latour. Elles m'apportent mes pantoufles et ma robe de chambre. Une voix que je n'arrive pas à reconnaître annonce :
– Rétablissons les faits et les jours aussi exactement que possible.

Aurélie Caron, Sophie Langlade et Justine Latour se rangent le long du mur. Mon mari apparaît à la porte. Je suis sûre que c'est lui. Ma mère est toujours debout à la tête de mon lit. Mes trois tantes se sont assises sur le sofa, l'une contre l'autre.

Il me semble que mon lit est plus haut que d'habitude. On dirait qu'il se trouve placé sur une sorte d'estrade. La lumière, de plus en plus violente, tombe maintenant en faisceaux du plafond, au-dessus de mon lit. Je pourrais me croire sur une table d'opération. Ma mère me tient par le poignet, solidement. Pourvu que l'on ne m'opère pas pour de vrai. Ce mal en moi, comme une fleur violette, une tumeur cachée. Le silence est vraiment insupportable. Je ferme les yeux.

C'est Antoine Tassy, mon mari, qui annonce d'une voix sonore :

— Le docteur George Nelson. Elisabeth, je te présente un camarade de collège à moi, perdu de vue depuis des années et que je viens de retrouver à Sorel...

J'insiste pour que les domestiques, Aurélie comprise, quittent la chambre immédiatement. Je demande à mes tantes d'en faire autant. Elles sortent avec répugnance. Me supplient, des larmes dans la voix, de garder au moins Sophie Langlade dont le témoignage s'avérera si important pour ma défense. Ma mère remonte les couvertures jusqu'à mon menton. Sophie Langlade s'avance, en tremblant si fort qu'elle a peine à mettre un pied devant l'autre. Elle parle si bas que le juge l'oblige à répéter sa phrase, après avoir prêté serment sur l'Évangile.

— Madame n'était jamais seule dans sa chambre avec le docteur Nelson. Toujours Mme d'Aulnières, sa mère, se trouvait là avec elle.

Immédiatement le rire d'Aurélie me glace. Cela vient de quelque part dans la maison. Perce les murs. On doit l'entendre de dehors. Cette voix en vrille, un ton au-dessus de la voix humaine. Elle parle maintenant avec peine, comme si on lui arrachait les mots à mesure. Je l'entends de ma chambre.

– Je le jure. Madame était souvent seule avec le docteur. Dans des chambres fermées. Dès que sa mère était sortie.

Sophie Langlade a quitté la pièce. Puis un pas d'homme vient dans le corridor, assuré, solide. Avec quelque chose de juvénile, de léger et de triomphant.

Je sens avec terreur que cela va se passer sur-le-champ. Et que rien au monde ne pourra empêcher que cela arrive, une seconde fois. Je ferme les yeux à nouveau. Antoine Tassy parle avec George Nelson sur le seuil de ma chambre. Puis il s'éloigne, à grandes enjambées dans le corridor, après avoir refermé la porte. Mon mari m'abandonne. Je suis sûre qu'au fond il est d'accord pour que tout arrive. Je reconnais sa voix, comme étouffée, sous des masses de coton (le coton dont on bourre la gorge des morts). Il doit s'être barricadé dans la salle à manger.

– J'attends la fin de la consultation pour offrir un verre à ce bon vieux camarade du petit séminaire de Québec...

Je voudrais oublier jusqu'à l'existence de la salle à manger de Sorel, là où s'enferme mon mari. Le corps pataud coincé sur une patte de table. Qu'on arrache la salle à manger de ma mémoire, à coups de hache. A grands cisaillements de scie. Comme une caisse que l'on balance par-dessus bord. Que l'on couse Antoine Tassy dans un grand drap, avec sa gibelotte, son cognac, ses souvenirs de collège, sa vanité de mari, ses gros poings d'homme brutal. Sa rage et ses larmes de crocodile.

Moi, Elisabeth d'Aulnières, malade, couchée sur ce lit. La lumière me blesse toujours. Je la sens en aiguilles rouges, brûlantes, sous mes paupières fermées. Comme lorsqu'on lève la tête vers le soleil, en plein midi. La hauteur exagérée de mon lit me gêne aussi. Je me suis juré de garder les yeux fermés et de faire en quelque sorte que je quitte mon corps. Une absence des sens et du cœur incroyable, difficile à supporter sans mourir. J'ai la vie dure. Une autre femme, à ma place, serait déjà cadavre sous terre, depuis longtemps. Soit, on me force à revivre mes premières rencontres avec George Nelson. Je ne serai pas plus là qu'une âme chassée de son corps et qui erre dans des greniers étrangers, en compagnie des chauves-souris.

Je lui obéis en tout. Je compte trois fois « trente-trois ». Trois fois, je tousse. Je respire profondément. Dans la respiration profonde est justement le danger. Cela m'apaise et me désarme trop. Je risque de voir ma vie revenir au galop. S'insurger, réintégrer ma chair glacée. Je me défends par l'absence. J'obéis comme une automate aux gestes prescrits par ce médecin inconnu. Il cogne avec un doigt précis dans mon dos. Le long de mes côtes. Il écoute attentivement à travers une serviette fine ce qui se passe dans mon corps. Il entend mon cœur vide qui bat. Sa tête d'homme sur ma poitrine. Ses cheveux drus. Sa barbe et ses petits favoris. Non, non, je ne vois ni ne sens rien de tout cela ! Ni poids, ni forme, ni couleur ! Ni aucune douceur ! Ma vie est ailleurs. Toute retirée dans un lieu vague. Une espèce de campagne désaffectée où l'effroi fait des ombres chinoises.

Le silence est tendu au-dessus de nos têtes, comme un orage en suspens. Le docteur se redresse enfin. De penché sur moi qu'il était. Une espèce de soulagement extrême se fait sentir dans la pièce. Ma mère s'approche de George Nelson. Elle a l'air presque joyeux. Cette première rencontre s'est bien passée. Les juges doivent être bien attrapés. Il n'y a rien à reprendre à la conduite de cette femme et de cet homme.

Le docteur parle avec ma mère. J'entends les mots : « anémie, grossesses trop rapprochées, faiblesse de la poitrine ».

Dans le corridor il y a des voix qui murmurent, rient et soupirent. Avec effusion. Comme lorsque l'on vient d'échapper à un danger. Le docteur quitte aussitôt la pièce.

Je crois que je m'étire d'aise, sous les draps. De la nuque aux talons. Je veux me lever. Me voici assise au bord du lit, les pieds battant l'air, au bout de ma longue chemise, comme pour tâter la fraîcheur d'une eau imaginaire. Je suis innocente !

La trêve est de courte durée. Le signal ! Je suis sûre qu'il y a eu un signal. J'émerge de mes limbes protecteurs, lentement, à petits coups. Ni sifflet strident, ni claquoir de bonne sœur. Ni feu ni fumée. Pourtant il y a eu un signal ! C'est dans l'air, répandu dans l'air même qu'on respire. L'alerte ! Rien à faire, l'alerte est donnée. Tout recommence. Je ne puis fuir. Il faut continuer, reprendre le fil. Jouer la deuxième scène du médecin. Impossible de me dérober, de prétexter la fatigue. Ils sont déjà là, les témoins. Les voici qui entrent un à un, solennels et guindés. Ils reprennent la pose.

Ma mère me fait coucher. Tire les couvertures sur moi et me borde. Mes tantes s'assoient sur la chaise longue. Elles pleurnichent un peu. Sophie Langlade tremble toujours. Justine Latour ouvre des yeux énormes. Quelqu'un dit que c'est absurde et que ces sortes de reconstitutions n'ont jamais rien apporté pour l'avancement d'une affaire.

Aurélie reprend sa cuvette bleue, sa serviette de toile d'Irlande et son gros savon parfumé. Elle plisse les yeux comme s'il y avait trop de soleil. Elle s'agite de plus en plus.

– Il n'y a que le premier mari de Madame qui soye pas là. Il a trop bu de cognac et ne peut quitter son fauteuil. Tant pis pour lui. Il faut ce qu'il faut.

Je chasse Aurélie, flanquée de ses deux acolytes à souliers plats. Aurélie Caron, Sophie Langlade, Justine Latour disparaissent aussitôt, dans un fouillis de tabliers blancs en bataille. Mes petites tantes ne se le font pas dire une seule fois. Elles sortent d'elles-mêmes, toutes confuses et tristes.

Me voici à nouveau seule avec ma mère, posée à la tête de mon lit. Un bras étendu sur le chevet de bois noir. Sa fausse manche plissée, transparente, déployée comme une aile. Digne, auguste, tel un ange de bénitier, ma mère attend la deuxième rencontre du docteur Nelson avec sa fille Elisabeth.

Un calme extraordinaire semble régner dans la maison. Pourtant les témoins sont à leur poste dans la grande demeure de Sorel. Chacun semble vaquer à sa tâche ordinaire et quotidienne. Mais inutile de se leurrer. Je sais que toute la maisonnée est investie de son rôle d'observateur et de rapporteur. Sauf mes petites tantes évidemment qui en font une maladie de penser à leur faux témoignage.

La première, Justine Latour (qui étend la lessive derrière la maison) signale l'arrivée du médecin en faisant claquer des serviettes mouillées dans le vent. Trois coups distincts. Pour prévenir le juge John Crebessa.

Mon mari Antoine Tassy vient en second. Il perçoit l'avertissement de Justine Latour. Du fin fond du bout du monde et de la mort. Joue son rôle. Tente de hurler les mains en porte-voix.

– Qu'on me prévienne de l'arrivée du docteur. Je veux lui offrir un verre à ce...

Le docteur Nelson ne s'arrête pas au salon. Il monte l'escalier. Il vient tout droit chez moi. Un coup léger et net frappé à ma porte. Il entre. Le voici dans ma chambre. Sa petite trousse noire à la main. Je le vois très bien cette fois-ci. Je le regarde à la dérobée. Sa nuque surtout, lorsqu'il se retourne pour parler avec ma mère. Une sorte de décision forte, de hardiesse rapide logée dans une encolure fine. Ses yeux. Je crois que c'est à la seconde visite que j'ai regardé ses yeux. Noirs. Un feu terrible. Fixé sur moi. Je détourne la tête. Je laisse ma tête battre sur l'oreiller. De gauche à droite. De droite à gauche. Comme un tout petit enfant qui se plaint. J'ai l'air de dire « non » au feu qui déjà me ravage.

Il parle bas dans une grande indignation. Il vient de voir des ecchymoses sur mes bras.

– Mais vous êtes blessée ?

L'espace d'une seconde. Il suffit d'une seconde. Et ma vie chassée me rejoint au galop. Rattrape le temps perdu, d'un seul coup. Les défenses en moi s'abattent comme des châteaux de cartes. Je passe mes deux bras autour du cou de cet inconnu qui sent le tabac frais. J'ai beau savoir que le juge n'attend que ce geste de moi pour orienter toute son enquête. Rien ni personne ne peut me retenir. Ni mon orgueil. Il faut que je coure à ma perte. Il faut que le scandale arrive. Mes larmes éclatent en un torrent irrépressible. Entre deux hoquets je parviens à dire que je suis très malheureuse. L'air courroucé de George Nelson me trompe. Je le crois fâché de mon attitude. Effrayée, je retire aussitôt mes bras.

Ma mère déclare que cette scène est inconvenante. Elle parle bas au docteur. Évitant toutefois de le regarder en face.

– Ma fille est très nerveuse. Il faut l'excuser. Et puis elle s'est cognée au bras sur un meuble. La maison est si encombrée...

Le docteur foudroie ma mère du regard. Sans un mot il sort de la chambre. Aurélie rentre aussitôt. Encombrée de son attirail de cuvette, de serviette et de savon. Elle semble hors d'elle.

– Le docteur ne s'est même pas lavé les mains !

Elle laisse tomber à terre son savon rond qui roule à travers la pièce. Ne songe pas à le ramasser. Clouée sur place, Aurélie, avide, et pourtant effrayée, est envahie par une sorte d'égarement. J'entrevois sur son visage les premiers signes de cette fascination étrange qui, un jour, la perdra.

— L'amour tout de même quelle chose pâmante ! Et votre histoire, Madame, avec le docteur Nelson, je crois bien que je n'en reviendrai jamais !

La nourrice de mon second fils s'est tarie brusquement. Elle pleure et se lamente. Jure que c'est la faute du docteur qui lui a jeté un sort.

– Il a les yeux si noirs. Il regarde si fixement. Quand il s'est approché de moi pour examiner le petit, dans mes bras... J'ai eu un choc...

Aurélie s'empresse de colporter dans tout Sorel que le docteur Nelson est un diable américain qui maudit les mamelles des femmes. Comme on empoisonne des sources.

Tante Adélaïde affirme qu'on voit le docteur Nelson à la messe le dimanche. Mais que tout le monde sait bien qu'il a déjà été protestant.

Tante Luce-Gertrude murmure que le plus étrange de toute cette histoire est que le docteur Nelson habite une petite maison d'habitant, dans la campagne, vit comme un colon et, depuis deux ans qu'il est à Sorel, malgré sa jeunesse, refuse absolument de se mêler à la société de Sorel...

Mon mari, lui, retrouve pour parler de George Nelson une voix lointaine, quasi enfantine, que je ne lui connaissais pas.

– Au collège, avoir eu un ami ; c'est lui que j'aurais choisi.

Un œil bleu que les souvenirs d'enfance embuent. Je détourne la tête. Dis que je suis malade. Réclame le médecin qui n'est plus revenu depuis que... Mon mari prétend que je ne suis pas malade.

112

Ma mère retrouve ses migraines et s'enferme à nouveau dans son veuvage. Comme si mon sort était réglé à jamais. Mes tantes prennent l'air rampant et affligé des bêtes domestiques pressentant le drame dans la maison.

Je pourrais encore m'échapper. Ne pas provoquer la suite. Reprendre pied rue du Parloir. Ouvrir les yeux, enfin. Hurler, les mains en porte-voix : je suis Mme Rolland !

Trop tard. Il est trop tard. Le temps retrouvé s'ouvre les veines. Ma folle jeunesse s'ajuste sur mes os. Mes pas dans les siens. Comme on pose ses pieds dans ses propres pistes sur la grève mouillée. Le meurtre et la mort retraversés. Le fond du désespoir touché. Que m'importe. Pourvu que je retrouve mon amour. Bien portant. Éclatant de vie. Appuyant si doucement sa tête sur ma poitrine. Attentif à un si grand malheur en moi. Se récriant avec indignation : « Mais vous êtes blessée ! » Je joue avec la chaîne de montre qui barre la poitrine de George Nelson. Je respire l'odeur de son gilet. Plus que la pitié, je cherche la colère dans son cœur.

« Tout ça c'est du théâtre », déclare la voix méprisante de ma belle-mère.

Comme si je n'attendais plus que ce signal, j'entre en scène. Je dis « je » et je suis une autre. Foulée aux pieds la défroque de Mme Rolland. Aux orties le corset de Mme Rolland. Au musée son masque de plâtre. Je ris et je pleure, sans vergogne. J'ai des bas roses à jours, une large ceinture sous les seins. Je me déchaîne. J'habite la fièvre et la démence, comme mon pays natal. J'aime un autre homme que mon mari. Cet homme je l'appelle de jour et de nuit : Docteur Nelson, docteur Nelson... L'absence intolérable. Je vais mourir. Le docteur n'est pas revenu depuis que j'ai mis mes bras autour de son cou. Mes larmes dans son cou. Docteur Nelson, je suis si malheureuse. Docteur Nelson, docteur Nelson...

— Madame, le docteur n'est pas chez lui ! Son petit domestique ne sait pas quand il rentrera.

— Il le fait exprès ! Je suis sûre qu'il le fait exprès !

Retourne le chercher, Aurélie. Dis-lui que je suis malade. Ramène-le. Il le faut. Tu m'entends ? Il le faut.

Aurélie s'éloigne à contrecœur. Je ravale mes larmes. J'étouffe. Je me roule sur mon lit. Je menace de me jeter par la fenêtre. Lorsque, épuisée, je sombre dans un lourd sommeil, je rêve que quelqu'un m'appelle d'une voix pressante, déchirante. J'éprouve une attraction étrange qui me soulève dans mon lit. Me réveille en sursaut. Me précipite à la fenêtre. Les yeux grands ouverts. Le cœur battant. J'écoute le pas d'un cheval qui s'éloigne, dans la ville. Je me retourne et fais face au désordre de ma chambre. Le lit en bataille. Impression de chute dans le vide. Vertige. Je regagne mon lit avec peine.

– Il faudrait appeler un autre médecin. La Petite est très malade. – La première mesure à prendre serait d'éloigner d'elle son mari... – C'est lui qui est cause de tout... – Le renvoyer à Kamouraska... – ou tout au moins lui interdire absolument la chambre de la Petite... – Poster des domestiques à la porte. – Veiller toute la nuit, si c'est nécessaire... – Moi vivante, il ne franchira pas cette porte. – Il me passera sur le corps plutôt... – Demander conseil à maître Lafontaine. – Seule une séparation de corps et de biens...

Mon mari répète à qui veut l'entendre que mes tantes sont trois vieilles fées qu'il faudrait supprimer.

Toutes les nuits il passe sous mes fenêtres. Avec son cheval noir et son traîneau noir. Je suis sûre que c'est lui. Longtemps, dans le silence de la nuit, j'épie le pas du cheval, le glissement du traîneau sur la neige. Avant même que cela ne soit perceptible à aucune autre oreille humaine. Je le flaire dès le départ de la petite maison de bois. A l'autre bout de Sorel. (Les grelots sont soigneusement relégués sous le siège, déjà.) Je n'ose plus me lever et courir à la fenêtre. Je reste recroquevillée dans mon lit. J'attends qu'il passe. J'écoute avec désespoir (aussi longtemps qu'il m'est possible de le faire) le son décroissant de l'attelage dans la nuit.

Je ne puis vivre ainsi. Un jour, j'irai le trouver. Je lui

dirai, d'un air hautain : Docteur, est-ce ainsi que vous laissez dépérir vos malades, sans tenter de les secourir ? Docteur Nelson, docteur Nelson, je suis folle.

— Elisabeth ! Pourquoi ne réponds-tu pas ? Cela fait deux fois que je te pose la même question.

Vous avez tort d'insister, tante Adélaïde. Je suis profondément occupée, de jour comme de nuit, à suivre en moi le cheminement d'une grande plante vivace, envahissante qui me dévore et me déchire à belles dents. Je suis possédée.

J'ai une idée fixe. Comme les vrais fous dans les asiles. Les vrais fous qui paraissent avoir perdu la raison. Enfermés, enchaînés, ils conservent en secret le délirant génie de leur idée fixe. Je ne quitte plus mon lit. Prostrée ou agitée, j'invente les lois strictes de mon bonheur futur. Ne pas chercher à revoir le docteur Nelson, avant un certain temps. Bien m'assurer d'abord que je ne suis pas enceinte. M'établir dans une chasteté parfaite. Me défendre farouchement contre toute approche de mon mari. Me laver d'Antoine à jamais. Effacer de mon corps toute trace de caresse ou de violence. Jusqu'au souvenir même de... Renaître à la vie, intouchée, intouchable, sauf pour l'unique homme de ce monde, en marche vers moi. Violente, pure, innocente ! Je suis innocente ! J'attends que mon amour me prenne et me garde. Cet homme est le bonheur. Il est la justice.

Je dors à présent chez tante Luce-Gertrude. Je feins l'enfance. La parfaite soumission des enfants sages. J'attends avec patience mes prochaines règles. Je déteste Antoine quand il est ivre. Je le déteste lorsqu'il est sobre. Je ris et je pleure sans raison. Je deviens légère comme une bulle.

— Ma femme est une salope !

Antoine ne peut supporter que je dorme la nuit chez tante Luce-Gertrude. Une nuit, il a essayé d'approcher de mon lit. Après avoir assommé le domestique, posté à la porte. J'ai tant crié. Une espèce de crécelle stridente dans ma gorge. Une mécanique terrible déclenchée. Incontrô-

lable. Cela n'a plus rien d'humain, m'étouffe et m'épouvante. Une lame de rasoir un instant brille, près de ma
gorge. Tante Luce-Gertrude prétend qu'Antoine l'a sortie
de sa poche, cette lame. Mais moi, je ne suis sûre de rien.
La lame de rasoir aurait fort bien pu se trouver là, dans
la chambre. Suspendue par un fil, au-dessus de mon lit,
de toute éternité...

Désarmé, escorté, chassé, Antoine quitte la maison de
la rue Augusta. Il va pleurer dans le giron malodorant et
irlandais de Horse Marine. Jure d'y vivre désormais et
d'oublier sa femme. Horse Marine est si maigre que
lorsqu'elle lève les bras on peut lui compter les côtes.
Comme une carcasse de navire.

Un matin, au réveil, le filet de sang libérateur, entre
mes cuisses. Ce signe irréfutable. Aucun enfant d'Antoine
ne mûrira plus dans mon ventre. Ne prendra racine. Ne se
choisira un sexe et un visage dans la nuit. Me voici libre
et stérile. Comme si nul homme ne m'avait jamais touchée. Quelques jours encore et je serai purifiée. Libre.

Il faut que je voie le docteur. Rien ni personne au monde ne pourra m'en empêcher. Aurélie à qui j'ai fait part de mon projet s'illumine d'une sombre joie. Feint de m'obéir à contrecœur. Accepte en maugréant de me servir de cocher. Me coiffe et m'habille silencieusement. Saisie d'une sorte de recueillement étrange, presque religieux. M'apporte mon manteau de fourrure, mes châles et les moufles fourrées d'Antoine. Elle habille les enfants.

Je frissonne sous mes fourrures. Je jette très vite les moufles d'Antoine dans la neige. Soulagée, apaisée par ce geste, j'enfouis joyeusement mes mains nues dans mon manchon. Je rêve de perdre à jamais dans la campagne toutes les affaires d'Antoine. Ses pipes, ses bouteilles, ses fusils, ses vestes, ses chemises, ses ceintures et ses bretelles. Les enfants pèsent dans mes bras. Les yeux bleus d'Antoine, répétés deux fois. J'ai un mouvement brusque de tout le corps qui réveille le petit Louis endormi sur mes genoux. Le fait pleurer.

– Bonjour, madame Tassy ! – Salut par-ci, madame Tassy ! – Salut par-là, madame Tassy !

Les habitants de Sorel et de la campagne sont là pour vous voir passer, madame Tassy. Pâle et grelottante, l'air un peu hagard. Avec vos deux petits enfants blonds aux joues couleur de pommes mûres. Alibi parfait. Vous pouvez être tranquille.

Les ombres bleues sur la neige se perdent dans la nuit qui tombe. Voici la maison du docteur. Doucement les enfants passent de mes bras dans ceux d'Aurélie. Se rendorment. Je descends seule.

Une voix claire et sonore me dit d'entrer. Me voici dans la salle d'attente. Un vieux sofa de crin. Des murs de bois nu, plein de nœuds. Un petit poêle de fonte, noir, tout rond, sur des pattes torses, énormes. J'attends que le docteur ait fini sa consultation.

On bouge et on respire bruyamment, derrière la cloison. Une sorte de piétinement confus, de halètement sourd. Comme si deux hommes luttaient ensemble. Je tente de concentrer toute mon attention sur le poêle, au milieu de la pièce. Je prends plaisir à déchiffrer, parmi les guirlandes repoussées, les lettres bâtardes de « Warm Morning », marque déposée.

Soudain un cri, suivi d'un long gémissement, s'échappe de derrière la cloison de planches. Un silence glacial suit, interminable. Puis un bruit en sourdine de toile que l'on roule et plie soigneusement. La porte s'ouvre enfin. Un adolescent, le bras en écharpe, s'avance si lentement qu'on dirait qu'il va tomber, à chaque pas. Il tourne vers moi un visage livide, plein de larmes. Il m'examine longuement, avec une espèce de curiosité douloureuse. Un étonnement sans bornes. Il chancelle sur ses jambes. Le docteur doit le prendre aux épaules et le diriger vers la porte.

George Nelson est en bras de chemise. Manches retroussées. Cheveux ébouriffés, comme s'il sortait du lit. Ses gestes sont vifs, rapides, énergiques. Il me lance un regard soupçonneux. Puis il s'éloigne dans la cuisine. A grandes enjambées. Emportant la lampe. Je reste seule dans le noir. Le docteur se lave les mains et le visage. S'ébroue dans un grand fracas d'eau, sous la pompe. Il revient vers moi, le visage ruisselant. Rabattant ses manches. Il s'essuie le front avec son mouchoir. Me regarde bien en face. Une sorte d'insistance étrange, à peine polie.

— Il a fallu recasser le bras de ce garçon pour le lui remettre en place. Un ramancheur lui avait recollé cela tout de travers. Le pays est infesté de charlatans. L'ignorance, la superstition et la crasse partout. Une honte ! Il faudrait empêcher les guérisseurs de tuer les gens. Soigner tout le monde de force ! Empêcher votre servante Aurélie de jouer les sorcières auprès des nouveau-nés...

L'éclair de sa chemise blanche. Il tient la lampe à la hauteur de son visage qui se creuse et se ravine. Une mobilité extrême. Un bouillonnement sauvage. Je regarde, j'épie chaque éclat de vie, sur le visage basané. J'écoute chaque parole véhémente. Comme si cela me concernait personnellement. J'attends que le sens secret de toute cette indignation me soit révélé. Se retourne sur moi, à jamais. Me comble de sainte colère partagée. Comme vous me regardez, docteur Nelson. Non pas la paix, mais le glaive. Cette pâleur soudaine. Cette fièvre dans vos yeux. La lampe sans doute. Cette ombre noire sur vos joues.

— Est-ce que vous trouvez que j'ai l'air drôle, madame Tassy ? Pourquoi me regardez-vous ainsi ? Pensez-vous vraiment que je puisse jeter des sorts ? Me croyez-vous capable de maudire les nourrices ?

Il rit d'un petit rire sec qui me gêne.

— Qu'est-ce qui me vaut l'honneur de votre visite ? Vous venez de la part d'Antoine peut-être ?

Je réponds « non ». Je dirais « oui » si c'était oui. Aucun mot ne me semble assez bref et net pour dissiper tout bavardage inutile entre nous.

— Ainsi personne ne vous envoie ? Vous venez de vous-même ?

Je réponds « oui ». Mais cette fois je voudrais continuer, enchaîner. M'expliquer. Me défendre. Un je ne sais quoi d'ironique et de bizarre dans le sourire de George Nelson (dans ses dents très blanches plutôt) me déconcerte au plus profond de moi. M'empêche d'articuler une parole de plus.

Il élève la lampe au-dessus de sa tête. Me demande de le suivre. Me fait les honneurs de sa maison.

— Maintenant que vous m'avez regardé, examinez bien la maison. Vous voyez que tout est normal ? Une brave maison d'habitant comme les autres. Sauf les livres peut-être ? Mais vous n'allez pas jusqu'à croire que les livres... ?

Une enfilade de petites pièces, carrées, à moitié meublées. Leur ressemblance angoissante avec des caisses de bois blanc, rugueux, plein d'échardes. Des livres sur des planches, des livres sur la table de la cuisine, des livres empilés par terre, des livres servant de pieds à une grosse armoire.

– Antoine vous a parlé de moi ? Il vous a dit qu'au collège nous jouions aux échecs, tous les deux ? Il aimait perdre, je crois. Avec moi il n'a jamais gagné, pas une seule fois, vous m'entendez ?

Il hausse à nouveau la voix. Semble me jeter un défi. Puis se tait brusquement. Devient très sombre. Il se retire avec une facilité, une impudeur totale. S'absorbe sans doute dans une muette et savante partie d'échecs, contre un garçon blond, battu d'avance. Il faut ramener cet homme près de moi. Interrompre sur-le-champ une partie d'échecs entre fantômes. Docteur Nelson, je vous aime farouchement jusqu'à désirer franchir avec vous les sources de votre enfance. Pour mon malheur je les trouve, ces sources, inextricablement mêlées à l'enfance d'Antoine Tassy.

Mes jambes tremblent sous moi. Un grand frisson m'agite de la tête aux pieds. Je m'accroche au dossier du sofa, pour ne pas tomber.

– Docteur Nelson, je suis là. Vous ne me demandez pas de mes nouvelles ?

Il bondit vers moi. Me fait asseoir sur le sofa. Va à la cuisine. M'apporte un verre d'eau. S'agite. Tâte mon pouls. Atterré. Bouleversé.

– De vos nouvelles ? Pauvre créature de Dieu, blessée et torturée, comme si je ne pensais pas qu'à ça, depuis que je vous ai vue... De vos nouvelles, ma petite enfant... Pourquoi avez-vous épousé Antoine Tassy ? Pourquoi ? Vous me semblez mieux portante, aujourd'hui, malgré... Ne vous ai-je pas bien soignée ? Ne suis-je pas un bon médecin ?

— Vous savez très bien que je suis malheureuse...

Tout son visage tressaille. Il parle bas, pourtant sans me regarder. Il me rejette. Ses paroles, une à une. Comme des pierres.

— Je ne peux rien pour vous, Elisabeth. Je ne suis qu'un étranger...

Nos ombres énormes sur le mur, distantes l'une de l'autre. Une sorte de désert se creusant entre nous. Le silence. Le vide. George s'éloigne de moi à nouveau. Comment faire pour le rejoindre ? Je suis encombrée. Surchargée. Ligotée. Prisonnière de la rue Augusta et de la ville de Sorel. Me libérer. Retrouver l'enfance libre et forte en moi. La petite fille aux cheveux tondus s'échappant de la maison par une fenêtre. Pour rejoindre les gamins de Sorel. Que faut-il faire ? Docteur Nelson, que faut-il faire ? Dites seulement une parole et je vous obéirai. Dois-je à nouveau sacrifier ma chevelure ? Laisser derrière moi mes enfants et ma maison ? Hors de ce monde, si vous le désirez. C'est là que je vous donne rendez-vous. Telle qu'en moi-même, absolue et libre. Étrangère à tout ce qui n'est pas vous.

— Et moi, est-ce que vous croyez que je ne suis pas une étrangère ?

Il détourne la tête.

— Vous ne savez pas ce que vous dites...

— Plus que vous ne croyez...

Le silence. De nouveau un mur entre nous, bien lisse et dur. Le refuge peu sûr du collège, exhumé à la hâte.

— Je n'ai jamais eu d'amis. Ni au collège, ni plus tard. Mais j'aimais bien jouer aux échecs avec Antoine Tassy...

— C'est sans doute pour cela que vous vous promenez sous mes fenêtres, la nuit ?

Cette fois il me regarde bien en face. Furieux. Vexé, comme un enfant pris en faute.

— Vous n'auriez pas dû me dire cela, Elisabeth. Vous n'auriez pas dû. Apprenez que je ne crains rien tant que d'être découvert...

« Elisabeth ». Il m'a appelée par mon nom. Pour la première fois. Je baisse la tête pour cacher ma joie. Je me penche sur mon métier à tapisserie. Évitant de regarder ma mère et mes tantes. Calme soirée dans la maison de la rue Augusta. « Le petit point se fait en deux temps, dans le biais du canevas. Verticalement : de gauche à droite, en descendant. Horizontalement : de droite à gauche, en remontant. Travailler avec trois brins de laine, en suivant la grille... »

Le feutre vert, lacéré de coups de canif de la table d'étude. Ce parfum indélébile de choux aigres. La messe, le salut, les vêpres, les rogations, le carême, la semaine sainte (ô mes rotules) ! La craie qui crisse au tableau noir, les coups de férule sur les mains, tachées d'encre. L'odeur de chambrée du dortoir. La glace dans les brocs qu'il faut casser au petit matin. La tête d'Antoine, larmoyante, penchée au-dessus d'une cuvette où flottent des glaçons. Élève Nelson, comme vous le regardez ce gros garçon misérable ! Pourquoi détournez-vous la tête ? Est-ce la pitié ?

« Tous les protestants sont des damnés, sont des damnés ! » scandent quinze garçons joyeusement féroces. L'adolescent noir et maigre, ainsi hué, arbore un cache-nez troué et une vieille casquette en phoque. On le dit étranger et sans famille. Il apprend le français et la religion catholique romaine sans y mettre aucune bonne volonté. L'abbé Foucas, exaspéré par l'air arrogant et méprisant du garçon, le bat sauvagement avec un bâton de hockey.

George à moitié assommé ne pousse pas un cri, ne laisse pas échapper une plainte. Cette force indomptable vous fait totalement défaut, élève Tassy, vous fascine et vous blesse. Rien de commun entre les deux garçons. Sauf le plus secret de leur âme. Une muette, précoce expérience du désespoir.

Qui le premier propose à l'autre une partie d'échecs ? Les jeux sont pourtant faits d'avance. Le vainqueur et le vaincu désignés au préalable. Qui peut prétendre conjurer le sort ? Récréation après récréation. Année après année. Le même silence obstiné. La même complicité obscure. Durant d'interminables parties d'échecs.

– Échec et mat !

Cette voix rugueuse d'adolescent victorieux (est-ce bien vous, docteur Nelson ? Un jour, cette voix mûrira et me prendra corps et âme).

Antoine repousse d'un revers de main les pièces d'échecs qui tombent à terre. Perdant et pervers, ce garçon n'a pas son pareil pour faire éclater les grenouilles vertes, sur l'étang, après les avoir emplies de la fumée de sa pipe. Son grand rire fracassant.

– Nelson, tu triches !

Jalouse, je veille. Au-delà du temps. Sans tenir compte d'aucune réalité admise. J'ai ce pouvoir. Je suis Mme Rolland et je sais tout. Dès l'origine j'interviens dans la vie de deux adolescents perdus. Je préside joyeusement à l'amitié qui n'aura jamais lieu entre George Nelson et Antoine Tassy.

Je guette en vain le pas d'un cheval, le passage d'un traîneau. Se peut-il qu'il ne revienne plus rôder sous mes fenêtres ? Un instant, il m'attire vers lui, il m'appelle « Elisabeth ». Puis il me rejette aussitôt. Il fuit. Je n'aurais pas dû lui avouer que, la nuit, penchée à ma fenêtre... Comme il m'a regardée. Son œil perçant. Son air traqué.

Il s'enferme dans sa maison. Il se barricade comme un criminel. Je m'approche de sa solitude, aussi près qu'il m'est possible de le faire. Je le dérange, je le tourmente. Comme il me dérange et me tourmente.

– Cet homme est un étranger. Il n'y a qu'à se méfier de lui, comme il se méfie de nous.

– Tais-toi, Aurélie. Va-t'en Aurélie. Je suis profondément occupée.

Je me concentre. Je ferme les yeux. J'ai l'air d'évoquer des esprits et pourtant c'est la vie même que je cherche... Là-bas, tout au bout de Sorel. Un homme seul, les deux coudes sur la table de la cuisine. Un livre ouvert devant lui, les pages immobiles. Lire par-dessus son épaule. M'insinuer au plus creux de sa songerie.

On ne vous perd pas de vue, élève Nelson. On vous suit à la trace. Tous les protestants sont des... Cette vieille casquette en phoque mal tannée.

Celui qui dit « le » table, au lieu de « la » table, se trahit. Celui qui dit « la Bible », au lieu des « saints Évangiles », se trahit. Celui qui dit « Elisabeth », au lieu de « Mme Tassy », se compromet et compromet cette femme avec lui.

La merveilleuse charité. La médecine choisie comme une vocation. La pitié ouverte comme une blessure. Tout cela devrait vous rassurer. Vous combattez le mal, la maladie et les sorcières, avec une passion égale. D'où vient donc qu'en dépit de votre bonté on ne vous aime guère, dans la région ? On vous craint, docteur Nelson. Comme si, au fond de votre trop visible charité, se cachait une redoutable identité... Plus loin que le protestantisme, plus loin que la langue anglaise, la faute originelle... Cherchez bien... Ce n'est pas un péché, docteur Nelson, c'est un grand chagrin.

Chassé, votre père vous a chassé de la maison paternelle (ses colonnes blanches et son fronton colonial), avec votre frère et votre sœur, comme des voleurs. Trois petits enfants innocents, traités comme des voleurs. Votre mère pleure contre la vitre. A Montpellier, Vermont.

L'indépendance américaine est inacceptable pour de vrais loyalistes. N'est-il pas préférable d'expédier les enfants au Canada, avant qu'ils ne soient contaminés par l'esprit nouveau ? Qu'ils se convertissent à la religion catholique romaine. Qu'ils apprennent la langue française, s'il le faut. Tout, pourvu qu'ils demeurent fidèles à la couronne britannique.

– Vous ne connaissez pas ma famille, Elisabeth ? Vous avez tort. Vous verrez comme nous nous ressemblons, tous les trois, depuis qu'on nous a convertis au catholicisme, ma sœur, mon frère et moi...

Un jour tu me diras « tu », mon amour. Tu me raconteras que ta sœur Cathy est entrée chez les dames Ursulines, à l'âge de quinze ans. Tu évoqueras son nez aquilin et ses joues enfantines, criblées de son. Tu parleras aussi de ton frère Henry, jésuite, qui prêche des retraites convaincantes.

Tu cherches mon corps dans l'obscurité. Tes paroles sont étranges. Le temps n'existe pas. Personne autre que moi ne doit les entendre. Nous sommes nus, couchés ensemble, durant l'éternité. Tu chuchotes contre mon épaule.

— Et moi, Elisabeth, j'ai juré d'être un saint. Je l'ai juré !
Et je n'ai de ma vie éprouvé une telle rage, je crois.

De nouveau un jeune homme studieux, penché sur ses
livres, dans une maison de bois. Une rengaine dérisoire
tourne dans sa tête. « Ne pas être pris en faute ! Surtout
ne pas être pris en faute. » Tu te lèves précipitamment,
ranges tes livres. Tu mets ton manteau, ta casquette, tes
mitaines. Une telle précision de gestes, et pourtant une
telle précipitation. On pourrait croire que le médecin est
appelé aux malades. Il sait bien que, cette fois encore, il
va atteler et errer dans les rues de Sorel, au risque de...
Passer dix fois peut-être, devant les fenêtres de
Mme Tassy... Dans la crainte et l'espoir, inextricablement
liés, de voir apparaître le mauvais mari, chassé de la maison de sa femme, surgissant au coin de la rue. Le mettre
en joue. L'abattre comme une perdrix. Antoine Tassy est
né perdant. « A celui qui n'a rien, il sera encore enlevé
quelque chose. » Je lui prendrai sa tour. Je lui prendrai sa
reine. Je lui prendrai sa femme, il le faut. Je ne puis
supporter l'idée que... Une femme, aussi belle et tou-
chante, torturée et humiliée. Couchée dans le lit d'Antoine,
battue par Antoine, caressée par Antoine, ouverte et refermée par Antoine, violée par Antoine, ravie par Antoine.
Je rétablirai la justice initiale du vainqueur et du vaincu.
Le temps d'un éclair, entrevoir la réconciliation avec soi-
même, vainement cherchée depuis le commencement de
ses souvenirs. Se découvrir jusqu'à l'os, sans l'ombre
d'une imposture. Avouer enfin son mal profond. La
recherche éperdue de la possession du monde.

Posséder cette femme. Posséder la terre.

Je suis celle qui appelle George Nelson, dans la nuit.
La voix du désir nous atteint, nous commande et nous
ravage. Une seule chose est nécessaire. Nous perdre à
jamais, tous les deux. L'un avec l'autre. L'un par l'autre.
Moi-même étrangère et malfaisante.

Est-ce donc cela désormais, dormir ; quelques heures à peine de sommeil, agité par les cauchemars ?

Une cabane de bois, au milieu de la campagne, plate et déserte. La lisière de la forêt à l'horizon. Il y a beaucoup de monde dans la cabane. Tous ces gens sont extrêmement inquiets au sujet d'un animal domestique qui n'est pas rentré. Les pires malheurs menacent cet animal, si on ne parvient pas à le rappeler, immédiatement. Toutes les personnes présentes, d'un commun accord, se tournent vers moi et me supplient de « crier » pour appeler l'animal. Une grande panique s'empare de moi. Je sais très bien ce que « crier » signifie. Je connais mon pouvoir et cela me fait trembler de peur. On me presse de tous côtés. Chaque instant qui passe peut être fatal pour l'animal qui n'est pas rentré.

Le cri qui s'échappe de moi (que je ne puis m'empêcher de pousser, conformément à ce pouvoir qui m'a été donné) est si rauque et si terrible qu'il m'écorche la poitrine et me cloue de terreur. Longtemps mon cri retentit dans la campagne. Sans que je puisse ni l'arrêter, ni en diminuer l'intensité grandissante. Irrépressible. Les bêtes les plus féroces, de la plaine et de la forêt, se mettent en marche. Montent à l'assaut de la cabane. Pas une seule qui ne soit mise en mouvement par mon cri. Les hommes et les femmes les plus cruels sont attirés aussi. Fascinés, débusqués de leurs repaires de fausse bonté. Le docteur Nelson est avec eux. Ses dents blanches sont pointues comme des crocs. J'ai un chignon noir, mal attaché sur le dessus de la tête. Avec de grosses mèches qui retombent. Je suis une sorcière. Je crie pour faire sortir le mal où qu'il se trouve, chez les bêtes et les hommes.

En quel songe les ai-je appelés tous les deux ? Non seulement mon amour, mais l'autre, mon mari ? Comme si l'on ne pouvait appeler l'un sans l'autre. Toutes les bêtes de la forêt convoquées... Ce cri dans ma poitrine. Cet appel.

Ils sont deux maintenant à passer sous mes fenêtres, la nuit. Un traîneau suivant l'autre. Antoine poursuivant George, dans un carillon de clochettes et de rires de femmes. Brandissant son fouet en direction de ma fenêtre. Hurlant, joyeusement ivre.

– Je veux offrir un verre à ce bon vieux camarade de collège !

Les voisins réveillés n'en reviennent pas d'une course aussi extravagante dans la nuit. Entre deux jeunes hommes de bonne famille.

Je m'endors longtemps après que le calme est revenu. Une sorte de manège confus persiste dans mon âme surexcitée où les chevaux et les hommes se poursuivent, s'affrontent, se piétinent et longtemps se cabrent.

Les notables de Sorel, réveillés la nuit, s'ennuient le jour. Nous leur offrirons la vie et la mort dans un tourbillon qui les effraye et les fascine. Bénis sommes-nous par qui le scandale arrive.

Jamais les réceptions ne se sont succédé à une telle allure. C'est à qui inviterait cette pauvre Mme Tassy dont le mari mène une vie si dissolue ici même, à Sorel, avec une fille appelée Horse Marine. Pourquoi ne pas inviter le jeune médecin américain qui parle si bien français ? Nous lui ferons quitter sa retraite, ses livres et ses malades. Cet homme possède un pouvoir, c'est certain. Voyez comme Mme Tassy, si tremblante, se ranime soudain à son approche ?

– Il est si sévère et réservé et, jusqu'à ces derniers temps, il refusait toutes les invitations.

– Vous avez remarqué comme son visage sombre s'illumine lorsqu'il aperçoit Mme Tassy ? Le croirait-on, ce jeune homme n'a que vingt-cinq ans.

Qui donc affirme qu'il faut aussi inviter mon mari ? Qu'il est le seigneur de Kamouraska et qu'il serait regrettable de le mettre au ban de la société ?

Un soir, Antoine, lassé de Horse Marine, entrera dans le salon des Kelly, ou celui des Marchand. Bousculant les invités. Le chapeau derrière l'oreille. Je verrai, sur son visage rose et étonné, le cheminement difficile de la vérité se faisant jour dans sa tête lourde. Il nous tuera sans doute, à moins que...

George me salue. Il s'incline légèrement devant moi. Je regarde ses cheveux noirs et drus. Il parle sans relever la tête, d'une voix basse, douce, presque suppliante. Comme si ce qu'il disait avait une importance secrète et douloureuse.

— Irez-vous au bal à Saint-Ours, dimanche ? Si vous vouliez me faire l'honneur de monter dans mon traîneau, je serais le plus heureux des hommes...

— Et moi, la plus heureuse des femmes...

On ne l'entend jamais venir. Tout à coup elle est là. Comme si elle traversait les murs. Légère et transparente. La voici qui étend ma robe de bal neuve sur le lit. Tapote le beau velours cerise, avec une sorte de gourmandise, mêlée de crainte.

— Mon Dou que cette robe est jolie ! Mon âme pour en avoir une comme ça !

Aurélie soupire. Elle rallume le feu. Range la pièce. Chacun de ses mouvements me semble étrange, inquiétant. Sa voix haut perchée me persécute à la limite de mes forces.

— Tais-toi, Aurélie. Je t'en prie.

— Je parle pour qu'on m'entende, Madame.

Le cabinet de toilette de ma mère. On étouffe ici. Cette odeur de renfermé. J'ai la nausée. L'étoffe verte de la coiffeuse s'effiloche. La vraie vie est ailleurs ; rue du Parloir, au chevet de mon mari. Je m'assois pourtant, docile, sur le tabouret. Face à la glace piquée.

Aurélie secoue le peigne et la brosse d'ivoire jauni. Souffle la poussière.

— Je vais nettoyer la glace !

J'ai un mouvement de recul.

— Non, surtout ne touche pas à la glace !

Une sorte de brisure soudaine dans la voix d'Aurélie. Du verre filé qui éclate à la pointe du souffle. Elle parle maintenant si bas qu'on l'entend à peine.

— Un petit coup de torchon. Là. C'est fait. Il faut que Madame se regarde bien en face. Voyez quelle jolie figure.

Quelles épaules. Je vais coiffer Madame pour le bal. Madame doit se rendre compte par elle-même.

Le miroir ravivé comme une source. Ma jeunesse sans un pli. L'échafaudage des boucles me semble un peu ridicule. Un port de reine. Une âme de vipère. Un cœur fou d'amour. Une idée fixe entre les deux yeux. Une fleur dans les cheveux. L'œil gauche devient fou. Les deux paupières s'abaissent. Le frôlement des cils sur la joue.

Un homme s'avance précipitamment. Prend place à côté de la femme trop parée. Son souffle rude sur l'épaule nue de la femme.

Je n'ai pas le temps de m'étonner. Comment Antoine a-t-il pu faire pour venir jusqu'ici ? Je croyais la maison bien gardée ? Mes petites tantes ? Les domestiques ?

Un homme et une femme côte à côte. Mari et femme. Se haïssent. Se provoquent mutuellement. Dans une lueur douce de bougies, allumées de chaque côté du miroir.

— Tu n'iras pas à ce bal.

— J'ai promis d'y aller. Et j'irai.

— Une femme mariée, une mère de famille... C'est tout à fait déplacé.

— De quoi te mêles-tu ? Rien de ce qui me concerne ne te regarde plus maintenant. Je ne suis plus ta femme comme tu n'es plus mon mari. Va-t'en, ou j'appelle !

Le visage poupin d'Antoine prend une expression ahurie. Ni fureur, ni étonnement. Une espèce d'anéantissement plutôt, doux, envahissant, gagne tous ses traits. Je regarde résolument cette image d'homme qui se défait, dans la glace. Le ton ferme de ma propre voix me surprend, tandis que la peur me serre la gorge.

— Tous les invités de Sorel partiront ensemble. Une longue procession de traîneaux jusqu'à Saint-Ours...

Je lis sur les lèvres d'Antoine, plutôt que je ne l'entends, la phrase sans réplique.

— Je viendrai te chercher. Tu monteras avec moi, dans mon traîneau.

— Je monterai avec le docteur Nelson. Il m'a invitée. C'est décidé.

131

La glace se brouille. Quelqu'un souffle les bougies. Cette scène est intolérable. Je ne supporterai pas davantage... La voix d'Aurélie monte, devient aiguë, comme un cri d'enfant. Emplit tout l'espace. Comble l'obscurité. S'affaisse en un chuchotement effrayé de confessionnal.

– Madame a reçu le coup de poing de Monsieur dans le côté. Je l'ai vue toute pliée en deux de douleur. Monsieur est tout de suite sorti de la maison, avant que personne ait pu l'arrêter. En passant la porte il jurait beaucoup. Monsieur répétait : « Je t'interdis d'aller à ce bal. Je t'interdis... »

Mais, ce soir-là, pour la promenade en traîneau à Saint-Ours, Madame est montée avec le docteur Nelson...

Le sleigh américain monté sur de hauts patins est rapide comme le vent. Et pour ce qui est du cheval noir, pas un aubergiste (tout le long de la rive sud, de Sorel à Kamouraska) qui ne s'émerveillera de son endurance et de son extraordinaire beauté.

Nous évitons de nous regarder. Tous deux dans une même bonne chaleur. Sous les robes de fourrure. Très droits. L'air indifférents. Sans aucune émotion visible. Aveugles. Hautains. De profil sur le ciel d'hiver.

Nous sommes en queue de la longue file des traîneaux. La fumée de nos respirations se mêle en volutes blanches. Le cheval marche au pas. Rien n'est encore arrivé. Nous sommes innocents.

Plus que son désir, je veux exciter sa colère. Quand on appréhende ce que cela signifie que la colère de cet homme. Quand on pressent le déchaînement possible de cette colère.

Tout bas, la tête contre son épaule. Le visage enfoui dans le col de son manteau. Je lui dis que mon mari est revenu à la maison, qu'il m'a défendu d'aller à Saint-Ours et qu'il m'a donné un coup de poing dans le ventre. Je regarde avec avidité le visage de George. Une pâleur grise lui blanchit les lèvres. Comme celles des morts. Je voudrais l'apaiser, m'excuser de l'avoir réduit à une telle extrémité de rage. Et, en même temps, une joie extraordinaire se lève en moi. Me fait battre le cœur de reconnaissance et d'espoir. Toute haine épousée, me voici liée à cet homme, dans une seule passion sauvage.

133

Il bondit sur ses pieds. Saisit le fouet et en assène de grands coups sur la croupe de son cheval qui part au galop, sur la neige raboteuse, dans la direction opposée à celle de Saint-Ours. Je suis projetée en tous sens dans le traîneau. Je supplie George. J'essaye d'arrêter son bras qui frappe le cheval.

Nous versons dans la neige, sens dessus dessous. Le silence de la nuit me saisit, après cette chevauchée insensée. On n'entend que le cheval qui s'ébroue. J'ai de la neige dans le cou. Mon bonnet de fourrure est tombé. George met une des robes du traîneau sur le dos de son cheval. Il vient vers moi. Sans un mot. Me prend dans ses bras. Nous roulons dans la neige. Dégringolons le talus en pente. Comme des enfants, couverts de neige. De la neige plein mon cou, dans mes oreilles, dans mes cheveux. Je mange de la neige. Son visage glacé sur mon visage. La chaleur humide de sa bouche sur ma joue.

Hors d'haleine. Étouffés de froid et de rire. Nous nous asseyons au bord de la route. L'un de nous articule très lentement, entre deux respirations haletantes : « Antoine est un très méchant homme. » Je secoue mon bonnet sur mon genou, pour en faire tomber la neige. Quelqu'un, en moi, qui ne peut être moi (je suis trop heureuse), pense très fort : « Nous irons en enfer tous les trois. » Mon amour m'embrasse. Il dit qu'il m'aime plus que tout au monde. Je lui réponds qu'il est toute ma vie.

Nous restons dans la neige. Couchés sur le dos. Regardons le ciel, piqué d'étoiles. Frissonnons de froid. Longtemps j'essaye de me retenir de claquer des dents.

Je parviens avec peine à enlever mon manteau de fourrure, à me dégager des écharpes de laine. Puis je reste là n'osant bouger. Exposée sur la place publique. Le velours de ma robe est mouillé de neige fondante, par larges plaques. J'ai des épingles à cheveux entre les seins. Mes boucles défaites pendent dans mon cou ! Un homme est avec moi. Je crois qu'il me tient par le bras. Il me répète de ne pas avoir peur. Il serre les poings.

Danseurs, danseuses et chaperons se figent et retiennent leur souffle. Quelle apparition dans l'encadrement de la porte ! Mme Tassy et le docteur Nelson, grelottants, le visage rougi par le froid. Ne baissant pas les yeux. Insolents, quoique traqués. Ce bonheur étrange, cette victoire amère. La joie des fous, au bord du désespoir.

Il faudrait traverser le grand salon. Faire face à Antoine, sans doute. Être tués, tous les deux ?

– Nous nous sommes trompés de chemin... Avons versé dans la neige...

On me jette un filet noir sur la tête et les épaules. Me voici prise, entraînée, poussée, tirée. Capturée. Mes trois petites tantes tremblantes m'emmènent avec elles, près du feu. Elles me protègent et me gardent. Enveloppée dans le châle immense de tante Adélaïde, je me retrouve assise au beau milieu du clan des chaperons. Livrée aux regards sévères des vieilles filles et des veuves.

Ne pas courber l'échine. Ne pas cligner des yeux. Regarder par-dessus les têtes immobiles, à bandeaux tirés. Tous ces bonnets à ruchés, ces rubans de satin tombant

135

sur les épaules. Feindre de fixer un point sur le mur. Le vide. Prisonnière. Je suis prisonnière. Examinons à la dérobée les quatre coins du salon. Attendons l'arrivée d'Antoine. Imaginons ses injures et ses coups. Un couteau peut-être, caché dans son gilet ? Ou ce lourd chandelier d'argent qui... Je vais tomber ! Fixer le mur. M'y accrocher en rêve. Je glisse. Le sol se dérobe sous mes pieds. Ma vie chavire. Quelqu'un dit qu'Antoine, quoique invité à ce bal, s'est bien gardé d'y venir. Ne pas fermer les yeux sur cette bonne parole. Reprendre mon guet. Fouiller méthodiquement le salon dans la crainte de voir surgir mon mari. On me fait boire une boisson chaude qui sent la cannelle. Tante Angélique murmure à mon oreille.

– Ma petite fille, quelle inconscience ! Te promener ainsi toute seule la nuit avec le docteur Nelson ! Pense à ta réputation. Pense à ton mari. Il ne faut pas le pousser à bout, cet homme...

Peu à peu, les invités du manoir de Saint-Ours se remettent à danser. Au son du piano discordant. Poussent un soupir de soulagement et se retrouvent miraculeusement indemnes. Combles d'émotion et de vie nouvelle.

« Je suis un grand pêcheur, c'est connu. Mais toi, ma petite femme, tu es maudite. Je ne survivrai pas à la honte de Saint-Ours. Inutile de m'attendre, je vais me noyer. C'est très facile de faire un trou dans la glace et de s'y laisser tomber comme dans un puits. Tu verras qui l'on va trouver dans le fleuve au printemps. Embrasse les enfants pour moi. Ton mari. Antoine. »

Fausse noyade. Fausse joie. Me méfier d'Antoine. Je veux bien jouer le jeu. Faire semblant de chercher un noyé et de le pleurer. D'attendre que l'on me dépose un cadavre d'homme ruisselant et glacé dans les bras. Mais le plus difficile est de convaincre ma mère et mes tantes de ne pas mettre la police dans nos histoires de famille. La rivière et le fleuve ne pourront être dragués qu'au printemps. Attendons que les glaces calent. Il n'est que de vivre comme si j'étais veuve.

— Aurélie, chère Aurélie, donne vite ce billet que t'a remis Monsieur le docteur pour moi. Aurélie, rapporte-lui ma réponse tout de suite.

— Aurélie, va dire qu'on attelle le cheval rouge. Monsieur le docteur m'attend.

— Aurélie, fais bien attention que personne ne nous suive. Quel charmant cocher tu fais, Aurélie. Nous ferions mieux d'emmener les enfants.

— Madame sait ce qu'elle a à faire.

— Mon Dou, Madame ! C'est Monsieur ! Je suis sûre que c'est Monsieur qui nous suit !

— Tu te trompes, Aurélie. Tu sais bien que Monsieur

s'est noyé, l'autre semaine, dans un grand trou creusé dans la glace ?

Rebrousser chemin. Pleurer de rage. Mon mari est vivant et il me poursuit comme un mort. Tuer deux fois, trois fois, ce mort sans cesse renaissant.

Rentrée rue Augusta, j'ai un accès de fièvre qui inquiète mes petites tantes. Je supplie Aurélie d'aller chercher le médecin. Ses yeux s'agrandissent de frayeur. Ses pupilles se dilatent comme celles des chats. Elle obéit pourtant. Aurélie ne peut s'empêcher de m'obéir en tout.

— Si Monsieur t'arrête en chemin, tu diras qu'il est indispensable que le docteur vienne immédiatement. J'ai le croup, Aurélie ! Tu m'entends ? Tu diras que j'ai le...

Je ferme les yeux. Je dessine son visage et son corps dans le noir. Avec mes mains, avec ma bouche, comme les aveugles. Une attention extrême. Des traits justes. Un instant j'atteins la ressemblance parfaite. La bouleversante nudité de son corps d'homme. Soudain une vague extraordinaire monte, roule et disparaît. Entraînant mon amour loin de moi. Sa tête décapitée ! Ses membres disloqués ! Je crie.

— Madame ! Madame ! Vous rêvez ! Voici le docteur que je vous ramène.

Le visage inquiet de George, penché sur moi. Ses bras ouverts où je me jette. Ma mère fait la sieste. Mes petites tantes sont aux vêpres. Et moi, je n'ai que le temps de vivre. Il s'agit de ne pas se déshabiller complètement et de ne pas allumer la lampe.

Quand un homme et une femme ont ressenti cela, une seule fois, dans leur vie. Ce désir absolu. Comment peuvent-ils désormais vivre comme tout le monde : manger, dormir, se promener, travailler, être raisonnables ? Tu feins pourtant de croire encore à la réalité des autres. Tu dis « mes malades », ou « les pauvres gens de la campagne ». Tu me supplies d'être prudente, à cause des enfants. Mais tu grinces des dents, lorsqu'il est question de mon mari. Tu jures de le descendre, si jamais il cherche à revenir auprès de moi. Tu montes la garde autour de ma maison, la nuit.

Il y a un soleil qui bouge au ciel. Une lueur rouge plutôt qui fait semblant d'être le soleil. Simule le déroulement régulier des jours et des nuits. Dans un autre monde, une autre vie existe, mouvante et bouleversante. De vrais arbres bourgeonnent dans le bourg de Sorel et dans la campagne alentour. On assure que c'est le printemps. L'amère charité tourmente le docteur Nelson, bientôt le désespère plus qu'une meule pendue à son cou.

La terre vaste, plate, longue. Le comté de Richelieu, à perte de vue. Comme s'il n'y avait plus d'horizon nulle part. Je crains d'avancer en terrain découvert. Jusqu'à cette maison de bois, isolée dans les champs. Mon mari peut surgir d'un moment à l'autre, se jeter sur moi.

La mémoire, lanterne sourde brandie à bout de bras. Ta maison. Ta chambre. Ton lit. La courtepointe rouge et bleue que personne ne songe à retirer. Nous avons si peu de temps à être ensemble. Aurélie et les enfants vont revenir. J'ai promis à ma mère de rentrer à... La complication des vêtements que l'on froisse et dégrafe.

— Laisse-moi enlever au moins mon manteau !

Vêtements lourds brusquement ouverts sur la tendresse du ventre. Comme une bête que l'on écorche.

Le temps manque autour de nous. Se raréfie pareil à l'air dans la boîte de verre où sont enfermés deux oiseaux. Une seule parole serait de trop. Risquerait de nous enlever l'un à l'autre. Un instant en moins et nous étoufferons dans cette cage. Une seule larme, l'espace d'une seule larme, d'un seul cri, et il sera trop tard. La cloche de la séparation sonnera partout autour de la maison. Pareille à un glas. Aurélie et les enfants, Antoine peut-être, peuvent survenir d'un moment à l'autre. A moins que n'arrivent des boiteux, des pustuleux, des femmes grosses avec des yeux de vache suppliante, des enfants couverts de croûtes tendant leurs petites mains sales : « Docteur Nelson, je suis malade, sauvez-moi. Docteur Nelson, docteur Nelson, ayez pitié de moi ! »

Les malades et les infirmes vont faire irruption, nous saisir tous les deux. Nous dénoncer. Nous traîner sur la place publique. Nous livrer enchaînés à la justice. Un juge en perruque nous séparera l'un de l'autre. D'un seul coup d'épée. Ah ! je vais mourir de froid sans toi !

— Elisabeth ! Ce n'est qu'un cauchemar. Calme-toi, je t'en prie. Je ne veux pas que tu pleures sans moi, que tu aies peur sans moi. Raconte-moi tout. Dis-moi tout. A quoi rêves-tu donc ?

— A rien. Je t'assure. Ce sont tes malades qui me font peur.

Un jour... C'est la peur qui nous perdra. Nous arrachera l'un à l'autre...

— Qu'allons-nous devenir, George ?

Cet air hagard sur ton visage, en guise de réponse. Ce tressaillement sur ta joue. Un tic sans doute ? Se peut-il que tu saches déjà à quoi t'en tenir ? Je détourne la tête. Refuse de te regarder en face. D'être regardée par toi. Qui le premier osera se trahir devant l'autre ?

Voici Aurélie, des rubans rouges dans ses cheveux crépus. Elle raconte, très excitée.

– Monsieur est parti pour Kamouraska ! C'est Horse
Marine qui me l'a dit ! Mais cette fille est aussi menteuse
qu'elle est maigre !

Aurélie, je t'en supplie, cours chercher Monsieur le docteur. Il le faut absolument. Je suis enceinte, Aurélie...

Il y a un homme blond et gros dans Sorel qui est las d'être chez les filles.

– On me soigne, on me bichonne ! On me vole et on me viole ! On me ruine aussi. Je suis criblé de dettes. Je retourne chez ma mère. Je suis le seigneur de Kamouraska. Je vais vendre une terre en bois debout. Mais avant je veux me réconcilier avec ma femme.

Trompant toute surveillance, Antoine s'enferme dans une chambre de la rue Augusta. Tandis qu'on fait sortir, en toute hâte, par une porte de côté, l'épouse et les enfants.

Antoine dort pendant trois jours. Se réveille au bout du troisième jour et demande à dîner, d'une voix tonnante, sans quitter son lit. Il dîne tout seul dans sa chambre, comme un prisonnier. Semble se complaire dans sa quarantaine. Regarde avec étonnement dans la glace son visage envahi par une barbe mousseuse. Ordonne qu'on lui taille cette barbe immédiatement. Réclame de l'eau chaude et du savon. Se laisse tremper une bonne heure. Déclare à son domestique que tous les relents d'Horse Marine sont à jamais effacés.

– Ignace, me voici propre, comme si je sortais de confesse. Préviens Madame.

Ignace regarde Antoine d'un air hébété. Il récite sa leçon bien apprise, en tremblant de tout son corps transi de peur.

– Madame est partie, toutes les dames de la maison

aussi et les enfants avec... Il n'y a plus personne dans la maison, sauf monsieur Lafontaine et son fils qui partent pour Kamouraska, et qui attendent Monsieur en bas, dans le salon...

Mais voici celle qu'on n'attendait pas. L'épouse en colère, étincelante comme une arme, entre dans la maison, d'un pas rapide et décidé. Suivie de tout un cortège de femmes éplorées.

– Réconcilions-nous avec mon mari, une bonne fois, et qu'on n'en parle plus.

Quand on sait ce que « se réconcilier » signifie pour Antoine, il s'agit d'exaucer son désir le plus rapidement possible. Le plus brutalement possible. La vraie vie est en ordre. L'honneur est sauf. L'épouse irréprochable pourra annoncer qu'elle est à nouveau enceinte de son mari.

La réconciliation a lieu dans la grande chambre d'amis où s'est réfugié Antoine. Le lit aux rideaux d'indienne. Des draps un peu rêches. Il y a une tulipe rouge dans un pot sur la fenêtre. Au fond de moi mon enfant souffre les assauts furieux du sang étranger. Mon enfant est agressé et souillé.

Mais voici qu'Antoine veut m'embrasser. Cela je ne le supporterai pas. Je hurle. Le drap tiré jusqu'au menton, devant toute la maisonnée accourue, je déclare que mon mari a voulu m'étrangler.

Il est trois heures de l'après-midi. Le salon encombré de bibelots de la rue Augusta. Ma mère a eu l'idée extravagante d'offrir le thé à Antoine, avant son départ. Je tremble si fort que je ne puis tenir ma tasse. La chaise berçante de maître Lafontaine grince dans le silence.

Antoine semble ne plus rien voir, ne plus rien entendre. Indifférent au ridicule de sa situation. Retiré du monde en quelque sorte. Tout occupé en lui-même à chercher en vain cette chose intolérable qui l'avilit à la racine même de sa vie.

Il y a trop de soleil dans cette maison aussi. Antoine ne tente aucun geste pour se retirer de la fenêtre où il se tient debout, exposé en pleine lumière. Ses yeux rougis ne clignent pas. On dirait qu'il se soumet lui-même, sans aucune espèce de défense, au supplice de la lumière.

Un long rayon traverse la pièce, m'atteint de plein fouet. Je suis prise au piège de la lumière à mon tour. Je détourne la tête.

Quelqu'un dit qu'il faudrait se presser, que le bateau à vapeur doit quitter Sorel à quatre heures.

Antoine soudain est debout en face de moi qui me regarde. Cette stupeur sans bornes. Son dernier regard. Trop de lumière. J'ai la pudeur de ma haine et je baisse les yeux à nouveau. Il parle tout bas, à travers ma face aveugle. Sa voix éteinte, lente et pourtant menaçante semble venir d'un point éloigné dans l'espace. Souffle longuement à mon oreille.

— Elisabeth, ma femme, tu ne m'échapperas pas si facilement. Je reviendrai, je te le promets.

Il demande à voir ses fils. On les lui amène. Il les embrasse goulûment sur les deux joues.

Un temps doux et paisible fait suite au départ d'Antoine. George et moi faisons semblant de croire à la douceur et à la paix du monde. Jouons le jeu. Discrètement. Faisons des projets d'avenir. Parlons gentiment de nous marier. D'éliminer Antoine de la face de la terre. De la façon la plus simple et la plus convenable qui soit.

Nous nous rencontrons parfois près de la petite église. Marchons à pas comptés. Jouons à Monsieur-Madame-en-promenade. Saluons d'un signe de tête distrait les rares promeneurs. Nous nous dirigeons insensiblement vers la campagne.

Bien qu'il soit peu probable que mon mari provoque mon amant en duel, nous choisissons avec soin un pré, en bordure de la forêt. Imaginons à loisir le petit matin. La lumière tremblante sur la rosée. Les chemises blanches. Les témoins à mine patibulaire. La boîte noire du chirurgien. Le choix des armes. Les lourds pistolets brillants. Les quinze pas réglementaires. La détonation brutale dans l'air sonore. La brève célébration de la mort. La fumée dissipée, on découvre le vainqueur, tête découverte. Debout en plein champ. L'arme fumante au poing. Il contemple d'un œil ahuri son adversaire, étendu sur le pré. Justice est faite. Voici l'épouse en larmes. Courant à perdre haleine dans l'herbe mouillée. Ses souliers sont trempés. Elle relève ses jupes pour mieux courir. Crie avec l'accent inimitable des veuves : « Mais c'est mon mari ! Vous avez tué mon mari ! » Pauvre Antoine, c'est fait. Ta poitrine robuste ouverte d'une balle. Ton cœur déraciné comme une dent de lait. Ton sang répandu. Ton aisselle blonde où la sueur fige. On a beau dire que la main de l'ivrogne n'est pas sûre et tremble. Si par malheur, le cœur déchiré d'une balle, c'était le tien, amour ? J'en mourrais.

Un jour pourtant, il faudra bien nous résoudre à abolir le hasard ? Cesser de rêver. Si nous voulons vivre. Comme tu tardes, comme tu traînes en chemin ! A quoi penses-tu donc, là, à mes côtés ? Assis par terre sous les pins. Le torse cloué à un arbre. Comme un crucifié.

Un seul d'entre nous doit mourir.

Une jeune femme est assise près de l'homme immobile. Sa jupe de mousseline blanche est déployée autour d'elle. Elle lève la tête vers l'homme. Une résolution calme s'inscrit sur le visage de la jeune femme. Le front étroit est resserré par la ligne stricte des bandeaux.

— Elisabeth, comme tes yeux sont tristes !

La jeune femme écrit avec application, sur une feuille de calepin, un mot très court et net qu'elle passe au jeune homme.

« Il faut tuer Antoine ! »

Le jeune homme écrit sur le calepin, à la suite de la jeune femme.

« C'est une affaire entre Antoine et moi. »

Un instant, sur ton visage, passe une étrange expression. Un sourire vague. Une extase brève. Est-ce l'idée de la mort qui te fascine et te transfigure ainsi ? Je lis sur tes lèvres, plutôt que je ne l'entends.

— Il faut tuer Antoine.

Un champ clos entre Antoine et toi. Hors de ce monde. Tu parles, sans me voir ni m'entendre. Tu deviens triste. Tu dis que la pitié est pourrie, à présent, et que c'est cela qui est irréparable. Tu vas jusqu'à me rappeler qu'autrefois, au collège, il n'y avait pas de garçon plus misérable que...

Ce seul mot de « collège » me submerge de colère, me déchire de jalousie. Je voudrais effacer de toi, à jamais, ce temps où je n'existe pas, ce monde fermé de garçons, de messes et de latin. Mais j'ai beau me retirer sauvagement en moi-même et refuser tes souvenirs d'enfance, voici que, peu à peu, à mesure que tu parles, une clochette tinte, de plus en plus fort, ricoche dans mon oreille. Devient comme une lame. Me force à l'attention. Sonne le réveil dans un dortoir endormi. En plein hiver. Hurle qu'il est cinq heures du matin. Dieu soit loué, il fait si noir que je ne distingue personne. L'odeur de tanière me prend à la gorge. Les garçons s'arrachent au sommeil. Quelqu'un allume une bougie. Des formes vagues sortent du noir. Passent devant la lueur de la bougie. Font des ombres gigantesques et flasques sur le mur. Frissonnent. Replongent dans le noir. Se confondent avec leurs ombres sur le mur. Une ombre de main esquisse le signe de croix dans le vide. Le mur immense, désert, où gèle le salpêtre, engloutit aussitôt cette ombre de main pieuse. « *In nomine Patris* » commencé d'une voix caverneuse est terminé sur un ton suraigu. Une autre voix qui est la tienne, George, un peu plus mate et sourde, à peine plus jeune, assure avec un fort accent américain :

– Le plus dur c'est de plonger son visage qui dort dans l'eau glacée.

J'entends casser la glace dans un broc. Quelqu'un pleure et demande un pic pour casser la glace. Quelqu'un emprunte la voix de l'aîné de mes fils pour pleurer. (Antoine enfant devait avoir cette voix-là.) Je voudrais que cela cesse sur-le-champ.

Je regarde tout là-haut le ciel clair à travers le feuillage noir. Mon regard monte au-delà de toi (tout le long de l'arbre contre lequel tu es appuyé) jusqu'à l'éclatement bleu du ciel. Par terre, les aiguilles rudes, rousses, odorantes. Tu répètes que la pitié est pourrie. Puis le silence te prend à nouveau. Appuyé contre ton arbre. C'est comme si tu t'enfermais au cœur de cet arbre avec ton mystère étranger. Une écorce rugueuse pousse sur tes mains, va recouvrir ton visage, gagner ton cœur, te changer en arbre. Je crie...

Tu tournes la tête vers moi. C'est pour me supplier de me taire.

Ton visage émerge de l'absence et se dégage de l'ombre. Semble naître une seconde fois, plus net et précis. L'arête du nez plus aiguë, l'éclat des yeux plus sombres et enfoncés sous l'arcade sourcilière. Ta pâleur ravivée.

L'été ruisselle de lumière. Tu regardes tes mains amaigries. Tu les examines attentivement. Tu me les tends, ouvertes et désarmées.

– Je n'ai pourtant pas des mains d'assassin ?

Tu ne t'attends pourtant pas que je te rassure, mon pauvre amour ? Je ne puis qu'embrasser tes deux mains, tour à tour. Je les promène sur mon visage, abandonnées et chaudes. Tes chères mains d'assassin.

Une sorte de rituel entre nous. Chaque fois que nous sommes ensemble dans le bois de pins et qu'il fait encore trop clair pour... Nous jouons aux gisants de pierre. Nos deux corps étendus. Simulant la mort. L'étirement de la mort, sa longueur définitive. La rigidité de la mort, son insensibilité parfaite. Faire le vide absolu. Tout ce qui n'est pas nous doit s'écailler de nous, comme des champignons que l'on gratte sur la pierre, avec un couteau. (Camarade de collège, pauvre mari.) Tout lien autre que nous deux doit mourir. Le corps se glace. Le cœur s'évide. Silence. Vertige.

Tu touches ma main. Le sang reflue brusquement dans mes veines. Purifiés, allégés du monde entier, le désir seul nous habite, comme une flamme. Nous roulons doucement, l'un vers l'autre, lorsque...

Les aiguilles de pin craquent tout près de nous. Aurélie et les enfants...

– *Good bye my love*...

Comme tu dis cela, mon amour. On dirait que nous sommes libres, tous les deux.

De grandes gifles de pluie s'écrasent sur la vitre. La rue est pleine de flaques. L'odeur de la pluie se mêle à la senteur aigre de l'encre, au goût fade de la feuille de papier blanc posée là, devant moi, sur la table. Le rire flûté d'Aurélie surgit en trombe près de mon épaule.

– Comme il pleut ! Pauvre Madame, vous voilà donc en pénitence dans la maison ! Comme il pleut !

Je soupire et mordille mon porte-plume. Ce sale devoir de vacances à faire. Profiter de cette soirée de pluie. D'autant plus que le temps presse... Vous me recopierez cent lignes : « Mon cher petit mari – C'est ta petite femme qui t'écrit – pour t'annoncer un heureux événement – un heureux événement pour... le mois de... (je compte sur mes doigts et recompte sur mes doigts) pour le mois de décembre, si mes calculs sont bons – Mon cher petit mari, c'est ta petite femme qui... – Si mes calculs sont bons – ta petite femme qui... »

Quelqu'un dit qu'il est temps d'aller se coucher. La pluie devient douce, intermittente. Des bouffées de campagne ruisselante entrent par la fenêtre ouverte. Le chant des grenouilles se déploie au loin. Entoure la petite ville d'une sorte d'enceinte cristalline où parfois surgit l'éclat sourd des ouaouarons.

Je suis prisonnière sous la pluie. Je songe à cet autre prisonnier de la pluie que je ne puis rejoindre, dans sa maison tout là-bas. Le bruit des gouttes d'eau sur le toit de bardeaux. Si je retrouve son visage c'est à travers une vitre. Une eau profonde, infranchissable. Il gesticule et parle, loin de moi. Il vit. Chaque mot, chaque geste de sa solitude la plus stricte me regarde et me concerne. Si je laisse échapper un seul signe de lui, ma vie peut se mettre à fuir, par tous les pores de ma peau.

Il faudrait faire réparer la gouttière de la rue du Parloir. Comment habiter la campagne mouillée de Sorel, avec ce fracas de gargouille dans mon oreille ? Il faudrait aussi empêcher Florida d'aller et venir aussi lourdement du lit à la table de nuit. Heureusement que la respiration oppressée de Jérôme Rolland ne s'entend pas d'ici.

« Mon cher petit mari – c'est ta petite femme qui t'écrit... »

Il y a une odeur d'huile et de fumée qui emplit la cuisine du docteur. La mèche trop courte fume dans la lampe. Il taille la mèche. Essuie le globe noirci. Ses mains adroites proclament leur éclatante sûreté. La parfaite maîtrise du corps, alors que le cœur s'égare, déraille dans la nuit d'été.

Il faut dormir, docteur Nelson. Étendez-vous sur ce banc, sans vous déshabiller. Il n'y a qu'à enlever votre veste et vos chaussures. Roulez bien votre veste sous votre tête. Comme un soldat, prêt à sauter sur ses pieds, à la moindre alerte. Le fusil à portée de la main. Vous êtes médecin, ne l'oubliez pas. On peut vous appeler, à toute heure du jour ou de la nuit. Qui, pour un enfant qui va naître, qui, pour un condamné à mort, qui...

Je veille, liée à cet homme qui dort sous la pluie. Si loin que je sois dans l'espace et le temps, je demeure attachée à George Nelson, en cet instant précis où toute la campagne de Sorel chavire sous la pluie. Tandis qu'à Québec, la respiration oppressée de mon mari emplit la maison de la rue du Parloir du souffle même de la mort.

Ce merveilleux cheval noir que vous avez, docteur Nelson. Ses longues jambes si fines. De loin on dirait des allumettes supportant une étrange chimère, à la crinière flottante. Lancée dans la campagne, sous la pluie. Il y a des ornières partout. Vous ne pouvez supporter aucune douleur ni misère humaine. (Ni l'enfant pleurnichard au collège, ni la jeune femme maltraitée par son mari, rue Augusta, ni surtout le petit protestant marqué d'un signe, isolé, à gauche, dans la chapelle de monseigneur de Laval.) Voici que, monté sur votre cheval, vous parcourez tous les rangs et les plus petites routes, ravinées comme des lits de torrents. Pas une maison où vous ne faites votre apparition. Par la cuisine de préférence. Vous demandez : « Avez-vous des malades, des estropiés, des affligés, des persécutés ? » Vous réclamez des maladies guérissables, des chagrins avouables, pour vous rassurer. Pour ce qui est du lot des désespoirs infâmes, ne vaudrait-il pas mieux détruire d'un seul coup tous les incurables et la racine de leur mal avec eux ? Votre spécialité, si vous y consentiez, serait d'exterminer parmi les vivants ceux qui portent une tête de mort. Vous vous défiez de vous-même, docteur Nelson. Vous feignez de croire à la pitié. Vous vous raccrochez à la pitié comme à un signe de salut. Vous pouvez toujours essayer. Soigner, guérir, de jour comme de nuit. Jusqu'à l'épuisement de vos forces. Certaines si lourdes fatigues ressemblent à la paix à s'y méprendre. Dormir comme une brute sans avoir le temps d'enlever ses chaussures. Se remettre debout à coups de volonté. Arracher un enfant à la mort. Triompher de la mort, des larmes plein les yeux. Du pus et du sang sur les mains. Voyez, les parents pleurent d'émotion et de reconnaissance. On vous aime infiniment. Vous faites vraiment le nécessaire pour qu'on vous aime, d'ailleurs. Toute la vallée du Richelieu visitée et sauvée par vous. Vous sanglotez de joie, docteur Nelson. La paix elle-même vient à votre rencontre. A pas de velours. Dans un souterrain profond. Un instant de plus et l'édit sera proclamé au grand jour. En français et en anglais : « Oyez, braves gens de Sorel (William-Henry pour les Anglais), le docteur George Nelson de ladite paroisse est définitivement accepté, approuvé, reconnu, intégré par ladite paroisse de Sorel, dans le comté de Richelieu. Non seulement un paroissien intégral, un citoyen à part entière, mais un membre d'honneur de ladite société... » Tout le comté est rassemblé sur la place de l'église, en plein soleil. Un tel triomphe. Une telle revanche. Une reconnaissance si totale. Docteur Nelson, voici que vous laissez éclater votre joie trop bruyamment. Si bruyamment que Mélanie Hus, que vous avez soignée et veillée avec tant de dévouement, se réveille soudain de la mort où elle est ensevelie depuis hier. Pousse un cri d'horreur. Vous désigne d'un geste de tout son bras décharné, interminable et rigide. Découvert ! Élève Nelson, vous êtes découvert ! Inutile de jouer le médecin des pauvres, le consolateur des affligés. Vous êtes découvert. Imposteur. Vous n'êtes qu'un imposteur. La foule se retourne contre vous. Hurle, menaçante. Tous les protestants sont des damnés. Un témoin s'avance, un deuxième, un troisième, puis un quatrième... Ils déclarent tous, sous la foi du serment, qu'« il y a un commerce criminel entre le docteur Nelson et Mme Tassy ». Quelqu'un va jusqu'à dire que « l'enfance est insupportable, avec son visage plein de larmes ». Mme Tassy déclare qu'« il n'y a qu'à maintenir, sous l'eau, la tête blonde de ce trop gros garçon, penché au-dessus d'une cuvette glacée. Serrer les doigts et attendre que la mort fasse son effet ». Le docteur Nelson explique aux gens de Sorel que « cet enfant n'aurait pas dû naître ». Mme Tassy rétorque qu'« il aurait suffi d'un geste pour noyer le chiot nouveau-né, alors que, maintenant qu'il a tellement grandi et grossi, cela devient extrêmement difficile ». La foule reprend ses menaces et ses accusations. « Tous les étrangers sont des damnés. » Mme Tassy affiche un air offensé. Hurle, les mains en porte-voix, qu'elle est « fille de ce pays et femme de ce monde ».

L'homme qui fait un tel cauchemar se lève. Le poids de toute sa vie sur les épaules. L'étau du songe sur l'estomac. Le grincement rouillé de la pompe. Le tintement du gobelet de fer-blanc. George Nelson boit. Il asperge son visage d'eau glacée. Tourne vers mes propres songes ses traits ravagés, ses yeux effrayés. Et moi (qui n'aurais pas trop de ma vie entière pour essuyer sa face, laver le mal et la mort, apaiser l'angoisse), je tourmente cet homme et je le hante. Comme il me tourmente et me hante.

Je choisis cet instant précis. En pleine nuit (pour la première fois). Sous la pluie. Je m'échappe de la maison de la rue Augusta après avoir dérobé la clef dans l'aumônière de tante Adélaïde. En chair et en os j'entre de plain-pied dans le cauchemar de George Nelson. Me voici qui frappe à sa porte. Mouillée de pluie, souillée de boue, frissonnante de fièvre. Je frappe à sa porte et j'appelle doucement, la bouche collée contre le bois plein d'échardes.

– Docteur Nelson ! Docteur Nelson ! C'est moi Elisabeth !

– Toi, ici, Elisabeth, à cette heure ? Quelle imprudence !

C'est la première fois que je viens, la nuit. Il fallait bien en arriver là. L'imprudence absolue. Risquer toute son âme. Afficher, aux yeux de tous, son âme en péril. Dans un grand éclat de rire. Je décide de te pousser à bout.

Tes yeux embués de sommeil. Et pourtant l'exaspération montante de tout ton être surexcité.

– Toi, ici, Elisabeth !

Je te parle de ma lettre à Antoine. Je t'avoue que j'ai couché avec mon mari, le jour même de son départ pour Kamouraska.

Ta colère m'épouvante et me ravit à la fois.

Tu dis que tu veux bien faire râler à Antoine sa sale vie de chien, mais que certaines manigances de femme te dégoûtent et t'outragent.

– Toi Elisabeth ! Toi, toi, avec lui ! Mauvaise, menteuse, hypocrite !

Tu jures de tuer Antoine. Tu dis que tu ne me le pardonneras jamais.

Je baisse la tête. Je ne sais comment t'expliquer. Mes pauvres ruses. Tromper Antoine. Endormir ses soupçons. Lui faire croire que l'enfant... Tourner mon mari en dérision...

Je crois que je pleure. Tu pleures aussi. Je te demande pardon. Tu me demandes pardon. Tu dis que je suis douce et bonne et que seul le malheur a pu me réduire à une telle extrémité.

Un homme et une femme, debout, l'un en face de

l'autre. Au centre d'une grande cuisine paysanne. Les fenêtres sans rideaux.

On peut nous voir de la route. Il serait dans l'ordre des choses (malgré la nuit) qu'on vienne te chercher pour un malade. Il s'agit maintenant de nous compromettre à jamais. De provoquer le scandale. D'accepter sans retour qu'on nous accuse et nous montre du doigt. Tous deux liés ensemble dans une seule nécessité. Ayant rompu avec le monde. L'absolu de l'amour et de la mort. La justice rétablie. La sainte barbarie instituée. Nous serons sauvés par elle. Nous sommes possédés.

L'homme baisse les yeux, regarde fixement le plancher. Semble mesurer sur les planches noueuses l'espace dérisoire entre la femme et lui. L'imperceptible frontière entre la vie habitable et la folie irrémissible.

— Tu es à moi, Elisabeth. Et l'enfant aussi, n'est-ce pas ? A moi, à moi seul... Dis-le. Répète-le bien fort ?

— A toi seul, je le jure.

La respiration de plus en plus courte de l'homme emplit le silence. La femme tremble. La voici qui se penche au-dessus de la table pour souffler la lampe. La lumière est insupportable. Les fenêtres sans rideaux aussi.

Une voix rude, précipitée, méconnaissable donne des ordres.

— Ne touche pas à la lampe. Enlève ton châle. Ta robe maintenant. Tes jupons. Continue. Déshabille-toi complètement. Ton corset, ton pantalon, ta chemise. Dépêche-toi. Tes souliers. Tes bas.

Mes mains tremblent si fort que je dois m'y prendre à plusieurs fois avant de défaire mes agrafes, lacets et boutons. J'obéis, comme en rêve, à une voix sans réplique. Me voici toute nue, déformée déjà par ma grossesse. Je m'accroche à la table pour ne pas tomber.

— Tiens-toi droite. On peut nous voir de la route. C'est ce que tu veux, n'est-ce pas ?

Ses vêtements rejoignent immédiatement les miens, par terre, en un grand désordre.

— Souffle la lampe à présent.

Je tâtonne pour tourner la mèche. J'essaye de souffler. On dirait qu'il n'y a plus d'air en moi. Une sorte de soupir, un spasme plutôt, rauque comme un sanglot, s'échappe enfin de ma poitrine. La voix sourde de George répète :

– Tu es contente ? Très contente sans doute ? Nous n'avons vraiment plus rien à perdre à présent ?

Je ne puis articuler aucune parole.

Toute la campagne autour de la maison. Quel témoin se cache dans la nuit ? Nous épie ? Dès l'aube, demain, lâchera ses nouvelles. Comme un vol de pigeons. Chez le juge John Crebessa de Sorel. Plus loin que Sorel. Plus loin que Québec même. Tout le long du fleuve... Atteindra bientôt, dans son manoir, le seigneur condamné de Kamouraska.

Un gémissement parvient à sortir de ma gorge. Avant même que George ne me couche sur le tas de vêtements par terre. Le poids d'un homme sur moi. Son poil de bête noire. Son sexe dur comme une arme.

Ramasser mes jupes et mes corsages froissés. M'arracher des bras de George. Rentrer rue Augusta. Vite, avant que la cuisinière n'allume son feu.

Le jour se lève. Le désert du monde. Le pire qui pourrait encore m'arriver, c'est d'être condamnée au désert du monde. Où es-tu mon amour ? Dans quel pays étranger ? Une si longue absence. J'habite rue du Parloir, à Québec. On va jusqu'à prétendre que je suis Mme Rolland, épouse de Jérôme Rolland, notaire de cette ville...

Tante Adélaïde me supplie de songer à l'honneur de la famille. A l'avenir de mes enfants. Je l'embrasse et je remets la clef de la rue Augusta dans son aumônière, là où je l'ai prise, la veille au soir. Je ris.

— Vous savez bien, tante Adélaïde, que je tiens à mon honneur plus qu'à ma vie. Comment pouvez-vous faire peser sur moi un aussi injurieux soupçon ?

Tante Adélaïde baisse les yeux. Humiliée par mon mensonge, comme si on la surprenait elle-même en flagrant délit.

— Ma petite fille, tu devrais faire attention. La dernière lettre d'Antoine est pleine de menaces. Il dit qu'il va venir te chercher avec les enfants...

— Une lettre d'Antoine ? Adressée à moi, tante Adélaïde ? Et vous me l'avez cachée ? Et vous l'avez lue ? Vous n'aviez pas le droit. Donnez-la-moi vite, cette lettre.

— Je ne l'ai plus, Elisabeth. Je l'ai brûlée. Il y a des lettres qu'il faut brûler. Et certaines choses qu'il faut éviter de faire, sous peine de brûler soi-même dans l'autre monde.

– Vous voulez parler de l'enfer, tante Adélaïde ? Vous me menacez de l'enfer ? Vous n'en avez pas le droit, vous si bonne...

– On dirait parfois que tu oublies ton âme, ma petite fille.

Je soupire délicieusement, tout comme si, emportée par un équipage fougueux, je jetais du lest par la portière.

– C'est si facile d'oublier son âme, tante Adélaïde, si vous saviez comme c'est facile.

Ma mère sort de sa retraite. Jette un œil éteint sur sa fille. Se plaint de la chaleur. Continue son monologue intérieur d'un air ennuyé.

– Quel bel homme que ce docteur Nelson, si bien élevé et de vieille famille loyaliste américaine. Dommage que la Petite ne l'ait pas rencontré le premier.

– Mais c'est le premier, ma mère ! Le premier, tante Adélaïde ! Il n'y en a jamais eu d'autre et il n'y en aura jamais d'autre, vous m'entendez ?

– C'est un bien grand péché, ma petite fille.

– Bien plus grand que vous ne pouvez penser, chère tante, si vous saviez...

Mon âme doit me rejoindre par des chemins inconnus. Je me sens si lasse, tout à coup. Cette obligation que j'ai de me débarrasser de mon mari. Le faire basculer dans le vide. Surtout, qu'il ne revienne plus à Sorel. L'effacer à jamais de ma vie. Comme un dessin que l'on gomme.

Ma mère s'ennuie. Elle ajuste son châle sur ses épaules et sort de la pièce.

Ah ! quel été de chaleur et d'orages ! Lorsque le soleil implacable se montre, on croirait voir la campagne dans un prisme d'eau. Le temps est étrange et passe si vite. L'odeur des phlox ! Je retrouve l'odeur des phlox ! Le mois d'août s'achève déjà. Je deviens ridicule avec mon ventre de cinq mois et ces rougeurs subites qui m'empourprent le visage. La lumière couleur de soufre. Les phlox sont en fleur dans le jardin, derrière la maison. Leur parfum monte jusqu'ici, m'entête et m'exaspère.

Anne-Marie se tient dans l'encadrement de la porte, un gros bouquet dans les bras. Je parle à ma fille à travers un brouillard. Je lui dis qu'une seule grappe blanche et fraîche suffit (à cause du parfum très fort) pour la cérémonie. Il est aussi question d'une nappe blanche en dentelle et de chandeliers d'argent. Un crucifix. J'entends ma propre voix pâteuse qui explique qu'il faut deux petites assiettes creuses, en verre taillé. Une avec de l'eau bénite et un rameau bénit, pour les aspersions. L'autre avec de l'eau ordinaire (et une serviette blanche), afin que le prêtre puisse se laver les mains. La voix timide d'Anne-Marie réclame mes clefs. Je lui dis de les prendre sous mon oreiller. La porte est déjà refermée. Je ne parviens plus à rappeler ma fille. Ni même à ouvrir la bouche et à remuer la langue. Il est pourtant indispensable que j'explique à Anne-Marie... Le coton ! Le coton pour l'extrême-onction ! Quelqu'un qui a une voix forte (cela vient du corridor) déclare qu'on viendra me chercher en temps et lieu.

159

J'habite ailleurs. Un lieu précis. Un temps révolu. Aucun prestige de la mémoire ne pourrait réussir cela. Il s'agit de la possession de ma vie réelle. De ma fuite parfaite de la rue du Parloir.

Allongés, tous les deux, dans la pénombre suffocante de la chambre de bois. En plein après-midi. (La courte-pointe clouée sur la fenêtre, en guise de rideaux.) Nous échangeons des paroles redoutables, avec la liberté légère des mourants. (Ainsi Jérôme Rolland...)

L'apaisement qui suit l'amour. Son épuisement. Nous refusons encore d'ouvrir les yeux. Dans un chuchotement d'alcôve nous discutons de la mort d'Antoine. Nous en arrivons là tout naturellement. Nos deux corps à peine reposés après l'amour fou. Tout comme si cet instant paisible, cette trêve ne nous était accordée que pour déboucher sur une frénésie plus violente encore. Tout comme si le meurtre d'Antoine n'était pour nous que le prolongement suprême de l'amour.

Nous ferions sans doute aussi bien de nous tuer, tous les deux ensemble. (Être sûrs de ne pas survivre l'un à l'autre.) Une seule balle, un seul coup de couteau, un unique coup mortel. Avant que la vie quotidienne n'altère notre pure fureur de vivre et de mourir.

Nous décidons d'attendre la naissance de l'enfant avant de rien entreprendre. Il faudrait pourtant nous presser. De peur que notre résolution ne se gâte à la longue, au contact des nerfs et du sang. Le corps qui flanche, alors que l'âme atroce tient toujours.

George me montre son pistolet qu'il charge à poudre et à balles, devant moi.

Notre tendre douceur à conquérir par l'horreur. Nous établirons la justice par le feu et par le sang. Nous serons heureux.

Depuis le temps que vous tentez d'instaurer la charité pour votre compte personnel, docteur Nelson, allez-vous enfin réaliser votre rêve ? Chassé si tôt de la bonté du monde, allez-vous, d'un coup, réintégrer votre royaume perdu ? Je vous y aiderai de toutes mes forces et je vous offre toute ma vie. Punir les méchants, récompenser les bons. Délivrer la princesse suppliciée, terrasser le dragon féroce qui la tient captive. Justice, justice, justice... Antoine Tassy mérite la mort. Il réclame la mort. Par son silence même. Par son inexplicable absence. Il vous provoque, comme il me provoque. Il veut se perdre et nous perdre avec lui. Ce désir de mort dans ses os depuis toujours. Allez-vous encore (évoquant la détresse d'un enfant blond, miroir de votre propre désespoir) éviter de sacrifier Antoine ? Tourner l'arme contre vous ? Le crime est le même. Tout cela est étrange, et, si vous n'y prenez garde, de pareilles pensées peuvent vous entraîner trop loin.

Mais je suis là, je veux que tu vives et qu'il meure ! Je t'ai choisi, toi George Nelson. Je suis la vie et la mort inextricablement liées. Vois comme je suis douce-amère.

Le docteur examine avec attention la main recroquevillée d'une vieille femme. Il dit à la femme de poser son avant-bras sur la table, bien à plat, et d'ouvrir les doigts. Elle dit qu'elle ne peut pas. C'est à l'intérieur de la paume qu'elle s'est profondément brûlée. Du saindoux qui a pris feu au creux de sa vieille main. Mais comment a-t-elle pu faire, la pauvre femme ? Le docteur étend une pommade calmante et panse la plaie. La vieille geint et répète qu'elle

161

ne s'en sentira pas le jour de ses noces. De sa main valide elle fouille dans sa poche. En extrait une pièce qu'elle serre dans son poing fermé.

— Garde tes écus, la mère, pour t'acheter quelques douceurs.

Le mot « douceurs » atteint le petit être désincarné comme une insulte. Des « douceurs », à mon âge ? Pour qui me prend-on ? Elle remet la pièce dans sa poche et quitte la maison du docteur en maugréant.

Jamais George Nelson n'a été plus attentif à ses malades, plus adroit dans ses soins, ni plus compatissant. C'est comme une grande source poignante qui crève dans son cœur. Parfois une certaine tristesse, particulière et sombre, qu'il connaît bien, l'envahit brusquement, l'entraîne jusqu'aux confins du désespoir. C'est alors seulement qu'il cherche l'apaisement dans la contemplation de son pistolet qu'il sort de l'étui de drap gris. Le décharge et le charge à nouveau. S'enchante sourdement du claquement clair dans le silence de sa maison.

Pareil à un homme qui va mourir il met de l'ordre dans ses affaires. Range ses papiers, les poudres et les onguents, les forceps et les bistouris. Souvent le petit jour le surprend assis à la table de la cuisine, penché sur des chiffres et des calculs précis. A moins que ce ne soit en pleine manipulation d'appareils, de flacons et d'éprouvettes. Certaine poudre à l'éclat métallique chauffe et se volatilise, sans fondre. Dans un étrange parfum d'ail.

Le poison est une imagination d'Elisabeth. Une idée fixe de femme enceinte. Envoyer Aurélie à Kamouraska avec du poison pour... Inutile d'essayer de la raisonner. Il est plus facile de faire semblant de consentir... Pousser l'expérience, comme un bon pharmacien. Tandis que l'insidieuse tristesse dans notre âme devient intolérable. Débouche sur une telle rage que...

Qui a laissé entrer le docteur dans la maison ? Que vient-il faire ici ? Il est cinq heures du matin ! Laissez-moi au moins enlever mon ridicule bonnet de nuit ! C'est Aurélie qui a ouvert la porte ! Voyez, tante Adélaïde, comme le docteur connaît bien le chemin de la chambre de la Petite. Il n'a pas hésité une seconde dans le corridor, devant toutes les portes fermées.

Cet homme est ivre de fatigue et d'insomnie, fou de jalousie. Il a des visions. Il prétend qu'Antoine se cache quelque part dans la maison, qu'il faut le faire sortir, comme un rat. Le temps de retrouver un peu de calme. Mon amour salue tante Adélaïde. Me parle tout bas à l'oreille. D'une voix haletante. M'assure qu'il faut débusquer Antoine de Kamouraska. En finir une fois pour toutes. Je le supplie d'attendre la naissance de l'enfant pour partir. J'ai si peur de mourir en couches.

Antoine boude dans son manoir de Kamouraska. Il vend des terres et prépare son retour à Sorel. Il est peut-être déjà là ? Caché chez Horse Marine ou ailleurs ? Il faudrait battre la campagne de Sorel, les bois, les buissons, les rues de Sorel, les lits des prostituées de Sorel, les tavernes de Sorel. Fouiller les maisons, sonder les murs. Il peut fondre sur nous. D'un instant à l'autre. « Coucou, c'est moi, ton petit mari qui revient ! » Son haleine empestée d'ivrogne. Il me rouera de coups, m'humiliera devant les domestiques. « C'est ma femme crucifiée, la tête en bas, que je vous présente. » Son grand rire d'idiot. Me prendra de force, ne me lâchera que morte, dans une flaque de sang, comme une accouchée crevée. Mon enfant écrasé entre deux meules. Ah ! quel cri d'agonie étrange me fera basculer en enfer. Consentante et résignée. Séduite et tuée par Antoine. Mon atroce complicité. Je veux vivre. Je suis innocente. Je ne veux pas consentir à ce que mon mari exige de moi (ma propre mort) là, tapi dans l'ombre. Il faut qu'Antoine meure et que je sois sauvée de la mort. Amoureuse et fidèle. Pure et douce. Il faut aussi que George soit sauvé. Par la mort d'Antoine. Célébrer ce sacrifice. Il le faut. Vivre !

Mon amour me dit que j'ai la fièvre. Il m'embrasse sur le front. Remonte les couvertures jusqu'à mon menton. Me donne rendez-vous pour le soir même. Ordonne qu'on me laisse dormir, toute la journée si je le désire. Il sort sur la pointe des pieds.

Je plonge dans le noir. Refuse d'ouvrir les yeux. Avant que la nuit soit tout à fait tombée. Tout le monde endormi.

Je saute à bas de mon lit et me précipite hors de la maison. Sans prendre le temps de m'habiller. Sans me donner la peine de rompre tout à fait avec le sommeil.

Trop tard ! Il est trop tard ! La rue est pleine de monde. Une animation extraordinaire règne dans la rue, malgré la nuit. Quelqu'un dit que mon procès est commencé. Les témoins me dévisagent et me reconnaissent. Jurent sur l'Évangile.

– C'est elle qui a tué son mari ! Cette femme est une criminelle. Voyez comme elle traîne dans la rue, en pleine nuit. La fatigue de l'amour l'accable et lui casse les reins.

– Alexis-Paul Hus, navigateur de mon métier. Je rentrais chez moi, entre une heure et deux heures de la nuit. Tout à coup, j'ai vu apparaître le docteur Nelson et Mme Tassy, dans un petit jardin, près de la maison de Mme d'Aulnières et des demoiselles Lanouette. Il m'a semblé qu'ils se levaient, tous les deux, de par terre. Ils n'étaient certainement point debout, une minute auparavant, car la clôture est très basse à cet endroit et je les aurais distingués tout de suite. Mme Tassy avait une robe de chambre qui m'a semblé blanche. Aussitôt qu'ils m'ont aperçu, ils se sont séparés. Mme Tassy est rentrée chez Mme d'Aulnières, par la cour. Le docteur a pris une autre direction.

Un tel bruit de sabots couvre tout. Un galop de cheval emplit l'horizon. Une autre direction ! Mon amour s'est échappé. Loin de moi. De l'autre côté de la frontière Jamais la justice de ce pays n'obtiendra son extradition. Le procès n'aura pas lieu. Tous les témoins n'ont qu'à rentrer chez eux.

Une voix familière, quoique imperceptiblement voilée, assure que rien n'est encore arrivé et que tout est à venir. Le docteur Nelson est tout simplement parti pour Québec. Appelé au chevet de sa sœur ursuline qui est très malade.

Ce cheval est encore plus extraordinaire que vous ne pouvez croire. Tous les aubergistes du bas du fleuve, de Sorel à Kamouraska, vous parleront, qui de sa force et de son endurance, qui de sa beauté de prince des ténèbres. Mais seul George Nelson lui-même pourrait évoquer devant vous la sensibilité profonde de cette bête, la complicité parfaite qui lui fait régler son allure puissante au rythme même du cœur fou de son maître.

Le voyage à Québec se fait dans la pluie et la boue. Aller et retour. Le temps pour cet homme de franchir la clôture du monastère et d'approcher du lit de cette petite fille religieuse qui est mourante. Lui dire adieu. Recueillir ses dernières paroles. Les emporter avec soi à jamais. Ne pas prendre la peine de se reposer, ni de faire reposer son cheval. Reprendre la route, dans la nuit et la pluie. L'urgence d'être heureux. Sans plus tarder. Après le passage de la mort. Retrouver Elisabeth le plus rapidement possible. Une seule chose est nécessaire maintenant : vivre ! A n'importe quel prix. Mais vivre !

Ne pas pouvoir perdre les dernières paroles de Cathy en route. Ni dans le vent, ni dans la pluie. Les sentir se graver plus profondément encore. A chaque instant qui passe. Malgré un bruit de galop, un grincement d'essieux effroyable.

C'est mon amour qui revient vers moi. Allume le feu, Aurélie. C'est l'automne, Aurélie. Tiens-toi tranquille. Mon amour s'en revient vers moi. Je veux le consoler. Ce terrible visage qu'il a, déjà...

Sœur Catherine des Anges a offert sa vie et sa mort à Dieu. Depuis son entrée au cloître des Ursulines. Sacrifiant sa longue chevelure noire et ce vague pressentiment d'humaine douceur dans son cœur enfantin. Toute tendresse immolée dans sa source, les trois vœux quotidiennement pratiqués, voici notre jeune sœur Cathy qui va mourir. Ses deux frères sont auprès d'elle. Ayant franchi la clôture par une permission spéciale de l'évêque (l'un est prêtre et l'autre est médecin). Sœur Catherine interrompt la prière des agonisants, d'une voix forte. Elle appelle son frère le médecin. Elle tend son âme expirante vers le mauvais larron, George, le frère perdu.

— Ce n'est pas le temps de prier ! Docteur, sauvez-moi !

L'autre frère, bon larron de son état, prédicateur zélé, se signe en tremblant. Catherine des Anges meurt dans ce cri. Avec sa voix forte qui crie :

— Docteur, sauvez-moi !

George quitte le couvent. Comme un fou. Son cheval lancé à fond de train. Il rentre à Sorel. Je l'entends qui vient vers moi. Ce cri insupportable dans son oreille et la mienne. « Docteur, sauvez-moi ! »

J'emploierai la voix mourante de Cathy s'il le faut. La voix même de toute vie menacée qui veut vivre. Sauvez-moi, docteur Nelson ! Sauvez-vous avec moi ! Non pas avec des prières et des alchimies vertueuses et abstraites. Mais avec toute votre chair d'homme vivant, avec toute ma chair de femme vivante. Votre nom à donner à votre femme, docteur Nelson, en échange d'un nom exécré. Votre cœur, votre âme à offrir, tout. Un homme à tuer, il le faut. Je suis l'amour et la vie, mon exigence n'a de comparable que l'absolu de la mort.

Lorsqu'il est question de toi, je m'approche si près que j'en ai le vertige. Autant méditer avec toi tes histoires de famille (et plus que tes histoires de famille). Tout le long du chemin de retour, de Québec à Sorel. Dans le bourbier de l'automne. Avec le croupissement de l'automne, son odeur prenante, la pluie qui cingle, le vent qui gronde par rafales.

— Ma pauvre Cathy, si enfantine et sévère à la fois. « Ma vocation », comme elle disait cela, d'un air mystique extraordinaire. Quelle dérision...

Aurélie se dresse, telle une apparition, sur ton chemin de boue. Sa figure trop blanche. Son fichu de laine noire, tordu sur ses épaules étroites. La petite tête crépue se balance avec des grâces d'actrice et de négresse. Tu ne peux savoir jusqu'à quel point, à cause d'Aurélie, le mépris et l'ignominie se colleront à notre histoire d'amour, en un masque durable et grimaçant.

Tu respires la pourriture de l'automne jusqu'à la nausée. La mort de Catherine des Anges te remonte à la gorge. Vois, je ne te quitte pas. Sans égard pour ton deuil, je ramène ta pensée, infatigablement, sur ta vraie vocation, à toi, mon amour. (A chacun sa vocation, ta famille te tient lieu d'alibi.) Assassin ! Tu es un assassin ! Je suis ta complice et ta femme et je t'attends à Sorel. Aurélie est à mes côtés qui se débat, prise au piège.

Je fais asseoir Aurélie par terre, à côté de moi. Face au feu. Après avoir soufflé toutes les bougies. Une à une, cérémonieusement. La lueur du feu seule éclaire la pièce.

168

Nos ombres sur le mur. Nous tendons nos mains vers le feu. Celles d'Aurélie, toutes petites, écartent les doigts, pareils à des rayons. Aurélie demande la permission de fumer. Elle s'entoure de fumée. Les yeux mi-clos, elle rêve. Un rêve transparent de bonheur, en ondes sensuelles, sur son visage rosi par le feu.

— Votre histoire d'amour avec Monsieur le docteur me fait mourir, Madame !

Aurélie ne fréquente plus aucun mauvais garçon. Ne fait plus aucune prophétie sur la vie des nouveau-nés. Elle ne sort plus du tout. S'attache à mes pas. Ne semble vivre que lorsque je lui confie quelque message pour George. S'épanouit tout à fait, vibre et frémit, lorsque je lui raconte ma peine ou ma joie. Je lis sur son visage une admiration sans bornes. Un étonnement sans limites. Une sorte d'envoûtement. On pourrait croire que ma propre existence tumultueuse suffit désormais à Aurélie. La dispense de vivre elle-même. Parfois elle s'en inquiète. Son hostilité première pour le docteur lui revient.

— Votre petit docteur nous a jeté un sort, c'est certain.

J'embrasse Aurélie. Je lui caresse les cheveux. N'est-il pas important plus que tout au monde qu'Aurélie se calme et s'apaise ? Atteigne, désarmée, cet état de douceur excessive, de passivité infinie où toute soumission et complaisance deviennent naturelles, comme allant de soi ? J'offre du porto à Aurélie qui boit à petites gorgées.

— J'ai besoin de toi, Aurélie. Tu sais comme j'ai un méchant mari ? Il faut que tu ailles à Kamouraska empoisonner mon mari...

— C'est un bien grand crime, Madame...

— Personne n'en saura jamais rien. Et puis je te garderai avec moi, comme une sœur, toute ta vie durant, si tu le veux.

— J'aurais bien trop peur d'aller en enfer après ma mort !

Entre Montréal et Sorel. Les ornières sont profondes. La terre et le cœur se ravinent, d'un seul et même ravage. On ne saura jamais au juste où cela a commencé. Du côté de la terre sans doute. La campagne est rongée par l'intérieur. Un infime glissement de terrain, à l'origine, quelque part dans un paysage noyé de pluie, entraînant éboulis, inondations, torrents qui se déchaînent. Un pan de monde connu cède et s'écroule. (Vous ne vous connaissiez pas cette lâcheté, docteur Nelson ?) Vous voici directement concerné, lié au sort de cette terre. A l'effondrement de cette terre. (Avant d'y retourner pourrir, en chair et en os.) Tout sol arable arraché (orgueil, fierté, compassion, charité, courage...). Le cœur que l'on écorche. Son insoutenable nudité. (Fatigue, dégoût, désespoir...) « Mon père, pourquoi m'avez-vous abandonné ? » Une seule chose est nécessaire maintenant : se débarrasser le plus rapidement possible de la mort de Catherine des Anges et de toute mort consommée ou à venir. Ce soir même, George Nelson, vous céderez aux adjurations d'Elisabeth. Vous parlerez à Aurélie et vous l'enverrez à Kamouraska, à votre place. Une si grande lassitude.

Mon pauvre amour, je ne saurai sans doute jamais comment t'expliquer qu'au-delà de toute sainteté règne l'innocence astucieuse et cruelle des bêtes et des fous.

Encore quelques lieues à faire avant d'atteindre Sorel. Cela ne sert à rien de forcer votre cheval. Et puis nous avons tant à nous dire, Aurélie et moi. Dans la bonne chaleur du feu. J'ai des envies de femme enceinte : envoyer Aurélie à Kamouraska. Bien établir la mort d'Antoine hors de notre portée, à toi et à moi. Conserver entre la mort d'Antoine et nous la distance nécessaire à la reconstitution de notre innocence. Une si dure paix à conquérir. Chasser l'angoisse. Le cœur sorti d'entre les côtes. La pulsion énorme du crime maintenue à bout de bras. Rechercher éperdument la zone calme qui existe à l'intérieur des typhons. Et puis, tu verras, tout cela se déroulera dans un autre monde. Aurélie se chargera de tout. Nous apprendrons la mort d'Antoine comme une nouvelle étrangère. Par une lettre de Mme mère Tassy, sans doute. Personne ne pourra dire au juste de quelle maladie mon mari est mort. Un jour ou l'autre cela devait arriver. Une petite fête de trop et c'en est fait du seigneur de Kamouraska. Nul n'en sera vraiment surpris.

Dans une si horrible nuit quelqu'un me souffle que le roi de la vase vient vers moi. Me traînera par les cheveux, me roulera avec lui dans des fondrières énormes, pour me noyer. Je parviens à maintenir le feu dans la cheminée au prix d'incroyables efforts. Le bois ne prend plus et emplit la chambre de fumée. Je crois que j'ai bu trop de porto.

J'offre des biscuits à Aurélie, des rubans rouges et des rubans verts. Son visage renfrogné s'éclaire brusquement comme celui d'un enfant qui passe des larmes au rire.

Je lui parle doucement pour ne pas la sortir de sa joie soudaine.

– Aurélie, à quoi rêves-tu ?

Aurélie soupire, cherche son rêve dans le feu. Fouille des braises qui s'effondrent. Piège de minuscules débris de feu, avec les pincettes. Soudain pousse un cri. Se redresse. Laisse tomber les pincettes sur la dalle de la cheminée. Dans un bruit d'enfer.

Quelqu'un est entré dans la pièce. Quelqu'un qu'on n'attendait pas si tôt et qui est là soudain avec nous. A bout de souffle. Après une longue course.

Depuis quelques minutes déjà, il est avec nous, dans la chambre. Ses bottes pleines de boue laissent des traces noires sur le parquet. Sa barbe de trois jours fait des ombres bleues sur ses joues. Il nous considère en silence, Aurélie et moi, un long moment. Avec insistance. Comme s'il nous reprochait quelque chose. Déclare que tout n'est que dérision et qu'un jour ou l'autre il faut en prendre son parti. La voix, si chantante et chaude d'habitude, éclate.

– On entre dans cette maison comme dans un moulin. Cela fait une demi-heure que je cogne à la porte d'entrée ! Mais qu'est-ce que tu regardes comme ça dans le feu, Aurélie ?

George Nelson jette son manteau par terre, son chapeau haut de forme, sa canne de jonc. C'est contre Aurélie qu'il en a. Il ne semble pas me voir. Je me prends à détester Aurélie.

– Quelle pauvre sorcière tu fais, Aurélie !

– Le plus grand diable c'est vous, Monsieur le docteur ! Laissez-moi, Monsieur. Je voudrais m'en aller.

– Tu ne t'en iras pas comme ça, Aurélie. Juste au moment où j'ai besoin de toi. Nous allons mesurer nos pouvoirs ensemble. On verra bien si tu es aussi sorcière que tu le prétends.

– J'aime mieux m'en aller, Monsieur.

– Regarde-moi bien en face, Aurélie.

– Je n'ai jamais regardé personne en face, Monsieur, et je ne suis pas pour commencer avec vous.

Aurélie baisse la tête. Se tourne vers moi. Semble attendre du secours. Je détourne les yeux. Au point où nous en sommes, il est indispensable que les choses suivent leur cours le plus irrémédiablement possible.

– Eh bien, Aurélie ? Une fois que l'on a commencé de s'occuper des affaires des autres, on doit aller jusqu'au bout. Supporter le secret des autres en entier. Toute leur belle histoire d'amour et de mort...

– Je vous en prie, Monsieur, laissez-moi m'en aller. Je vous promets de me mêler de mes affaires, toute ma sainte vie...

Un petit rire sec. Une voix sans réplique que je connais bien.

– Surtout ne pleurniche pas, Aurélie.

Aurélie baisse la tête. Regarde fixement le foyer éteint. Pleure silencieusement. Sans bouger. Comme si ce flot de larmes qui mouille son châle ne lui appartenait déjà plus.

George vient près de moi. S'isole avec moi. Dans un coin de la pièce. M'embrasse les mains. M'appelle « très chère ». Met sa tête sur mes genoux, dit que sa sœur est morte, à trois heures, ce matin, comme une impie, et qu'il faut doublement la pleurer.

D'un bond le docteur retourne auprès d'Aurélie. Son agitation est extrême.

– Aurélie, toi qui cherches des trésors dans le feu, est-ce que tu entends aussi des paroles et des cris ? Ce cri de ma sœur Catherine des Anges, l'entends-tu bien, mêlé à toute cette cendre ? « Sauvez-moi ! Docteur, sauvez-moi ! »

Aurélie demeure interdite. Comme si on l'avait changée en statue. Pleure sans bouger.

Le docteur sourit en regardant Aurélie, inerte et désarmée, déjà blessée. Il semble soulagé, délivré du poids immense qui l'accablait. Il parle maintenant avec une douceur singulière.

– L'important c'est que tu sois au courant de tout, Aurélie. Que tu te charges de tout. Même de ce que ta petite âme simplette ne peut comprendre. Ainsi font les vraies sorcières. A chacun sa vocation. Et ma vocation à moi, tu y crois, toi, Aurélie ? Un jour, j'ai juré d'être un saint, Aurélie ?

– Vous, Monsieur, un saint ? C'est une bien grande farce !

– Je suis un grand farceur, Aurélie. Tu ne peux savoir jusqu'à quel point je suis un farceur.

Le docteur rit. Aurélie rit. Essuie son nez et ses yeux sur le revers de sa manche. Revient à la vie. Le docteur renaît aussi. Devient léger comme une bulle d'air. Les dents blanches illuminent le visage noirci par la barbe.

– Cette crapule de Tassy, je vais l'abattre comme un chien, moi, Aurélie.

Aurélie rit à s'en tordre les côtes.

– Monsieur est un bien grand farceur. C'est moi qui vous le dis !

Je m'approche à mon tour de la cheminée éteinte. Je réclame ma part de cette flambée de joie entre mon amant et ma servante. Je ris à gorge déployée. Je dis : « Je vais faire du feu. » Mais je m'étouffe de rire.

Le crime dont nous rêvons, tous les trois, personne à part nous n'oserait en rire si joyeusement.

Le porto resservi et le feu rallumé. Aurélie macère dans une douce chaleur. S'attendrit. George empêche Aurélie de sombrer tout à fait dans le sommeil. La maintient sur l'étroite margelle du songe. Tire lui-même les fils de ce songe. Les garde bien en main. M'appelle à la rescousse. Me confie un rôle précis dans la perte d'Aurélie. Je parle avec une facilité déconcertante. Comme si on me soufflait mes mots à mesure. Mes gestes sont légers. Délivrés de toute pesanteur, de tout effort.

– Il ne faut pas que tu t'endormes, Aurélie. Tu es trop près du feu. Recule-toi un peu. Tu vas brûler ta robe. Viens, appuie-toi sur moi.

Docile, Aurélie se recule. S'appuie contre moi. Soupire d'aise. Renverse sa tête sur mes genoux. Me lance un regard languissant.

– Je suis si bien comme ça, Madame. Si vous saviez comme je suis bien.

Sur un signe de George je commence de défaire les tresses d'Aurélie.

– Mon Dou, Madame, qu'est-ce que vous faites ?

Le docteur reprend sa voix de commandement que je reconnais, avec un coup au cœur.

– Tais-toi, Aurélie. Ferme-toi le bec. Et les yeux Alouette. Nous te ferons rêver, Aurélie. Comme tu n'as jamais rêvé de ta vie. Dès à présent tu entres à mon service, à moi, George Nelson. Et je te préviens que c'est comme si tu entrais en religion.

J'entreprends de détacher le châle d'Aurélie qui est

entortillé autour de sa taille et de ses épaules. Aurélie ne tente pas un geste. Se laisse tourner et retourner. Molle comme une poupée de son. Un sourire béat sur ses lèvres pâles. George vient de sortir de mon armoire ma robe de velours rouge. Nous déroulons ensemble le châle de laine noire autour du corps d'Aurélie. Enlevons le corsage et la jupe. Nous nous passons le corps léger, de main en main.

La pauvre chemise d'Aurélie lui bat les jarrets. Ses longs bas noirs sont jetés sur le lit. Aurélie ouvre un œil. Feint d'être inquiète. Se pâme d'aise.

— Mon Dou, qu'est-ce que vous allez me faire ?

La voix trop douce de George me déchire.

— Tu n'ouvriras les yeux que lorsque je te le dirai, Aurélie.

Mon jupon en dentelle d'Irlande, mes bas à jours, ma robe de velours. Une épingle par-ci, une épingle par-là, pour resserrer la taille trop longue, remonter la jupe qui traîne. Les épaules maigres d'Aurélie. Les petits seins d'Aurélie. Un coup de peigne sur les cheveux crêpelés qui auréolent une blême figure de morte.

Aurélie joue le réveil. Son petit œil jaune s'allume d'une façon bizarre. Nous lui tendons un miroir. Aurélie regarde sa propre image avec étonnement. Se laisse aller au ravissement le plus étrange. Puis bat des mains. S'agite. Se trémousse. Se pavane dans toute la pièce. Revient au miroir. Déclare d'une voix haut perchée qui traîne :

— Adorable ! Je suis adorable, comme une vraie dame...

D'un pas chancelant, Aurélie marche dans la chambre. Jette un coup d'œil du côté du lit. Simule un bâillement. Elle se retourne vers le docteur, très excitée.

— Je ferais bien un tour de lit, avec un vrai Monsieur, moi...

George ramène prestement Aurélie à son fauteuil. La tirant par les poignets.

— Tu l'auras ton tour de lit, avec un vrai Monsieur, Aurélie. Tu sais comme M. Tassy aime les femmes ?

Aurélie pouffe de rire. Se couvre le visage de ses mains.

— Regarde-moi bien, Aurélie. Je suis ton nouveau

maître. Tout ce que je te dirai de faire, il faudra que tu le fasses. Tu dois m'obéir en tout.

L'homme ne quitte pas Aurélie des yeux. A chaque tentative de fuite d'Aurélie, il ramène impitoyablement à lui le regard fuyant de la jeune fille. Aurélie rêve qu'elle se débat très fort et parvient à s'échapper très loin. Alors qu'en réalité de tout petits mouvements à peine l'agitent sur place (clouée dans son fauteuil, le docteur penché sur elle). Un battement de cœur plus accéléré qui serait perceptible dans tout le corps qui tressaille.

— Laissez-moi m'en aller, Monsieur.

— Si tu réussis à ôter la vie à M. Tassy, tu n'auras plus à travailler le restant de tes jours. Tu vivras comme une dame, en velours rouge. Je te donnerai une terre bâtie, avec un ménage garni, ou encore une pension pour que tu restes durant ta vie entière dans une chambre, assise sur un sofa, habillée en velours rouge ou bleu, ou encore en gros de Naples, si tu préfères.

La tête d'Aurélie bat sur le fauteuil de gauche à droite, de droite à gauche. Tandis que dans tout son corps avide circulent, s'entrechoquent, se mêlent les paroles prodigieuses : « Velours rouge », « velours bleu », « gros de Naples ». « Terre bâtie, ménage garni... » « Si tu réussis à... Aurélie, si tu réussis... »

La corde au cou, transportée de force, dans ma chambre de la rue Augusta. Près du feu de bois. Alors que ma mère et mes tantes sont aux vêpres. Je nie qu'une pareille scène soit possible entre George Nelson et ma servante, Aurélie Caron. Autrement qu'en rêve. Le cauchemar tenace me colle à la peau, me poursuit et m'empoisonne. Dès que je ferme les yeux. Si parfois j'appelle cette fille à mon secours, c'est pour qu'elle me délivre du mal, m'absolve et me lave. Me décharge, ainsi que mon amour, d'une histoire démente. Aurélie, mon amie, ma sœur, pense à ta pauvre maîtresse qui a un si méchant mari. Pense à ses amours avec Monsieur le docteur qui sont si extraordinaires que tu n'en as vu de pareilles et n'en verras jamais de comparables, de toute ta vie, d'aussi tendres et passionnées, de Sorel à Kamouraska, en passant par Québec et Montréal... Personne n'en saura rien, Aurélie. Tu n'auras qu'à verser le poison dans du brandy. Souviens-toi comme M. Tassy aime la boisson et les femmes. Aurélie, je ne puis vivre ainsi, séparée de mon amour. J'en mourrai, Aurélie...

Rue du Parloir, on s'agite auprès du lit de mon mari. Mais, moi, Elisabeth d'Aulnières, malfaisante Elisabeth, j'entends distinctement la voix d'Aurélie Caron, dans un autre monde qui...

— Vos amours me font mourir, Madame...

Une voix très chère donne la réplique à Aurélie.

— Il n'y a plus qu'à attendre que la neige tombe et que les glaces prennent. Dès que les chemins d'hiver seront en état, tu partiras pour Kamouraska.

— Moi, Aurélie Caron, fille mineure du bourg de Sorel... Le lendemain matin, Monsieur le docteur Nelson m'a fait venir à son bureau. Il m'a donné vingt piastres pour le voyage, plus neuf piastres pour m'acheter des hardes.

Aurélie a pris sur elle le meurtre d'Antoine. Un tel soulagement. Une paix singulière.

Il s'agit d'attendre la neige, patiemment. Apprendre à vivre en soi. Dans un espace restreint, mais parfaitement habitable. Éviter de regarder à plus de deux pas devant soi. George, Aurélie et moi, nous nous exerçons à ramener les quatre coins cardinaux sur nous. Les réduisant à leur plus simple expression. Moins que les murs d'une chambre. Une sorte de coffret hermétique. Une bouteille fermée. Nous apprenons à respirer le moins profondément possible.

Nous ménageons nos gestes et nos paroles. Les choisissons avec discernement, nécessaires, indispensables. Dénués de toute signification lointaine. Comme n'ayant aucun rapport avec un projet qui risquerait de nous compromettre tous les trois.

Je dois examiner avec attention les vêtements de voyage qu'Aurélie vient de s'acheter chez Jean-Baptiste Denis. Nous chuchotons, toutes les deux.

— Tu es sûre que tu n'auras pas froid, Aurélie ?

— Bien sûr que non, Madame ! Regardez comme c'est joli tout ça ? Vous avez remarqué le châle tricoté, avec les pompons rouges ?

Le plus dur à supporter c'est le silence d'Antoine. Ne rien savoir de ses faits et gestes. Ne risque-t-il pas de se jeter sur nous à tout instant ? Ici même, à Sorel ? Alors qu'on projette d'aller vers lui, jusqu'à Kamouraska ? N'y a-t-il pas moyen que cela se fasse naturellement, sans rompre le silence d'Antoine ? Sans toucher au mystère d'aucun silence ? Ni le sien, ni le nôtre. Opérer d'une façon invisible, en quelque sorte. Qu'Antoine demeure à jamais enfoui, inerte, cuvant son vin et son affront, dans son manoir de Kamouraska. Pouvoir l'y ensevelir paisiblement, puis disparaître, telles des ombres compatissantes, sans laisser de traces.

Encapuchonnée dans son nouveau châle qu'elle refuse de quitter même dans la maison, le remettant sur sa tête dès qu'il glisse, découvrant un échafaudage de cheveux rebelles, ramenés tant bien que mal au sommet de sa tête, Aurélie fait d'interminables patiences sur le plancher de la cuisine. Si la patience ne réussit pas, Aurélie pâlit, comme si elle allait vomir. Elle éparpille les cartes, d'un geste dramatique. Me cherche partout dans la maison. Susurre à mon oreille.

– Tout cela va tourner mal, Madame ! C'est les cartes qui le disent !

Qu'elle s'en aille au plus vite ! Sa présence me devient insupportable ! Sa pâleur surtout me dérange. Il me semble aussi qu'elle maigrit à vue d'œil, à mesure qu'un certain départ approche. Autant divaguer au sujet de la mauvaise mine d'Aurélie que de rêver au seigneur ivrogne et asthénique de Kamouraska.

Il est si facile d'ailleurs d'animer le teint lunaire d'Aurélie. Il suffit de lui parler de velours et de gros de Naples, de passion dévorante et de folles amours.

Réconfortée, imbue de son importance, avide et gourmande, au-delà de toute décence, Aurélie Caron jure de bien remplir sa mission. Elle prépare son sac en tapisserie. Assure qu'elle pourra très bien glisser entre les piles de linge les deux petites bouteilles préparées par Monsieur le docteur.

La neige. Ce n'est pas encore la fin du monde. Ce n'est que la neige. La neige à perte de vue, comme un naufrage.

Me voici à mon poste, derrière le voilage de la fenêtre de ma chambre. La rue Augusta est là, toute blanche, à mes pieds. Les traces de traîneaux luisent sur la neige durcie. Les ombres sont très bleues. La rue Philippe, tout à côté, monte vers la campagne. Les arbres secs crissent dans le vent. Voyante. Je suis voyante. Immobile et lourde. (Je dois accoucher bientôt.) Extralucide, on m'a placée là pour que je voie tout, que j'entende tout. M'arrachant à la rue du Parloir, à Québec, au moment même où mon mari... Comme si mon devoir le plus urgent, ma vie la plus pressante était de me tenir là, derrière une vitre, à Sorel, le temps que s'assourdisse tout à fait le souffle rauque de Jérôme Rolland.

Quoi qu'on dise et quoi qu'on fasse, je demeure le témoin principal de cette histoire de neige et de fureur. Les témoins secondaires viendront, en bon ordre, me rafraîchir la mémoire. Les lieux eux-mêmes (de Sorel à Kamouraska et de Kamouraska à Sorel) me seront largement ouverts, afin que j'entre et sorte, au gré des événements. Jamais je ne m'évanouis, jamais je ne meurs. La fraîcheur de mon histoire est étonnante.

Je fais le guet. Je soulève le rideau. Je gratte le givre avec mes ongles. Je suis du regard la rue Philippe qui s'échappe vers la campagne. Presque tout de suite la petite maison de planches du docteur m'apparaît. Le toit à l'angle presque aigu accumule la neige contre la lucarne. La cheminée de pierre fume sur le ciel d'un bleu dur.

Aurélie Caron trottine sur la neige, son ombre légère et dansante devant elle. Un nomme vêtu d'un manteau de chat sauvage vient à sa rencontre sur la route, dans le grand froid de l'hiver. Il agite le bras au-dessus de sa tête. Fait de grands signaux à Aurélie. Les voici l'un près de l'autre : Aurélie et cet homme dont la silhouette, alourdie par le manteau de fourrure, fait battre mon cœur sourdement. Je les vois très bien, tous les deux. La fumée de leurs haleines s'échappe en nuages pressés. Aurélie baisse la tête.

— Eh bien, Aurélie, voici l'hiver. Tu partiras demain.

Essaye-t-elle de résister, la petite Aurélie Caron ? Sa voix tremble-t-elle lorsqu'elle allègue, déjà soumise et maussade, à demi frondeuse ?

— En vous servant de la sorte, Mme Tassy et vous, je me déshonore, moi et toute ma famille...

Derrière la vitre, j'en suis réduite à imaginer la conversation précise de George Nelson et d'Aurélie Caron. A reconstituer le son des voix que je n'arrive pas à retrouver justes et qui détonnent désagréablement. Dans le clair matin d'hiver.

— Tu n'as rien à craindre. Jamais la chose ne sera découverte. Pense à ta pauvre maîtresse qui est si malheureuse. Pense à ton avenir, Aurélie...

Le visage d'Aurélie, rougi par le froid, ses sourcils froncés, ses yeux plissés dans le grand soleil. L'espace d'un instant, le cheminement difficile d'une idée monstrueuse dans sa tête. Puis l'abandon rapide de toute résistance, sous le regard perçant et noir qui la tient.

La voix d'Aurélie boudeuse et rogue, à peine perceptible.

— Et puis, Monsieur le docteur, c'est un bien grand voyage...

Je voudrais encourager cette fille chargée d'une si redoutable mission. Lui sourire derrière ma vitre. Lui promettre toutes les merveilles qui peuvent transformer sa vie.

— Tu ne travailleras plus jamais, Aurélie. Tu auras les plus belles robes du monde. Tu es mon amie, ma seule amie, plus que mon amie, ma sœur, Aurélie...

J'ai beau m'époumoner, elle ne m'entend plus. Ni elle ni personne, d'ailleurs. Ma vie entière doit se dérouler à nouveau, sans que je puisse intervenir. Ni changer quoi que ce soit. Il ne me sera fait grâce d'aucun détail. Autant ménager mes forces. Ne pas appeler en vain, dans ma cage de verre, ouvrir et refermer la bouche comme les poissons rouges dans leur aquarium.

Il s'agit de compter les heures et les jours. Attendre le retour d'Aurélie Caron. Tenir le compte exact du temps qui passe. Essayer de reconstituer l'emploi du temps de cette fille en voyage, dans le bas du fleuve.

Le lundi soir, George confie à Aurélie deux petits flacons. L'un contient un demiard de brandy. L'autre un peu plus d'un verre à vin d'un liquide de couleur blanche. Le lendemain, de grand matin, Aurélie monte dans la voiture de la malle-poste. Habillée de neuf, de la tête aux pieds, comme une mariée qui part en voyage de noces. Un manteau d'étoffe du pays, une robe de serge verte, une paire de souliers indiens, des grands bas tricotés et le châle de laine rouge, à pompons.

Aurélie ne quitte pas sa valise en tapisserie. La gardera obstinément sous ses pieds, tout le temps du voyage. A Trois-Rivières, la jeune fille prend la diligence jusqu'à Québec. Aussitôt arrivée elle traverse à la Pointe-Lévis. Un homme de Kamouraska, rencontré sur le quai, s'offre alors à mener Aurélie à Kamouraska, pour dix chelins.

J'accouche pour la troisième fois. J'entends une jeune femme crier de douleur à travers moi. J'entends un homme solitaire qui chante une berceuse dans une maison fermée, un peu en dehors de Sorel. Peut-être est-il secrètement mêlé et confondu au froid de l'hiver ? Comme il a été mêlé et confondu à la boue des chemins, un soir d'automne. Il chante à bouche fermée : « Ma femme et mon enfant en une seule gerbe lourde. » La tendresse de cet homme est comme le miel. Vous pouvez examiner son cœur sous la lampe, vous n'y trouverez nulle trace de péché. Aurélie Caron a pris sur elle le meurtre et le poison. Nous sommes sauvés. Miraculeusement paisibles et doux, tous les deux. Nous verrons bien si, à la longue, une telle insidieuse douceur risque de nous faire hurler d'épouvante.

Je voudrais qu'Aurélie s'occupe du nouveau-né. Qu'elle le lèche de la tête aux pieds et dise si oui ou non il a goût de sel et de mort.

De telles pratiques vous dégoûtent et vous scandalisent, docteur Nelson ? Risquent de faire remonter la sainte colère du bon médecin de campagne ? Ne savez-vous donc pas qu'il est parfois utile que les petites sorcières naissent et meurent ? Apparaissent sur terre, le temps de porter le crime et la mort, en notre nom ?

Surtout, mon amour, ne pense pas trop à Aurélie. Ne songe plus à remplacer Aurélie à Kamouraska. Je ne veux pas que tu me quittes. Que tu dépasses une certaine horreur et prennes sur ton beau visage le masque de la mort. Non, non, je t'en prie... Pas toi, surtout pas toi...

Les trois fées de mon enfance (un peu plus courbées, un peu plus osseuses et friables) se penchent sur le berceau de mon nouveau-né. Dans le secret de leurs cœurs inquiets lui font les sept dons d'usage. Ne croient plus guère au pouvoir de leur amour. Ont les yeux pleins de larmes.

La sage-femme se lave les mains. Plie son tablier de boucher. Rit de toute sa face ridée. S'en va porter la bonne nouvelle au docteur Nelson qui lui en a fait la demande.

— Docteur Nelson, Mme Tassy a accouché d'un fils, vers trois heures, cette nuit. La mère se porte bien. L'enfant semble avoir bonne envie de vivre.

Tu te penches sur mon lit d'accouchée. Ton visage rayonne d'une si sombre joie. Tu dis que tout est en ordre. Seuls les vivants que nous sommes méritent de vivre.

Quelqu'un est là dans la pièce, avec nous, qui s'étonne de la longue absence d'Aurélie. Déjà trois semaines que...

De nouveau la vitre glacée. L'ordre de surveiller la rue et d'y déceler le moindre mouvement d'arrivée et de départ. A peine relevée de mes couches, je dois reprendre ma faction devant la fenêtre. Fouiller l'horizon le plus loin possible. A la limite extrême de l'attention. Jusqu'à Kamouraska ; il le faut. Je n'ai guère le temps de me rendre compte du retour d'Aurélie que déjà le départ de George devient imminent, inévitable. Je dois lui dire adieu à travers une vitre. Désormais, entre nous, il y aura cet écran de verre et de gel. Ton image déformée par le givre et la mort passera de l'autre côté du monde. *Good bye, my love.* Lorsque tu reviendras, ce ne sera plus toi, ce ne sera plus moi. Je te supplie de ne pas partir. Tu me réponds qu'Aurélie a échoué et qu'il faut que tu partes à ton tour.

— Je ne le manquerai pas, moi, ce chien !

Suppliciée, pendue, décapitée, la tête séparée de son corps, Aurélie ne se dédira pas. Elle hurlera dans l'éternité.

— Je lui ai fait boire le poison avec le brandy et je l'ai laissé dans son traîneau, comme mort. Et il l'était, mort.

— Mais, petite dinde, puisque je te dis que M. Tassy est vivant. Une lettre de sa mère, reçue ce matin, assure qu'il se porte bien, quoiqu'il fasse des petites fêtes, de temps en temps...

— Des petites fêtes, mon doux Jésus ! Il a bu la moitié du poison dans le gobelet de fer-blanc. Et je l'ai laissé dans son traîneau comme... Cet homme-là a donc neuf vies, comme les chats !

Rose Morin, servante au manoir de Kamouraska, déclare ne pas savoir signer. Fait sa croix.

— Le jeudi, vers onze heures du soir, M. Tassy est rentré au manoir, bien malade. Il vomissait continuellement. Il me dit qu'il venait de l'auberge Dionne où une fille qu'il connaissait lui avait fait boire quelque chose. Il a été bien malade, jusqu'au dimanche suivant, après quoi il s'est rétabli lentement. Il est demeuré longtemps avec un teint terreux et livide.

On entend un claquement de fouet dans l'air sonore. Il est cinq heures du matin. A l'autre bout de Sorel, un homme relève le col de son manteau d'habitant. Ajuste sa ceinture de laine autour de ses reins. S'installe dans un sleigh américain, monté sur de hauts patins. Il parle à mi-voix. Comme celui qui est seul au monde. Il dit qu'il sait maintenant à quoi il sert. Ceci est une affaire d'homme à régler entre hommes. Le temps des sorcières est révolu. Leurs poisons, leurs charmes et leurs chaudrons de fer sont relégués parmi les berceuses et les langes. Malfaisante Elisabeth, tu l'auras voulu.

Noir sur blanc. Barbe, cheveux, yeux, cœur (ah ! surtout le cœur), noir, noir, noir, le cheval et le traîneau. Et la neige blanche, aveuglante, sous tes pas, jusqu'au bout du chemin. De tous les chemins. Là où l'horizon bascule sur le vide. Tuer un homme à la limite de ce vide. Se maintenir en équilibre au bord du gouffre. Le temps nécessaire pour ajuster son arme et tirer. Un gallon de sang, environ, pas beaucoup plus, à verser. Tu es médecin et connais ces choses. Ta familiarité avec la naissance et la mort n'a de comparable que celle des très vieilles femmes de campagne. Couseuses éternelles de langes et de linceuls.

Cinq heures du matin. Tu laisses tinter joyeusement les grelots au col de ton cheval. Tout comme si tu les avais toi-même autour du cou, ces clochettes exubérantes. Personne, à part toi, ne pourrait supporter l'incroyable légèreté de ton âme, ce matin.

Si quelqu'un se retourne dans son sommeil, au passage de ton traîneau. Se dresse sur son lit. Prête l'oreille.

Retombe sur son oreiller et dit : « C'est le docteur Nelson qui s'en va aux malades... », qu'il garde son idée, je ne le contredirai pas.

Rue Augusta, une femme transie contre la vitre. N'a pu fermer l'œil de la nuit. Tel que convenu, lève la tête vers elle, salue-la, bien haut. Debout dans ton traîneau. Les deux bras levés au-dessus de la tête. Le fouet brandi sur ciel noir.

Farewell my love. Nous ne nous verrons plus jusqu'à ce que ce qui doit s'accomplir soit accompli, là-bas à Kamouraska.

Farewell my love. Ton cheval et ton traîneau t'emportent loin de moi, sur la neige durcie. Je ne te vois plus. Je ne t'entends plus. Sur ma peau ton odeur s'efface. Avoir un vêtement de toi, une écharpe, une veste, je me coucherais dessus. Comme les bêtes fidèles. Apaisée, confiante, macérant dans une si bonne odeur, je parviendrais peut-être à m'endormir.

Si je ferme les yeux, je te retrouve livré aux métamorphoses étranges des mâles et des hommes. Une image, particulièrement, me poursuit. Tu te souviens de ce coq, dans l'écurie, qui avait pris l'habitude de passer la nuit sur le dos de ton cheval ? Un matin, le coq s'est pris les ergots dans la crinière du cheval. Ton cheval se cabre. Se dresse sur ses pattes de derrière. Le coq entravé déploie toute son envergure. Tente de se dégager. A grands coups d'ailes exaspérées. Se débat en vain. Coq et cheval ne forment plus qu'un seul corps fabuleux. Un seul battement, un seul écart d'ailes et de fers. Un seul tumulte, hennissements, et cocoricos, emplissant l'écurie de sa clameur, abattant les cloisons de la stalle. Dans un arrachement de plumes et de crins, de planches cassées et de clous tordus.

Je crie. C'est toi, mon amour, cette fureur ameutée. Coq et cheval emmêlés, c'est toi, toi courant gaiement à l'épouvante et au meurtre. Sur un dangereux chemin de neige.

Tout d'abord les prédictions d'Aurélie, au sujet de la température, se révèlent justes. Il fait clair et doux. Pas de vent, Sainte-Anne-de-Sorel, Saint-François-du-Lac, Pierreville, Nicolet...

Être calme et gentille. Ne pas oublier d'allaiter mon fils. C'est dimanche, il faut aller à la messe. Prier. Dire : Seigneur, faites que George réussisse. Sourire. On me parle. Il paraît que cela fait deux fois que l'on me pose la même question.

— Un ou deux sucres, dans votre thé ?

— Deux, s'il vous plaît.

Assurer ma voix, la rendre claire et fraîche. Subir ce dressage mondain, sans sourciller. Me livrer, en si bonne compagnie, sous le nez des bonnes femmes de Sorel, au plus exigeant des passe-temps. Suivre, bien à l'abri de mon doux visage, au plus profond de moi, le trajet d'un traîneau sur la neige. Mon oreille à l'affût, plus fine que celle d'un trappeur, posée contre la terre, perçoit au loin un bruit de sabots, un glissement interminable de traîneau sur la route gelée qui suit le fleuve, de Sorel à Kamouraska. Longe la rive sud. En épouse tous les tours et détours.

— Un peu de lait dans votre thé ?

— Oui, un peu de lait, c'est cela...

Quelqu'un dit que le docteur Nelson est parti pour les États-Unis et que son père est très malade.

Tout bas, je reprends le fil du vrai voyage de George Nelson. Des noms de villages se bousculent dans ma tête.

Sainte-Anne-de-Laval, Bécancour, Gentilly, Saint-Pierre-les-Becquets... Mon amour s'échappe de plus en plus. Dépasse la zone de beau temps annoncé par Aurélie. File sur une terre sauvage. Au-delà du silence. Le chemin (jusque-là plat, presque au niveau du fleuve) devient accidenté. Une côte, un ravin, une autre côte, un autre ravin. Toute cette neige amassée dans les coulées ! Pourvu que la route soit bien balisée ? Sont-ils là, piqués dans la neige, de chaque côté de la route, les sapins rouges, maigrichons, comme des arêtes ?

– Aurélie ! Aurélie ! Crois-tu qu'il fait encore beau temps ? Crois-tu que la route... Les balises ? Aurélie ?

Aurélie fume sans arrêt. Semble vouloir se cacher dans un nuage de fumée. Enveloppée de la tête aux pieds dans une vieille couverture, elle dit qu'elle a très froid. Elle ne laisse voir de son visage (comme certaines religieuses) qu'un profil blême, aux lèvres décolorées.

– Le temps, les routes, je ne sais plus rien, moi, Madame. C'est trop loin, dans un maudit pays que je voudrais n'avoir jamais connu.

– Ce maudit pays pourtant, Aurélie, souviens-toi ? La promenade en traîneau avec mon mari ?

– Je lui ai dit que je désirais aller à Saint-Pascal. Il s'est proposé de m'y mener en traîneau. J'ai d'abord refusé disant que sa qualité était trop haute pour une fille de ma condition, mais il a insisté...

Antoine est déjà ivre. Tu sais comme Monsieur aime la boisson et les femmes ? Je le hais tellement que j'en grince des dents. Et toi aussi, je te déteste, Aurélie. Les gestes obscènes entre toi et mon mari. La longue promenade à Saint-Pascal, dans son traîneau. Tout cela n'a de sens qu'en guise de prélude à la mort. Mais voici qu'Antoine est ressuscité ! Ses entrailles brûlées... Aurélie tu nous as trompés ! M. Tassy est vivant ! Mme mère Tassy nous l'assure dans sa dernière lettre. Le voici qui sort de son manoir. S'échappe sur la grand-route. Immense, massif, effrayant. Ses poings énormes. Il cherche mon amant pour le tuer. Il nous cherche tous les deux.

– Aurélie, j'ai si peur !

– Et moi, Madame, si vous croyez que je n'ai pas peur !

Aurélie ramasse dans la maison tout ce qu'elle peut trouver de vieux vêtements plus ou moins fanés et usés. Supplie qu'on les lui donne. Affirme que seules les couleurs passées lui conviennent à présent. (Le châle rouge à pompons et tous les vêtements neufs d'Aurélie demeurent introuvables.) La jeune fille prétend qu'elle est malade. Déjà George a refusé de la soigner, alléguant que ce n'est pas une vraie maladie mais qu'Aurélie peut quand même en mourir.

Nous nous embrassons, Aurélie Caron et moi. Une étrange et horrible tendresse nous lie l'une à l'autre. Nous isole du reste du monde.

Nous chuchotons des paroles dérisoires. En guise de diversion.

– Tes Pâques, Aurélie ?

– Les vôtres, Madame ?

– Fille maudite !

– Maudite vous-même, Madame, et votre mari avec ! Quant à votre petit docteur, c'est le roi des démons.

Lobinière, Sainte-Croix, Saint-Nicolas, Pointe-Lévis...
Depuis combien de jours et de nuits... Me voici livrée au
froid de l'hiver, au silence de l'hiver, en même temps que
mon amour. Lancée avec lui sur des routes de neige,
jusqu'à la fin du monde. Je ne sais plus rien de toi, que
ce froid mortel qui te dévore. M'atteint en pleine poitrine.
Pénètre sous mes ongles. Les longues nuits immobiles
près de la fenêtre. Quelqu'un d'invisible, de fort et de têtu
me presse contre la vitre. M'écrase avec des paumes
gigantesques. Je suis broyée. J'étouffe et deviens mince
comme une algue. Encore un peu de temps et je ne serai
plus qu'une fleur de givre parmi les arabesques du froid
dessinées sur la vitre. Je veux vivre ! Et toi ? Dis-moi que
tu vis encore ? Ta force. Ta résolution inébranlable. Que
le poids de notre projet te soit léger. Se change en flamme
claire, te protège et te soutienne, tout au long du voyage...
Ce n'est qu'une idée fixe à rallumer sans cesse, comme
un phare dans la tempête. Notre fureur.

Surtout ne t'avise pas (toi qui es médecin) de vouloir
situer le mal dans nos veines. Un caillot peut-être ? Quelque tache de naissance sur notre peau ? Le secret de nos
entrailles ? Une petite bête captive, sans doute ? Une tique
minuscule entre chair et cuir. Le péché ? Qui peut sonder
les reins et les cœurs ? Nul piège assez fin. Selon la loi
anglaise de ce pays conquis, nous sommes innocents,
jusqu'à preuve du contraire.

Le cœur qui se déplace à grand fracas dans mon corps.
Cogne à ma tempe, dans mon cou, à mon poignet. Mon

fils dernier-né goûte-t-il la saveur forte de ma folie, à chaque gorgée de lait mousseux qui coule de ma poitrine ?

– Combien de couverts faut-il mettre ? – Justine a oublié de repasser les serviettes. – Le petit Louis pleure et tape du pied, à la moindre contrariété...

C'est le moment où il faut se dédoubler franchement. Accepter cette division définitive de tout mon être. J'explore à fond le plaisir singulier de faire semblant d'être là. J'apprends à m'absenter de mes paroles et de mes gestes, sans qu'aucune parole ou geste paraisse en souffrir.

D'une part, je calme la colère du petit Louis. De l'autre je m'absorbe dans la répétition minutieuse de noms de villages, au bord du fleuve. Répétition à satiété. Comme on récite un chapelet, grain après grain, tout en méditant sur les mystères féroces de ce monde.

Lauzon, Beaumont, Saint-Michel, Berthier... Le temps ! Le temps ! S'accumule sur moi. Me fait une armure de glace. Le silence s'étend en plaques neigeuses. Depuis longtemps déjà, George, emporté dans son traîneau, a franchi toutes les frontières humaines. Il s'enfonce dans une désolation infinie. Comme un navigateur solitaire qui se dirige vers la haute mer. En vain j'interroge l'état de la neige et du froid. Nous ne dépendons plus des mêmes lois de neige et de gel, des mêmes conditions de fatigue et d'effroi. Trop de distance. Pourquoi appréhender une tempête avec rafales et poudrerie qui efface les pistes ? Mon amour se débat-il dans un tourbillon de neige, perfide comme l'eau des torrents ? Mon amour respire le gel comme l'air ? Mon amour crache la neige en fumée de glace ? Ses poumons brûlent ? Tout son sang se fige ? Au-delà d'une certaine horreur, cet homme devient un autre. M'échappe à jamais.

Accrochée au rideau de ma chambre. Collée sur la vitre, pareille à une sangsue. Sorel. La rue Augusta. Ce lieu d'asile est peu sûr. Le refuge de ma jeunesse est ouvert, éventré comme une poupée de son. Toutes les ramifications, les astuces, les tours et les détours de la mémoire n'aboutissent qu'à l'absence. Que fait le docteur Nelson dans le bas du fleuve ? A-t-il réussi à... ? Rien. Je ne sais plus rien de lui. J'habite le vide absolu. Un désert de neige, chaste, asexué comme l'enfer. En vain j'examine la vaste étendue blanche, dépouillée de ses villages et de leurs habitants. Les grandes forêts. Les champs. Le fleuve gelé. Nul cheval noir à l'horizon.

George Nelson serait-il égaré, perdu, mort gelé dans la neige ?

Attention à l'apparente douceur de la neige. Les flocons en rangs serrés, sur nous, autour de nous. Comment prévenir George ? Lui dire de ne pas se laisser prendre par la rêverie qui vient de la neige. Cette ivresse calme, cette fascination insidieuse (à peine un léger pincement au cœur, et nous glissons, peu à peu, d'abandon en abandon, de songerie en songerie, vers le sommeil le plus profond). Ne pas se laisser désarmer. Conserver vivaces tout amour et toute haine. La neige étale, à perte de vue, nivelant paysage, ville et village, homme et bête. Toute joie ou peine annulées. Tout projet étouffé dans sa source. Tandis que le froid complice s'insinue et propose sa paix mortelle. Pourvu que l'homme là-bas, entre tous, sur la route de Kamouraska, ne laisse pas retomber les guides, un seul instant. Ce n'est pas que sa main soit gourde encore, mais tout simplement envahie par l'inutilité de tout geste à faire. Une telle lassitude aussi. Une telle envie de dormir. Un tel bien-être étrange et sourd, ressenti par toute la main qui ne tient plus (qui ne peut plus tenir) les guides. Les deux mains à présent ne conduisant plus le cheval. Les deux mains tombées sur les genoux, abandonnées, bienheureuses, lourdes, si lourdes, d'une paix incommensurable, perfide. Les deux mains, côte à côte. Un peu plus engourdies, semble-t-il, un peu plus pesantes que d'habitude, peut-être. Moins nettes et moins bien dessinées, sous les mitaines. Les doigts redessinés, un par un, en plus épais, en plus lourd, devenant extrêmement importants et cependant inertes. De moins en moins sensibles. Mourant, tout simplement, à la suite les uns des autres.

J'éprouve jusqu'à la limite de ma raison l'engourdissement du froid, dans le bas du fleuve. La brûlure vive du sang qui se remet en marche. (L'homme frotte ses mains avec de la neige.) Est-ce possible que je rêve la passion d'un autre, avec cette acuité insoutenable ? Je sens dans mon dos la force irrésistible qui pousse George Nelson sur la route de Kamouraska. Lui fait rechercher l'abri de la prochaine auberge.

Je souhaite le secours des bonnes femmes de Sorel. Plutôt subir leur bavardage que de supporter...

Montmagny, Cap-Saint-Ignace, Bonsecours, Saint-Jean-Port-Joli, Saint-Roch-des-Aulnaies... Je crois que j'agite les lèvres, comme les très vieilles femmes à l'église.

– La Petite est bien agitée. Elle a la fièvre et elle marmonne des prières sans fin. Il faudrait la distraire un peu, ne trouvez-vous pas ?

– Depuis longtemps il n'a pas fait un froid pareil.

Faire taire ces femmes. Comme lorsque l'on rabat la couverture sur la cage des perruches, pour la nuit. Retrouver un silence peu sûr. Quelque chose de vivant bouge, se déploie au fond du silence. Remonte à la surface. Éclate comme des bulles sourdes dans mon oreille. Une voix d'homme, lente, sans inflexion, cherchant ses mots à mesure, s'adresse à moi. Me signale, comme à regret (tout bas en confidence), le passage d'un étranger à l'auberge de Saint-Vallier. (J'avais oublié Saint-Vallier, entre Saint-Michel et Berthier.)

– Michel-Eustache Letellier. Mardi, le 29 janvier, vers les neuf heures du soir, il est arrivé à l'auberge un jeune homme étranger, de belle mine, aux cheveux noirs et aux petits favoris noirs. Il passa la nuit à l'auberge et partit le lendemain de grand matin.

Je tente de prendre pied dans l'auberge de Saint-Vallier. D'apercevoir le jeune étranger. Déjà la voix de l'hôtelier enchaîne si rapidement que je suis précipitée dans le temps. A la vitesse même de la parole. Sans pouvoir m'accrocher à aucune image. Ni reconnaître aucun visage.

Michel-Eustache Letellier parle à nouveau du jeune étranger qui revient à l'auberge, le vendredi 3 février, dans la nuit.

– J'ai remarqué que ses petits favoris noirs étaient beaucoup plus longs au retour qu'à l'aller et lui mangeaient presque toute la face. Il était aussi très agité et inquiet. Il a jeté sa ceinture de laine dans le feu, pour s'en débarrasser. Ça sentait le brûlé dans toute la salle.

Je voudrais respirer l'odeur de la laine grillée. Dans la salle de l'auberge de Saint-Vallier. M'approcher de l'homme penché sur le feu. Le surprendre de dos. Examiner à loisir la nuque de mon amant. J'ai toujours été persuadée que le siège de la volonté et de l'énergie chez l'homme se trouvait logé dans sa nuque. Une telle détermination farouche dans la nuque, à la fois fine et robuste, de George Nelson. Le secret même de sa force, caché là sans doute. Cela m'émerveille et me désespère. Je voudrais posséder mon amour, comme ma propre main. Le suivre dans toutes les démarches de sa vitalité extraordinaire. Que pas une de ses pensées ne m'échappe. Que pas une de ses souffrances ne me soit épargnée. Être deux avec lui. Double et féroce avec lui. Lever le bras avec lui, lorsqu'il le faudra. Tuer mon mari avec lui.

Sa ceinture brûlée, son manteau d'étoffe du pays, son petit capuchon noir, sa casquette garnie de fourrure, son cheval noir et son sleigh américain, les robes de bison doublées de rouge. Sorel-Kamouraska, aller et retour, en dix jours. Quatre cents milles, en plein hiver, sans changer de cheval.

En vain, les aubergistes du bas du fleuve le reprendront-ils ce signalement, avec plus ou moins de bonheur. Moi seule pourrait...

L'étranger dit qu'il va à ses affaires. Là où personne ne peut se substituer à lui. Ni comprendre, ni ressentir à sa place. Qu'Elisabeth d'Aulnières s'occupe des enfants et essaye de consoler Aurélie, s'il est encore en son pouvoir de le faire. Tout ceci est une affaire d'homme. Tout cela regarde la solitude de l'homme. Voici l'approche vertigineuse de l'acte essentiel de sa solitude. L'aboutissement étrange de la lutte forcenée que George Nelson a menée, depuis si longtemps, contre la mort. Peut-être depuis toujours ? Très tôt après sa naissance. A moins que, déjà, dans le ventre de sa mère... ? Sa mère si tôt disparue, si tôt arrachée à lui. L'enfant noir et maigre. Ayant à se battre si tôt contre l'idée de la mort en lui. La mort du père, peut-être ? Ou celle du fils (son image déformée plutôt, accablée de faiblesse), les traits d'Antoine, ses joues enfantines, trop rondes au-dessus d'une cuvette d'eau glacée ?

Chair vive, cadavre putréfié, sang, pus, urine, toute ordure, pourriture et gangrène, odeur pestilentielle, os broyés, beaux noyés yeux ouverts et ventre gonflé, nouveau-né monstrueux, femme violée, phtisie galopante, diphtérie, dysenterie. Le docteur Nelson a tant combattu la maladie et la mort. Il s'est tant dépensé pour sauver des hommes et des femmes. Celui ci n'en réchappera pas.

– Je ne le manquerai pas, moi, Aurélie.

Cet homme mérite la mort. Il est trop gros, trop veule. Sa femme est trop belle et malheureuse. On lui a pris sa femme, on lui prendra la vie. Il eût mieux valu pour le seigneur de Kamouraska qu'il ne fût jamais né.

Que fait Antoine Tassy sur son cap isolé dans le fleuve ? Sous l'œil perçant de Mme mère Tassy ? Ressasse-t-il à satiété sa rage et son affront, dans d'interminables soûleries ? S'apprête-t-il à poursuivre quelque jeune paysanne bien niaise et affolée, de grange en grange, de hangar en écurie ? La seule occupation de cet homme ne consiste-t-elle pas déjà à attendre son meurtrier, en marche vers lui depuis des milles et des milles de distance ?

La complicité d'Antoine est étrange et me désespère. Tout cela d'ailleurs se passe hors de moi. Dans un pays lointain, plein de neige et de sang. Entre deux hommes liés entre eux par leur redoutable mystère étranger. S'ils allaient tous deux, à l'instant même, prendre deux visages semblables et fraternels ? Deux visages d'homme envahis par quelque chose d'étrange et d'atroce qui les ravage et les transfigure à la fois : le goût de la mort. S'il m'était donné d'apercevoir cela dans l'anse de Kamouraska, au moment où un pistolet chargé à poudre et à balles est braqué sur la tempe d'un trop gros garçon pourri, j'en mourrais ! Je suis sûre que j'en mourrais ! Je suis l'envers de la mort. Je suis l'amour. L'amour et la vie. La vie et la mort. Je veux vivre ! Je veux que tu vives ! Qu'Antoine meure donc et qu'on n'en parle plus !

Sainte-Anne-de-la-Pocatière ! Ce nom sonne, pareil à un coup de cloche. Un seul coup, long et sonore, ricochant dans le froid de l'hiver. C'est à partir de Sainte-Anne que les témoignages vont affluer, se précipiter, s'affirmer, s'entrecouper, se compléter. M'atteindre comme des flèches. George Nelson est passé par là. Il est repéré. Examiné. Suivi à la trace. Son signalement sera repris d'auberge en auberge. De relais en relais. De village en village.

S'il était encore en mon pouvoir de rappeler le babillage des bonnes dames de Sorel. J'en ferais un rempart pour échapper au chœur des aubergistes qui me menacent. Des voix, rauques et graves, lentes, se lèvent, tout le long de la rive sud. Bourdonnent autour de ma tête. Pareilles à un essaim d'abeilles sauvages. Me réfugier auprès de mes tantes. Leur amour infini. Leur tendre pitié.

— La Petite est malade. Il faut la coucher, la soigner, lui préparer des compresses fraîches...

Une femme ronde en tablier bleu ! Son visage rose fondu comme un vieux savon ! De quel droit se plante-t-elle au pied de mon lit ? Qui la force, dans l'ombre, à lever la main droite et à jurer d'une voix larmoyante ?

— Victoire Dufour, épouse de Louis Clermont, aubergiste de la paroisse de Sainte-Anne-de-la-Pocatière...

Cela m'étonne que mes tantes tolèrent une pareille apparition dans ma chambre de malade. Seigneur, mes tantes ont bel et bien quitté la pièce ! Ma mère aussi. Je suis seule avec la femme en tablier bleu. Je sens son haleine acide. Je ne puis rien faire pour chasser cette femme. Elle se penche sur mon lit. Ses grands yeux de faïence. Immobiles, sans vie. Fixés sur moi. Depuis combien de temps ces yeux pâles me regardent-ils ? Ils ne peuvent cligner et s'emplissent de larmes à me dévisager ainsi. Peut-être ne me voient-ils pas, ces yeux glacés, arrêtés comme les aiguilles d'une pendule morte ? Je suis fascinée. Enchaînée à mon lit. La femme en tablier bleu parle et renifle. Elle ferait mieux de se moucher une bonne fois et de dire clairement ce qu'elle a à dire. De toute façon elle est là pour cela. Quant à moi, ligotée comme je le suis, je ne risque guère de perdre une seule de ses paroles.

Si seulement la femme pouvait cesser de rechigner, je crois que je supporterais plus facilement la scène.

— J'ai été bien effrayée, monsieur le Juge. Nous sommes pauvres. Nous tenons une petite auberge, mon mari et moi. Nous sommes un peu loin des voisins. A environ dix lieues de l'église de Kamouraska. Nous n'avons que de jeunes enfants, la plus vieille marche sur ses neuf ans. Notre fille engagée est infirme d'oreille. Le 31 janvier, vers deux heures de l'après-midi, j'ai vu passer sur la route un étranger qui s'en allait en direction d'en bas. Je suis demeurée sur la porte pour le regarder passer. Il n'avait pas une voiture ordinaire et semblable à celles de par ici. Il portait un capot d'une étoffe blanchâtre qui m'a paru comme l'étoffe du pays d'en haut qui est ordinairement plus blanche que celle qui est faite par ici, et un capuchon noir. Il avait un casque de drap foncé, avec de la pelleterie autour. Il faisait froid. Sa figure était bien rouge. Il m'a semblé très joli homme, bien jeune. Après je suis rentrée dans la maison. Ce n'est que dans la nuit que... Mon mari vous dira...

Ce ne serait rien de voir la femme ronde et bleue s'accrocher des deux mains au pied de mon lit. (La barre des témoins.) Rien encore de l'entendre décrire le jeune étranger avec autant d'exactitude et de minutie. Le pire serait de reconnaître l'étranger et d'être reconnue par lui. Notre sécurité, à lui et à moi, m'oblige à une prudence extrême. Faire la morte. Ne pas intervenir. Si on m'interroge, remuer la tête sur l'oreiller. Dire : non, non, je ne connais pas cet homme. Ne pas lever le petit doigt pour prévenir George. Ne pas pouvoir lui signifier de se méfier des aubergistes. Ah ! nous sommes livrés aux témoins, avant même que... Je te parle tout bas, si bas... Ni mes lèvres, ni mes yeux, ni mes mains, ni même mon cœur (maintenu dans un étau)... Je feins le sommeil. J'imite à merveille une pierre plate et dure. Je t'encourage si bas que cela forme une espèce de parole sourde, étouffante, à la racine de ma vie. Amour, je suis là. Toute ma vie, j'attendrai que tu aies terminé dans l'anse de Kamouraska, que tu laves tes mains pleines de sang et reviennes vers moi. Ton beau visage vainqueur de la mort, éclatant de joie sauvage. Comme je t'aime et te désire ainsi. Mais avant, il te faudra dépasser la limite de tes forces. Cet absolu qui te ronge, fais-le passer dans le crime et le sang. Catherine des Anges, comme tu lui ressembles. Un jour, dans la petite chapelle de monseigneur de Laval, tu as juré aussi d'être un saint. Cette rage inexplicable en guise de réponse. Quel Dieu noir a reçu ton vœu ? Te voilà exaucé et contenté, au-delà de tes espérances. Attention au vertige !

Je m'étonne de pouvoir supporter la neige, en plein soleil. L'éclat aveuglant du ciel bleu. Sainte-Anne-de-la-Pocatière. Le 31 janvier 1839. Ce jour-là entre tous. Comme je vois bien tout. En entier et en détail. Les plus petites mottes de neige projetées par les sabots du cheval. Cette espèce de fumée blanche escortant le traîneau. La grand-route droite, aplanie par le passage des traîneaux. Un instant, une figure d'homme rougie par le froid se tourne vers moi. Est-ce moi qu'il regarde, cet homme ? Sa lèvre supérieure se retrousse. Un sourire équivoque pareil à celui des morts. Ses dents ! Je n'avais jamais remarqué comme les canines de chaque côté sont fortes et longues. Lui donnent un air de bête sauvage. Ce n'est que la peur qui brouille mon regard. Abîme l'image de mon amour.

Les grelots de l'attelage sonnent allégrement dans l'air vif. Se taisent peu à peu. S'éloignent dans la direction de Kamouraska. Disparaissent tout à fait. La femme de l'aubergiste Clermont referme sa porte.

Rivière-Ouelle, Rivière-Ouelle... Entendre sonner cela dans ma tête. Ne plus avoir la force de quitter mon lit.

– Madame est malade ; voyez comme elle tremble en dormant ?

Ma mère et mes tantes ont définitivement quitté ma chambre. Je crois reconnaître la voix de Léontine Mélançon.

Rivière-Ouelle. Me raccrocher à ce nom de village, comme à une bouée. (Le dernier village avant Kamouraska.) Tenter de faire durer le temps (cinq ou six milles avant Kamouraska). Étirer le plus possible les premières syllabes fermées de ri-vi-, les laisser s'ouvrir en è-re. Essayer en vain de retenir Ouelle, ce nom liquide qui s'enroule et fuit, se perd dans la mousse, pareil à une source. Bientôt les sonorités rocailleuses et vertes de Kamouraska vont s'entrechoquer, les unes contre les autres. Ce vieux nom algonquin ; il y a jonc au bord de l'eau. Kamouraska !

Je joue avec les syllabes. Je les frappe très fort, les unes contre les autres. Couvrir toutes les voix humaines qui pourraient monter et m'attaquer en foule. Dresser un fracas de syllabes rudes et sonores. M'en faire un bouclier de pierre. Une fronde élastique et dure. Kamouraska ! Kamouraska ! Il y a jonc au bord de l'eau ! Aïe ! les voix du bas du fleuve montent à l'assaut. Parlent toutes à la fois ! Les abeilles ! Toujours les abeilles ! Les habitants du bas du fleuve, en rangs serrés, suivent, décrivent et dénoncent, à voix de plus en plus précises et hautes, le passage d'un jeune étranger, dans son extraordinaire traîneau noir, tiré par un non moins extraordinaire cheval noir.

Les témoins attendent impatiemment, derrière la porte de ma chambre. La maison tout entière de la rue Augusta est envahie, dévastée. Détruite de fond en comble. Ma mère et mes tantes étouffent sous les décombres. Pourvu que les témoins ne se frayent pas un passage rue du Parloir, à Québec, chez mon mari qui est si malade ! Il est facile de prendre possession du délire d'un mourant et d'y introduire l'horreur et la délation.

Bientôt, d'ailleurs, je serai hors de la portée de Jérôme Rolland. Hors d'atteinte de tout ce qui respire encore. Je serai tirée de mon lit. Mise debout, tout habillée. Sortie de ma maison. Mêlée aux témoins. (Dites ce que vous savez.) Confondue à eux. Brassée avec eux, dans une même pâte molle. Placée dans la neige. Le froid. En vigie silencieuse et passive. Me relayant moi-même, de place en place, d'auberge en auberge. Aubergistes, hommes et femmes, filles engagées, domestiques et garçons d'écurie, pêcheurs, paysans, tous, tous, me parlent à l'oreille. Jurent de m'entraîner avec eux. De me jeter sur la route glacée. A la poursuite d'un voyageur dont moi seule pourrais révéler l'identité.

– Bruno Boucher de la Rivière-Ouelle, garçon engagé. Le jeudi, le 31 de janvier dernier, vers deux heures et demie, revenant du bois, avec ma charrette pleine de bois, j'ai rencontré un étranger qui m'a arrêté et demandé si c'était loin pour aller au manoir de Kamouraska. Il m'a paru qu'il n'était pas canadien, car sa langue était trop corrompue. J'ai bien remarqué le traîneau et le cheval. D'autant plus que je n'en ai jamais vu de semblables.

– Jean-Baptiste Saint-Onge, de la Rivière-Ouelle, garçon engagé, chez Pierre Bouchard. Un étranger est arrivé, vers trois heures et demie de l'après-midi, à l'auberge. Il m'a demandé de faire boire son cheval. J'ai longtemps regardé le traîneau et le cheval qui étaient remarquables. Je les reconnaîtrais partout. Le harnais avait des bandes noires et un collier de grelots. L'étranger est parti vers cinq heures, à grande allure, dans la direction de Kamouraska. Le lendemain matin, le 1er février qui était un vendredi, j'ai vu le même cheval, le même traîneau et le même homme, je l'ai reconnu à son habillement, passant devant chez moi, entre sept et huit heures du matin. Je demeure par le nord-est du grand chemin, à une quinzaine d'arpents de l'auberge. J'ai fait observer à mon fils que l'étranger n'avait pas les grelots qu'il avait hier. J'ai ajouté pour badiner que, si j'avais su qu'il voulait s'en débarrasser, je les aurais bien gardés.

— L'étranger a caché les grelots de son attelage sous le siège de son traîneau, avant de partir pour Kamouraska.

— Un petit capuchon noir, une cloque en étoffe du pays d'en haut, un surtout bleu foncé de pilote, à doubles poches sur les hanches, des grands bas tricotés, ou des guêtres peut-être, avec de petits boutons noirs sur le côté, une semelle de cuir aussi, à ce qu'il m'a semblé. — Moi, je le trouve très joli homme, de taille moyenne, bien proportionné, des favoris noirs, le teint brun coloré. Il paraissait avoir vingt-cinq ou vingt-six ans. — Le maintien et l'habillement de l'étranger et son parler m'ont convaincu que ce n'était pas un homme du commun. — Vous avez remarqué ses dents blanches ? — Il m'a répondu d'un air dur qu'il était pressé. — Il paraissait méfiant et inquiet, plus au retour de Kamouraska qu'à l'aller. — Cet homme-là n'est pas canadien. Il a un accent anglais, à ce qu'il m'a semblé, ou d'une autre nation peut-être. Le devant de son traîneau est ponté jusqu'au petit siège. Et puis les menoires sont prises au milieu du garde-neige, ce qui se remarque beaucoup.

Je prolonge, à la limite du possible, l'état de stupeur dans lequel je suis. Tout ce bavardage des témoins autour de mon lit. Leur piétinement continu, quasi solennel, emplit la chambre. Rien encore ne me blesse, ni ne m'atteint. Tous ces gens entassés me respirent sur la face et m'examinent avec avidité. Ils prennent en secret des mesures exemplaires pour me sortir de mon lit. M'arracher à jamais de ma maison de la rue du Parloir. Très loin de mon pauvre mari qui... Projettent de m'emmener de force jusqu'à Kamouraska. Je sais que je n'y échapperai pas. Morte ou vive, je serai déportée sur Kamouraska. Tout au plus m'est-il permis de gagner du temps. Résister encore un peu. La force de l'inertie. Aveugle, sourde et muette, il faudra que l'on me traîne par les poignets. Pour l'instant je me défends de donner droit d'asile et permis d'identité à cet étranger que vous décrivez avec tant d'insistance et de précision. Moi seule pourrais ramener cet homme à la vie. Le tirer hors du temps et de l'oubli. Le perdre à nouveau et me perdre avec lui. Ce geste, moi vivante, non, je ne le ferai pas. Dire : voilà, cet homme est mon amant. Il se nomme George Nelson. C'est lui l'assassin de mon mari. Nous sommes coupables, tous les deux, qu'on nous enferme, qu'on nous pende et qu'on n'en parle plus. Non, non, je ne parlerai pas

Moi, Elisabeth d'Aulnières, non pas témoin, mais voyante et complice. Déjà admise dans l'auberge de Louis Clermont. A Sainte-Anne-de-la-Pocatière. Non pas reçue et accueillie comme une voyageuse normale à qui l'on offre une chambre et un lit. Non pas installée comme une cliente ordinaire. Les bagages à côté du lit, sur la catalogne. Les affaires de toilette rangées sur le lave-mains, à côté du broc et de la cuvette à fleurs. Mais placée, immobile et silencieuse, au centre de la maison. Afin que je voie tout et que j'entende tout. Nulle part en particulier et partout à la fois. Dans la salle et dans les chambres.

Je dois tout d'abord prendre connaissance des lieux. Bien avant qu'un étranger vienne frapper à la porte. Je ne dérange personne, n'étant pas vue semble-t-il, ou plutôt pas regardée. Ni par l'aubergiste et sa femme, ni par le dénommé Blanchet. Tolérée dans l'auberge. Pas vraiment acceptée. Mais tolérée seulement. En fait, inévitable. Imposée dans cette auberge de Louis Clermont, à Sainte-Anne-de-la-Pocatière. Par une implacable volonté. Déposée là comme un paquet. Introduite de force dans l'intimité de cette maison barricadée. En plein hiver. Au bord de la route, entre Sainte-Anne et Kamouraska. La nuit du 31 janvier.

Les fenêtres calfeutrées avec de l'étoupe ou du papier journal humide, roulé en boule. La masse noire du poêle à deux ponts bien en vue, dans la pièce servant de salle et de cuisine à la fois. Blanchet, le vagabond ivre, endormi sur un banc de bois près du poêle, enroulé dans une vieille couverture couleur de pomme de terre. La vie ordinaire de cette auberge perdue, l'hiver.

Dehors, l'immensité de la neige, à perte de vue. Cette espèce de vapeur blanche, épaisse, s'élevant des champs, de la route, du fleuve, de partout où le vent peut soulever la neige en rafales. La poudrerie efface les pistes et les routes. La pensée de l'anse de Kamouraska, en vrille dans ma tête. La vibration de cette pensée faisant son chemin dans ma tête. La résistance de mes os.

L'obscurité de la salle, le feu qui s'éteint. La lueur de la braise, visible par les interstices de la petite porte du poêle fermée pour la nuit. La respiration bruyante du vagabond, couché sur le dos, la bouche ouverte.

J'attends qu'un étranger frappe à la porte et fasse résonner le bois de la porte. A grands coups de poing. Réclame l'hospitalité pour la nuit. Reconnaître sa voix. Être là, dans l'auberge, en attente de cette voix, à nulle autre pareille. La retrouver plus rude et gutturale peut-être... Être retournée par le son de cette voix, être remuée, fouillée, ouverte par le son de cette voix, comme si... En réalité l'attendre en vain, toute ma vie, cette voix extraordinaire. La belle tête noire. Mon homme à moi. Le corps engoncé dans les vêtements d'hiver. Se dépouillant. Se dénudant. M'atteignant, dépouillée et dénudée. Traversant pour me rejoindre des couches épaisses de malheur amassé. Le temps ! Des nuages de suie. Le passé franchi, d'un bond prodigieux. Le meurtre et la folie réduits à leurs dimensions raisonnables. Exorcisés. Retrouvant leur poids réel. Non plus vus à travers une loupe à multiples facettes. (La déformation de l'angoisse et de la terreur.) Les armes nettes et pures, éclatantes. Défensives et offensives. Nettoyées, fourbies après la bataille. La liberté et l'amour payés leur prix exorbitant. Le prix du sang en pièces d'or, lourdes et brillantes, empilées sur la chaise, à côté du lit. Avec les vêtements pliés. Un très grand lit pour nous deux, jusqu'au matin. La certitude de retrouver la fraîcheur des draps, frais, bien à nous. Dans une chambre bien à nous. Une maison qui nous appartienne. Tu rentres entre mes cuisses, au plus profond de mon ventre. Je crie et je t'appelle, mon amour !

Si je suis brusquement ramenée dans le bas du fleuve, c'est la faute du vagabond, couché là, sur le banc, renâclant son ivresse. Sa pauvre cervelle est visitée par un souvenir précis qui revient sans cesse et hante son sommeil.

— J'ai vu de mes yeux vu, en m'en venant par ici, un voyageur désorienté, dans l'anse de Kamouraska. Il m'a demandé où se trouvait la terre ferme. Il ne savait plus s'il avançait sur le fleuve gelé ou sur la terre. Avec son cheval et son traîneau. La poudrerie partout. J'ai voulu monter dans le traîneau. Le voyageur ne voulait pas que je monte dans son traîneau. J'ai été bien étonné, vu qu'il était tout seul. Le voyageur m'a obligé à marcher devant son cheval, jusqu'au chemin du Roi. Je lui ai indiqué la direction de Rivière-Ouelle, comme il me le demandait. Il m'a donné cinq chelins. Je n'ai pas bien vu sa figure, à cause de la noirceur.

L'image de l'anse qui est au nord-est de Kamouraska, en allant vers Rivière-Ouelle, s'installe dans l'auberge de Louis Clermont. S'échappe du sommeil lourd de Blanchet, le vagabond. Ma compassion pour le voyageur égaré. Quand on pressent ce que cela signifie que de se perdre en pleine nuit, dans la neige et le froid. Après avoir tué un homme. Seigneur, qui oserait implorer ta pitié ? L'épouvante. Trop d'angoisse.

Victoire Dufour vient de dire quelque chose qui la fait rire. Un grand rire de gorge. La tête renversée en arrière. Son large cou très blanc. Louis Clermont, sec et maigre, verrouille la porte. Il déclare qu'il est temps d'aller se coucher.

Victoire se déplace lourdement, en roulant des hanches énormes. Son sec petit mari la suit de près. Emportant la lampe. Il se répète, tout attendri, qu'il a épousé la plus grosse.

Je reprends ma garde dans l'auberge endormie. J'examine attentivement le plancher noueux de la cuisine, comme si cela pouvait avoir une grande importance.

Ce qui me gêne le plus, ce n'est pas tant d'avoir à me passer de tout le côté solennel des salles d'audience. C'est de me trouver sur les lieux mêmes des témoignages. Privée de tout secours légal. Sans aucune espèce de protection. Obligée, non seulement d'entendre les dépositions des témoins, mais forcée de suivre le déroulement des scènes à mesure qu'elles sont décrites. Réduite à mon état le plus lamentable. Étant le plus près possible qu'il me soit permis de l'être (sans mourir tout à fait) de mon propre néant. Je deviens translucide. Dénuée de toute réalité apparente. Dépossédée de toute forme, de toute épaisseur et profondeur. Toute réaction ou intervention, de ma part, est interdite d'avance. Retenue à sa source même. Déjà, si je tente de lever la main, je ne parviens pas à terminer mon geste. Si j'essaye de crier, aucun son ne peut sortir de ma gorge. Si je dois souffrir tout ce qui va suivre (et je le dois), ce sera à l'extrême limite de l'attention.

Victoire Dufour, épouse de Louis Clermont, déclare ne pas savoir signer et fait sa croix.

Ses pâles yeux bleus, brouillés de sommeil. Une longue mèche lisse de cheveux jaunes lui barre le visage. Comme la lanière d'un fouet. Elle se redresse dans son lit, aussi vite que le poids de son corps le lui permet.

– J'ai dit à Clermont : « Mon mari, on cogne à la porte. » Clermont s'est assis dans le lit avec moi. On a

210

écouté, tous les deux, cogner à la porte. On a laissé cogner encore une fois. Puis Clermont s'est levé. Il a allumé la chandelle. Il a mis ses culottes. Quand le voyageur est rentré dans la maison, j'ai pu le voir par la porte de mon cabinet qui donne sur la salle. A son capot et son capuchon, j'ai bien reconnu l'étranger qui avait passé dans la journée, sur la route. Après j'ai pas eu grand' connaissance de rien, jusqu'au matin...

Louis Clermont, aubergiste à Sainte-Anne, est tout fier d'écrire son nom, en lettres énormes, au bas de sa déposition. Le petit homme, sec et nerveux, se retient de bouger. S'efforce de paraître calme. Y réussit à peu près comme une anguille vivante attachée à un piquet. Tout son corps au garde-à-vous a soudain des sursauts qui ne paraissent avoir aucun rapport avec ce qu'il dit. La flamme de la bougie éclaire son visage sombre, mat, presque plombé. Un tic, par moments, creuse la joue maigre.

– Il pouvait être entre onze heures et minuit du soir. J'ai laissé cogner plusieurs fois. Chaque fois, je demandais au voyageur de se nommer. Il ne répondait pas et cognait encore plus fort. A la fin, il m'a répondu « ami », et j'ai débarré la porte.

Une masse sombre sur le seuil. La barbe et les sourcils pleins de givre. Un souffle rapide, rauque. La sueur coule par tout le corps, absorbée par les lourds vêtements de laine. Se change à mesure en glace. Une odeur d'homme et de laine mouillée. La voix sifflante entre les dents, enrouée, haletante.

– Logement pour moi et pour mon cheval... Et puis de l'eau chaude... Surtout de l'eau chaude...

Est-ce la lueur de la bougie ? Je crois voir des taches sombres sur le manteau, en plaques poudrées de neige.

Me répéter que je suis morte (que rien ne peut plus m'atteindre). Non point blessée, ni même mourante, mais morte tout à fait. Invisible aux yeux de tous. Ne pouvant être vue par l'étranger qui vient d'entrer, soufflant et renâclant, comme un animal traqué, après une longue poursuite. Puisque je vous dis que je suis invisible. Insensible aussi. Cachée dans cette auberge. Transparente comme une goutte d'eau. Inexistante en quelque sorte. Sans nom ni visage. Détruite. Niée. Et pourtant quelque chose d'irréductible en moi s'élance, hors de moi, lors même que je n'existe plus. Ni le pouvoir de souffrir, ni celui d'aimer. Seulement... Pas même les cinq sens d'une personne vivante. Un seul sens libéré, agissant. Les quatre autres retenus, entravés. (Sauf le regard, bien entendu.) Cette femme si digne et convenable. (Voyez comme elle soigne M. Rolland, son mari.) L'odorat part en flèche, trouve sa proie. La découvre et la reconnaît. Lui fait fête. Accueille l'odeur de l'assassin. La sueur et l'angoisse, le goût fade du sang. Ton odeur, mon amour, ce relent fauve. Une chienne en moi se couche. Gémit doucement. Longtemps hurle à la mort.

Le voyageur répète qu'il veut de l'eau chaude.

Louis Clermont, ses gestes lents, dégoulinant de sommeil, rallume le poêle (il reste un peu de braise au fond). Il met de l'eau à chauffer dans la cafetière. L'étranger s'impatiente et dit que ce n'est pas pour boire qu'il veut de l'eau chaude, mais pour laver son traîneau et ses peaux et qu'il lui en faut beaucoup plus. Louis Clermont met de l'eau à chauffer dans la bouilloire.

– C'est pas dans ces chemins-ci, avec toute cette neige blanche, que vous avez pu attraper grand' saleté, ou saloperie ?

– On a mis mon traîneau dans une remise là où on a fait boucherie. Alors, le sang...

– Ils étaient donc bien malpropres dans cette auberge pour équiper vos peaux et votre traîneau... Ils auraient bien dû les laver, au moins...

– J'étais pressé...

La voix du voyageur, coupante, quoique couverte, presque éteinte, oppressée, ordonne à Louis Clermont de mettre le cheval dans l'écurie, de lui donner de l'eau tiède et un gallon d'avoine.

– J'ai pris la cuvette et un picot, sous le siège du traîneau, comme le voyageur m'avait dit de le faire. J'ai vu un collier de grelots, caché sous le siège. Il y avait des larmes de sang pendantes qui étaient glacées sur le traîneau. J'ai gratté avec mon ongle. J'étais effrayé, mais pas autant que je l'ai été, après le départ du voyageur, après réflexion. Il m'a accompagné dans la remise pour laver

213

son traîneau. J'ai bien vu, avec mon fanal, qu'il y avait beaucoup de sang dans le fond du traîneau. Il y en avait presque partout sur les sièges. Il a jeté de l'eau chaude sur les côtés et sur le devant du traîneau. Moi, je frottais avec un vieux jupon à ma femme, et lui frottait avec un sac de drap gris qui avait l'air d'un sac à pistolet. Comme il faisait froid, ça gelait à mesure. Il m'a dit d'attendre à demain pour laver son traîneau. Et surtout de ne pas oublier de le réveiller à cinq heures, le lendemain matin. Il a pris les peaux dans un paquet et les a rentrées dans la maison, avec son sac de voyage. Une fois dans la maison, il a ôté son capot gris et relevé ses manches. Il s'est mis à laver ses peaux, dans une cuve que je lui ai donnée, avec de l'eau chaude que j'avais mis chauffer dans la bombe, et qu'il mêlait avec de l'eau froide. Il m'a demandé un verre de vin chaud. Il en a bu à peu près la moitié. Il est ensuite entré dans sa chambre pour se coucher. Après avoir visité le lit, il m'a fait ajouter d'autres couvertures. Un quart d'heure plus tard, il m'a demandé une des peaux de son traîneau pour la mettre sur son lit, qu'il avait si froid qu'il n'arrivait pas à se réchauffer.

L'homme frissonne de la tête aux pieds. Il claque des dents. Son lit est agité, secoué, comme si le plancher tremblait sous lui.

Moi, Elisabeth d'Aulnières, enfermée dans l'auberge de Louis Clermont. Poussée dans l'escalier. Pressée de franchir la porte de la chambre du voyageur. La franchissant, cette porte, à mon corps défendant. Laissée là toute seule dans l'obscurité. Percevant les terribles frissons de cet homme. Éprouvant à même mes nerfs tendus l'incomparable insomnie de cet homme. Devinant l'insoutenable journée, récapitulée dans les ténèbres. Les images précises passant devant les prunelles exorbitées du voyageur, couché là, sur le lit. Les sentant, ces images, voleter devant ma face, pareilles à des chauves-souris.

J'entends la respiration, le râle, plutôt, dans sa poitrine. La nuit épaisse entre nous. Imaginer le visage défait là, à deux pas de moi. Le corps fourbu grelottant sous l'amas des couvertures. La robe de fourrure étendue sur lui, avec les taches de sang, l'odeur du sang. Prier, avec un cœur qui se damne, pour que la nuit dure. Pour que jamais la lumière ne se fasse sur cet homme couché là, dans la nuit profonde. Prier, avec un cœur qui meurt, pour que jamais n'apparaisse à nouveau, devant moi, ne se lève devant moi, ne revienne vers moi, ne me tende les bras, ne me prenne dans ses bras, l'homme qui vient de tuer un autre homme. Dans l'anse de Kamouraska. Son inimaginable solitude. Appeler la nuit sur son visage. Comme on rabat le drap sur la face des morts.

La compassion en moi tourne à vide, s'épuise. Cherche éperdument une issue, un geste, une parole qui l'exprime et la sorte de la pierre où j'étouffe. Changée en statue, Véronique fascinée sur le seuil de la porte, au premier étage de l'auberge de Louis Clermont, je réclame en vain un linge doux pour essuyer la face de l'homme que j'aime. Me voici emmurée dans ma propre solitude. Figée dans ma propre terreur. Incapable d'aucun mouvement, d'aucun geste. Comme si la source même de mon énergie (étant faussée) se mettait soudain à produire du silence et de l'immobilité. Je ne puis plus faire un pas vers toi...

Burlington, Burlington, mon amour m'appelle de l'autre côté de la frontière, de l'autre côté du monde...

Victoire Dufour déploie un tablier, de plus en plus vaste et bleu. Comme si elle venait de l'étirer et de le teindre de nouveau en bleu. L'attache autour de sa taille, de plus en plus volumineuse. Emplit la chambre de sa personne grasse et bleue. Devient une géante. Feint de s'être levée de bon matin pour aller témoigner chez le juge de paix. En réalité s'adresse à moi, Elisabeth d'Aulnières. Cherche à me retenir le plus longtemps possible dans l'auberge de Louis Clermont.

Le voyageur sort de sa chambre précipitamment. Je le vois de dos, comme il entre dans la salle. Cette détermination, et pourtant cette vulnérabilité nouvelle, perceptible dans sa nuque, encore bien droite, mais agitée. Se retournant de gauche à droite, de droite à gauche, plus souvent qu'il est nécessaire de le faire, méfiante. Deviner son profil sombre qui fuit.

On entend, de l'autre côté de la cloison, Victoire Dufour qui réveille son mari.

— Vite, Clermont, les chevaux se battent dans l'écurie !

— Tais-toi donc, ma femme. Il m'a dit de le réveiller à cinq heures et il fait déjà grand jour.

Le voyageur dit qu'il a entendu sonner toutes les heures de la nuit. Il va droit au poêle. Ouvre le fourneau et s'empare de la bouilloire. Ordonne à Louis Clermont de le suivre dans la remise.

— Il versait de l'eau chaude avec la bombe et moi je frottais. On a ôté le plus gros. Il y avait beaucoup de sang séché, mêlé avec de la paille et de la neige. L'homme qui avait couché cette nuit près du poêle, un nommé Blanchet, de par en bas, et qui paraissait inquiéter si fort le voyageur, s'est réveillé de sur son banc. Il a fait son apparition dans la remise.

— Sacré, je ne sais pas comment vous avez pu attraper tout ça ! Il faut que ce soit des gens bien cochons pour avoir arrangé vos peaux comme ça !

— L'étranger m'a dit d'atteler tout de suite. Pendant ce temps-là il est entré chercher les peaux, son sac et son fouet. Il s'est mis dans son traîneau, avant que je l'aie sorti de la remise. Il s'est arrangé les peaux autour de lui, en mettant le poil au-dedans. J'ai fait sortir le cheval de la remise, j'ai donné les cordeaux au voyageur. Il n'a pas déjeuné. Il a pris un verre de gin et il est parti.

Victoire Dufour, son visage rose de frais savon. Ses traits fondus. Ses yeux, de plus en plus pâles, immenses, étalés comme des flaques, posés sur moi.

— Quand je me suis levée, il faisait grand jour. J'ai vu du sang partout, sur le plancher, j'ai dit à ma fille engagée : « Ma fille, ce n'est pas possible, cet homme-là a tué ! » Elle a dit comme moi : « Ce n'est pas possible, ça ne peut pas se faire autrement. Allez donc voir, au bas de la galerie, dehors, là où ils ont jeté le sang. » J'y ai été. Il y avait beaucoup de sang sur la neige. J'en ai tremblé d'horreur

et j'étais beaucoup effrayée. Il s'est levé avant moi. Il est
même venu regarder dans la porte de mon cabinet, pendant
que je m'habillais. Il paraissait chercher quelque chose.
Je le trouvais pas mal grossier. Il regardait, l'air inquiet.
Tout le temps qu'il a été dans la maison, il m'évitait et
me tournait le dos. Moi-même je n'aimais pas le regarder.
Pourtant je l'ai vu assez pour le reconnaître partout. Quand
j'ai vu tout cet équipage et ce sang, j'ai dit à mon mari :

— Apparemment, Clermont, cet homme-là a tué...

— Tiens-toi donc tranquille, ma femme, parle donc pas
tant, peut-être bien qu'il est un officier anglais, il pourrait
nous faire prendre ; comme on est dans un mauvais règne,
il pourrait y avoir eu quelque bataille en haut.

— Je lui ai dit, par deux fois, que cet homme-là avait dû
tuer quelqu'un. Je suis rentrée dans la chambre du voyageur pour chercher le vaisseau d'eau dans lequel il s'était
lavé. C'était plein de sang. Je l'ai vu gratter et frotter ses
bas, avec ses mains, le matin, avant son départ. Il avait des
yeux bien soupçonneux, bien noirs. J'étais effrayée, bien
frappée. Nous sommes pauvres, nous tenons une petite
auberge et nous remarquons les personnes qui ont l'air plus
remarquables que les autres. Quand j'ai été dans la chambre pour faire le lit, j'ai trouvé la courtepointe pleine de
sang et des gouttes de sang sur le plancher, autour du lit,
près du poêle, là où il avait mis son sac. Il paraissait fuir
notre regard, tant qu'il a été dans la maison. J'ai vu les
peaux, rouges de sang sur le cuir travaillé en rasades.

Victoire Dufour se penche au-dessus de mon lit. Sa
figure devient de plus en plus rose, brillante de sueur,
ruisselante. On peut voir, maintenant, à travers la peau
transparente des joues et du nez, un grand feu allumé à
l'intérieur, sur les os de la face qui fond très rapidement.
A grosses gouttes. A mesure que son visage se liquéfie,
Victoire Dufour attire mon attention sur le grand plat de
neige qui lui emplit les bras. Elle me dit, dans un souffle
à peine perceptible, de bien regarder, avec elle, une dernière fois, le sang qui s'étale et gèle sur la neige très
blanche.

Le vent est tombé. Quelque chose de furieux qui était dans le vent d'hier est tout à fait tombé. La poudrerie qui soufflait hier, dans l'anse de Kamouraska, s'est calmée.

Un voyageur assis dans un traîneau noir, enveloppé de fourrures sanglantes, file le long du fleuve. Bien loin de Kamouraska. Tournant le dos à Kamouraska. Ayant fini de Kamouraska. Après avoir tiré de Kamouraska tout ce qu'il y avait à en tirer de nécessaire et d'urgent. L'homme ressent, peu à peu, un soulagement infini. Une paix étrange. Débarrassé, d'un coup, du poids qui lui oppressait la poitrine depuis si longtemps. L'impulsion terrible qui l'a tenu durant ce long voyage (peut-être durant toute sa vie) le lâche tout à coup. L'abandonne, comme une défroque vide. Lui laisse une impression de dépossession, de faiblesse extrême. Une telle fatigue. L'envie pressante de se coucher dans la neige et d'y mourir paisiblement. Une fois sa tâche faite.

Il regarde les guides qui traînent mollement sur le dos de son cheval et qui sont tachées de sang. (Il faudrait pourtant se débarrasser, une fois pour toutes, de tout ce sang.) Tant de choses paraissent soudain sans importance, dépouillées de cette importance excessive qu'elles ont eue, qu'elles devraient sans doute continuer d'avoir. Désarmées, désamorcées, réduites à leur plus simple expression. Dépouillées de tout prestige et exigence. Devenues sans poids, ni gravité, presque irréelles. Jusqu'à cet amour fou qui semble tout à coup lointain, minimisé, exorcisé en quelque sorte. Un poignard en plein cœur soudain retiré.

Lui faisant suite, une blessure discrète, une tristesse incommensurable plutôt. Tout désir apaisé. Toute posses sion du monde devenant dérisoire. Dormir, dormir... Et pourtant, à la racine du cœur, cette trépidation légère, cette euphorie en sourdine, au niveau même de la circulation du sang. La jubilation profonde du vainqueur, enfouie sous la fatigue. Aller son chemin de retour allégrement, vers la femme blonde et rousse qui flambe, rue Augusta, à Sorel. Lui apprendre joyeusement qu'elle est enfin devenue veuve et libre. Se méfier des larmes.

Qui donc oserait épouser cette femme, maintenant que le malheur de Kamouraska est arrivé ? Brave petit Jérôme Rolland tu lèves la main. Tu réclames la parole. Depuis longtemps, déjà, la trop belle enfant, redoutable, te fait trembler dans l'ombre. C'est le moment ou jamais. Il n'est que de lui offrir un nom pur et sans tache... Mais, je te préviens que jamais George Nelson ne tolérera pareille ignominie...

La tête te tourne dans le matin blême, mon amour. Ton cheval avance avec peine, dans la neige molle, fraîchement tombée. Depuis hier (bien avant l'anse de Kamouraska), tu n'as absorbé aucune nourriture. Je te suis à la trace. Tu entends derrière toi les clochettes de mon attelage. Je suis Mme Rolland. Je te hante, comme tu me hantes. Nous délirons tous les deux. La séparation entre nous a déjà eu lieu.

Mourir d'épuisement. Après une si grande passion, une si forte passion vécue et soufferte. Le mirage du bonheur se levant devant nous sur la route gelée. Comme un banc de brume. Vivre ensemble, tous les deux. Doucement, tendrement, sans faire de bruit. Pareils à des ombres bleues sur la neige. « Elisabeth ! Ton corps s'ouvre et se referme sur moi pour m'engloutir à jamais. Ce goût de varech et d'iode. » Ah ! il y a du sang séché sur les guides et dans le fond du traîneau !

Dans la matinée du 1er février, vers les onze heures du matin, le voyageur s'est arrêté à l'auberge de Saint-Roch-des-Aulnaies. Il a demandé à déjeuner. Mais il n'est pas resté deux minutes à table. Il a surtout insisté pour que l'aubergiste nettoie les guides et gratte soigneusement les taches de sang, incrustées dans le cuir.

Avide et folle j'écume les routes gelées et le temps à jamais écoulé. Pour interroger les aubergistes et les rares voyageurs. Dans l'espoir insensé de retrouver... De village en village, on me donne son signalement, son cheval noir, les jambes de derrière blanches jusqu'aux boulets, les favoris noirs de l'homme, son teint brun coloré, le sang sur les robes de fourrure, le sang...

Il y a pourtant un trou dans l'emploi du temps de celui que je cherche. Moi-même complice de ce vide. Évitant avec soin une certaine heure, entre toutes capitale. Tous ces tours et détours pour éviter Kamouraska, l'anse de Kamouraska, vers neuf heures du soir, le 31 janvier 1839...

Déjà on s'étonne, au manoir, de l'absence prolongée du jeune seigneur.

Les lentes nouvelles paysannes se mettent en marche vers Kamouraska. Venant de Sainte-Anne-de-la-Pocatière. Au pas d'une vieille jument gris pommelé. Élie Michaud, cultivateur de Kamouraska, a bien voulu prendre avec lui, dans son traîneau, Blanchet, le vagabond qui a passé la nuit chez Louis Clermont.

Blanchet repasse dans sa tête vague les images singulières qu'il vient de voir à l'auberge. Un attelage noir, plein de sang, un voyageur étranger qui n'avait pas l'air du commun...

L'engourdissement de l'hiver. Le cœur de Blanchet dort sous une pierre moussue. De plus en plus douce et moussue. Des flocons de neige légers, espacés, dansent devant les yeux, à demi fermés, de Blanchet. Élie Michaud sommeille de son côté. La jument connaît la route et lentement s'achemine vers son écurie. Ce n'est pas qu'il fasse froid, mais c'est cette espèce de songe qui nous passe sur la face, avec les flocons. Sans qu'on prenne la peine de les essuyer. On est comme enfermés dans un sablier où tourbillonne la neige douce. Derrière nous il y a l'auberge de Louis Clermont avec le drôle de voyageur qui... Devant nous il y a l'anse de Kamouraska et cet autre voyageur qui hier... Tout cela ne nous dérange pas encore. On se pelotonne dans les robes de fourrure. On voudrait pouvoir les tirer par-dessus sa tête, ces robes épaisses et chaudes. Des taches de sang à l'auberge... Un voyageur étranger désorienté dans l'anse... On pourrait peut-être en parler à Élie Michaud ? Mais voici que cela ne sert plus à rien de fermer les yeux, à présent. Les taches rouges nous poursuivent jusque dans notre sommeil. Inutile de courir après les cauchemars. Ouvrons donc les yeux, un bon coup. Regardons bien la neige rassurante, de chaque côté de nous, devant nous, derrière nous. La neige éblouissante et vraie. Considérons aussi la croupe pommelée de la vieille jument d'Élie Michaud, son petit trot familier et cadencé.

Blanchet écarquille les yeux, contemple le monde réel tout autour de lui. L'anse de Kamouraska est là, à sa gauche. Il y a du sang sur la neige, tout le long du chemin de la batture. De place en place, sur le chemin du Roi aussi, non loin de la petite maison de M. Tassy, du côté de Paincourt. Blanchet se signe. Il réveille son compagnon qui ronfle légèrement, la tête tombée sur la poitrine. Élie Michaud ouvre un œil et s'empresse de le refermer aussitôt, après avoir vu ce qu'a vu Blanchet. Il se réfugie avec Blanchet dans le lieu profond et secourable du sommeil, là où les hommes préfèrent parfois confondre le songe avec les visions extravagantes de la vie.

Le lendemain, samedi 2 février, Élie Michaud est tiré très tôt de la bonne chaleur de sa maison. Mis dehors, sans raison apparente. La vision des taches de sang, sur la batture, devient de plus en plus intolérable dans sa tête. Le tourmente et l'agite. Le pousse dehors. (Vers le village bourdonnant de rumeurs sourdes.) L'arrache à sa solitude. Le force à chercher la compagnie de ses semblables. A se décharger l'âme lentement, avec précaution. Élie Michaud entre à l'auberge Wood.

L'auberge est pleine de monde, malgré l'heure matinale. On parle beaucoup de M. Tassy qui est parti, jeudi soir, en traîneau, avec un jeune homme inconnu. On ne l'a plus revu depuis. Les domestiques du manoir le cherchent partout, dans le village et les rangs.

Le petit Robert raconte, pour la centième fois, d'une voix de plus en plus aiguë et effrayée :

– Jeudi soir, vers les six heures et demie, comme je menais M. Tassy au village, à peine arrivés sur le chemin du Roi, après avoir quitté l'allée du manoir, nous avons rencontré un traîneau dans lequel il y avait un homme de la connaissance de M. Tassy. Ils se sont serré la main, tous les deux. L'homme a dit à M. Tassy qu'il venait de Sorel et qu'il avait des nouvelles de la femme de M. Tassy et de ses enfants. Il a invité M. Tassy à monter dans son traîneau, lui disant qu'il serait bien content de visiter la maison que M. Tassy possède du côté de l'église, à Paincourt, et qu'ils seraient plus à l'aise pour parler. Alors M. Tassy a laissé le traîneau que je conduisais pour monter dans celui de l'étranger qui rebroussa son chemin et reprit la route de l'église. M. Tassy m'a crié de prévenir Mme Tassy, sa mère, qu'il ramènerait un ami pour souper, au manoir...

— Jeudi, vers les sept heures et demie du soir, moi, Bertrand Lancoignard dit Sansterre, je m'en retournais chez mon frère Pierre Lancoignard dit Sansterre qui demeure à environ un quart de lieue plus haut que l'église de Kamouraska, de compagnie avec Jean Saint-Joire dit Sargerie et Étienne Lancoignard dit Sansterre, lorsqu'un traîneau est arrivé, à toute allure, à notre rencontre, allant dans la direction de l'anse de Kamouraska. Nous avons été effrayés. Nous nous sommes rangés sur le côté d·· chemin. Le traîneau était conduit par un homme qui chantait à tue-tête. Il avait une jambe dans le traîneau et l'autre en dehors, du côté droit. Il avait étendu sa robe de fourrure dans le fond du traîneau sur quelque chose qui nous parut être un autre homme ivre. On entendait comme une voix plaintive, et sourde, partant du fond du traîneau. Le cheval me parut grand et noir et allait le grand trot.

— Neuf heures du soir, jeudi ! Je jure qu'il était neuf heures du soir ! Jeudi à neuf heures du soir !

C'est le dénommé Blanchet de Saint-Denis (peut-être de Saint-Pascal) qui va de village en village, vidant son verre, quêtant une place auprès du poêle pour dormir. A passé la nuit du 31 janvier à l'auberge de Louis Clermont, à Sainte-Anne-de-la-Pocatière. Il retrouve soudain l'heure exacte à laquelle il a rencontré un étranger perdu dans l'anse de Kamouraska. Du fond de sa mémoire embrouil-

lée d'alcool et de visions peu sûres, il exhibe triomphalement une heure précise. Défie du regard tous les gens de
Kamouraska, rassemblés à l'auberge Wood.

— Neuf heures du soir ! Il était neuf heures du soir !
L'homme m'a demandé où se trouvait la terre ferme. Il
m'a obligé à marcher devant son cheval pour le guider
jusqu'au chemin du Roi. Je lui ai indiqué la direction de
Rivière-Ouelle, comme il me le demandait. Je n'ai pas
bien vu sa figure. Il avait un capot d'habitant avec un
capuchon. Le lendemain matin, à l'auberge de Sainte-
Anne, j'ai vu un voyageur, l'air pressé et inquiet, qui avait
ses robes de traîneau pleines de sang. Ça se pourrait bien
être le même homme que celui désorienté dans l'anse de
Kamouraska. Je n'ai pas bien vu sa figure, la première
fois, à cause de la noirceur...

L'aubergiste Wood dit que ce même jeudi, entre cinq
et six heures de l'après-midi, un étranger s'est arrêté à son
auberge. Il s'est fait servir à souper. Il est ensuite reparti,
après avoir demandé dans quelle direction se trouvait le
manoir de Kamouraska. Il voulait aussi savoir si M. Tassy
se trouvait au manoir, à ce moment-là...

— Je le reconnaîtrais partout, si je le rencontrais. — Son
traîneau était remarquable, pas comme ceux de par ici...
— Il avait un capot d'étoffe de par en haut, plus blanchâtre
que par ici. — C'est un Anglais ; ou quelqu'un d'une autre
nation, peut-être, quoiqu'il parle bien français... — Il a dit
qu'il apportait des nouvelles de la femme de M. Tassy...
M. Tassy n'est pas reparu depuis... — Des nouvelles de sa
femme qui est à Sorel...

Ils sont tous là, dans l'auberge de James Wood. Échan-
geant leurs propos, à voix basse. Évitant de se voir les
uns les autres. Regardant droit devant eux, sur le mur de
bois nu, au-dessus de la planche, avec les bouteilles et les
verres alignés. Comme s'ils voyaient (à mesure qu'ils parlent) passer sur ce mur une série de portraits esquissés à
la hâte, effacés, puis redessinés à grands traits. Ils n'en
finissent pas de comparer un homme, un cheval et un
traîneau, sans cesse renaissants et reconnaissables, d'une

fois à l'autre, sur le mur. Comme s'il s'agissait bel et bien d'un seul et même traîneau, d'un seul et même cheval, d'un seul et même homme, venu de Sorel pour...

Élie Michaud assemble dans sa tête, à grandes aiguillées, les éléments qu'il a sous la main. (Son propre témoignage, celui de Blanchet et de tous les autres.) Élie Michaud s'entend déclarer sans ambages qu'il se pourrait bien que M. Tassy ait été assassiné et qu'il faudrait le chercher sur la batture, là où lui Élie Michaud (et aussi Blanchet le vagabond) ont vu des traces de sang sur la neige, en s'en revenant de Sainte-Anne, hier matin...

Les cloches grêles de l'église de Kamouraska sonnent le glas sur toute l'étendue de l'anse. Se répandent (à cause du vent) bien au-delà, comme une marée perdue, dans l'air gelé et bleu.

Antoine Tassy avait un bras hors de la neige. C'est à cause de cela qu'on l'a découvert, enfoui dans un tas de neige et de glace amoncelées. Après l'avoir déneigé, on l'a mis sur un traîneau et on l'a transporté chez son oncle Charles-Edouard Tassy.

Elisabeth d'Aulnières, veuve d'Antoine Tassy, entre au manoir. Par la porte de la cuisine. Poussée, pressée de tous les côtés à la fois. Mêlée aux gens de Kamouraska. Désirant se perdre parmi eux. N'être point reconnue. Ni même devinée. Anachronique et insolite. Tenue de se présenter en personne au manoir de Kamouraska. Simple formalité. La même inflexible convocation, hors du temps. Se répétant à intervalles plus ou moins réguliers. Retrouver, dans sa fraîcheur première, un certain dimanche matin, 3 février 1839...

Le petit Robert raconte que lorsqu'il est arrivé sur les lieux M. Tassy était déneigé, mais non encore dérangé de sa place. Sa tête et ses cheveux étaient pleins de sang et de neige.

On l'a retrouvé enseveli dans la neige et la glace. Sur la batture de Kamouraska. Près d'une clôture faite en fascines. A environ dix à douze arpents des habitations. Non loin de sa petite maison de Paincourt. Vers deux heures, ce matin.

Au manoir de Kamouraska, les gens défilent. Les groupes se forment. Dans la cuisine, sur le perron de la cuisine et jusque dans la cour. Elisabeth d'Aulnières (âgée de toute sa vie, hallucinée, sortie de son temps réel) se fond, se perd, s'amalgame aux bruissements d'étoffe, aux exclamations étouffées, aux gémissements contenus. A tout ce va-et-vient feutré, précautionneux de procession en déroute.

Rose Morin dit que lorsque Mme mère Tassy a su la nouvelle de la mort de son fils elle s'est pliée en deux, comme une branche qui casse. Elle est tombée sur le tapis dans un grand bruit de béquilles. A peine revenue de son évanouissement, elle a enlevé son bonnet blanc, à rubans. (Personne ne peut se vanter d'avoir jamais vu Mme mère Tassy tête nue.) Un instant, la petite tête, aux cheveux rares et tirés, apparaît. Piteuse comme un oiseau tondu. Mme Tassy se fait apporter un bonnet noir, à brides noires, qu'elle fixe résolument sur sa tête, à l'aide de longues épingles. Les voiles de deuil seront commandés à Québec, aussitôt que possible.

La glace et la neige qui sont restées attachées aux vêtements d'Antoine et dans ses cheveux blonds fondent peu à peu, sur le grand lit à rideaux, là où on l'a transporté, chez son oncle Charles-Edouard Tassy. Rose Morin qui a accompagné sa maîtresse, Mme mère Tassy, se signe en pleurant, dit que c'est une pitié pour un homme aussi jeune de dégeler ainsi, tout doucement. Comme un pauvre petit poisson des chenaux.

Le visage de Mme mère Tassy, durci, rétréci (à peine plus gros qu'un poing, semble-t-il), laisse voir une larme qui a l'air d'être là depuis très longtemps. Comme ces larmes oubliées sur la joue froide des morts.

Elisabeth d'Aulnières, veuve d'Antoine Tassy, entre en scène, à cet instant précis. Pénétrée de l'inconvenance de son geste. Poussée à la limite extrême du cauchemar. Sans aucun refuge à l'intérieur de soi. Chassée hors de soi. Jetée dehors. (Quittant tout à fait Mme Rolland, sa dignité et sa hauteur.) N'ayant jamais été aussi profondément

séparée de soi-même. Amenée à dire des choses monstrueuses à Mme mère Tassy. Obligée de regarder en face
le visage brûlé, au plus haut point de sa brûlure.

J'entre et je regarde cette femme. Je lui dis : « Je veux
voir Antoine Tassy, seigneur de Kamouraska, votre fils et
mon mari. » Ses yeux fixes. Cette larme immobile sur sa
joue. Elle me répond d'une voix à peine audible : « Vous
savez bien qu'Antoine est mort. C'est vous qui l'avez
tué. »

J'entends la voix du docteur Douglas, médecin légiste,
qui monte peu à peu. Devient de plus en plus précise et
forte. Comme si ma présence au manoir avait pour effet
de tirer cette voix sèche des ténèbres du temps où elle
repose.

– Une des balles du pistolet est entrée au-dessus de
l'oreille, sous le bord de la casquette, pénétrant à un pouce
de profondeur dans la matière cérébrale. La seconde balle
est entrée dans la nuque pour se loger sous l'os frontal.
L'arrière du crâne est fracassé. On y relève sept points
d'incidence de coups d'une extrême violence...

La voix de plus en plus froide et impassible (se pétri-
fiant à mesure, semble-t-il) du docteur Douglas enchaîne
les phrases du procès-verbal. Quelque part, dans une maison fermée, on a commencé de réciter la prière des agonisants. Serait-ce dans la maison de Charles-Edouard
Tassy ? A moins que ce ne soit dans la cuisine du manoir ?
Je prête l'oreille au murmure des litanies des saints. Je
rêve d'échapper ainsi à la voix glacée du docteur Douglas.

– Le premier coup de feu a été tiré de côté. Comme si
l'assassin eût été assis tout près de sa victime, dans le
traîneau. Le deuxième coup a été tiré lorsque Antoine
Tassy était déjà mort, ou mourant, couché la face contre
terre. Le meurtrier a ensuite frappé à coups redoublés,
avec la crosse de son pistolet...

Sancta Lucia, sainte Agnès et sainte Cécile ! Que ces
litanies sont douces et apaisantes ! Dieu soit loué, je reconnais à présent la voix pure de ma fille Anne-Marie ! Ceci
se passe chez moi, dans ma maison de la rue du Parloir.

Je vais descendre immédiatement auprès de mon mari, Jérôme Rolland, pour l'assister jusqu'à la dernière minute. Il ne sera pas dit que j'ai laissé mourir mon mari, sans assistance ni consolation. Ne suis-je pas sa femme fidèle, depuis dix-huit ans ?

La plus poignante et la plus prenante d'entre toutes les voix (son léger accent américain) tente pourtant de me retenir encore dans un pays de fièvre. Tu me supplies (tandis que ta voix s'altère, se gâte tout à fait, tombe en poussière, dans mon oreille) de bien vouloir écouter ton histoire jusqu'au bout.

— Écoute bien, Elisabeth. J'ai mis Antoine debout, sur ses pieds, pour m'assurer qu'il était bien mort. Et il l'était, mort. Je te le jure !

Inutile de jurer. Vois comme je frissonne. Je te crois, mon amour. Mais tu me fais peur. Laisse-moi passer. Je ne puis vivre ainsi dans une aussi forte terreur. Face à une action aussi abominable. Laisse-moi m'en aller. Devenir Mme Rolland à jamais. M'exclure de ce jeu de mort, entre Antoine et toi. Innocente ! Innocente ! Je suis innocente ! Seigneur, tu tournes vers moi ton visage ravagé par le froid. Le noir de ton œil, par éclairs, soulevant une paupière lourde de fatigue. Une incommensurable fatigue. Tes lèvres crevassées te collent aux dents. Un si pauvre rictus, en guise de sourire. Tu trembles, mon amour.

Tu m'assures pourtant que ta main n'a jamais été aussi ferme, aussi rapide et efficace. Tu n'es pas chirurgien pour rien. Encore une fois je te supplie de m'épargner la suite de ton histoire. Tout cela est une affaire d'homme. Un règlement de comptes entre hommes. Je veux bien attendre ici, au bord de la route (comme une petite fille sage, perdue dans la neige), que l'exécution d'Antoine soit terminée. Mais ne compte pas sur moi pour te suivre jusqu'à...

Le traîneau noir me frôle au passage. Emportant les deux hommes. A fond de train. Sur le chemin du Roi. En direction de la petite maison de Paincourt. Docteur Nelson vous n'avez pas une minute à perdre. Celui de vous deux qui prendra la peine d'ouvrir la bouche pour injurier l'autre sera perdu. Échec et mat, mon vieux Tassy. Le plus rapide joue et gagne. Tu n'avais qu'à ne pas perdre ton temps en imprécations contre ton vieux camarade de collège. Déjà le canon froid du pistolet contre ta tempe. Éclate. Te perce la cervelle. Tu penches la tête sur l'épaule de ton meurtrier. L'inondes de sang. L'écrases de tout ton poids. Quelqu'un assure, au-dessus de ta tête, que voilà des nouvelles de ta femme qui est à Sorel.

Le bruit de la première détonation sur le chemin du Roi se perd dans la neige épaisse qui tourbillonne. Dans les sifflements du vent. Je crois que je porte mes deux mains à mes oreilles. Mon cœur contre mes mains bat à se rompre. Ce n'est que mon cœur qui bat, je le jure. Nul autre bruit perceptible à cent lieues à la ronde. Trois hommes se rangent pourtant avec moi au bord de la route. Menacés par un train d'enfer (prétendent-ils) qui fonce sur nous au grand galop d'un cheval noir. Bertrand Lancoignard dit Sansterre, Jean Saint-Joire dit Sargerie et Étienne Lancoignard dit Sansterre peuvent en témoigner. Quant à moi, je suis sourde et aveugle et ne puis vous assurer de rien. Ce n'est qu'un homme debout dans son traîneau, conduisant un blessé, en direction de l'anse de Kamouraska. Pour l'achever et l'ensevelir dans la neige. Chantant à tue-tête pour couvrir une plainte sourde, dans le fond du traîneau, sous les robes de fourrure.

La seconde détonation résonne très loin, dans l'anse. Un signe à peine. Comme un bateau en détresse qui s'éloigne sur le fleuve.

Un homme s'acharne, à coups de crosse de pistolet, sur un mort couché, la face dans la neige. Il frappe jusqu'à l'usure de la force surhumaine en lui déchaînée. Maître de la vie et de la mort. Un instant le vainqueur essuie son visage sur ma manche. Cherche dans son cœur la femme pour laquelle... Désire s'accoupler immédiatement avec elle. Triomphalement. Avant que ne déclinent sa puissance et sa folie. Avant que ne s'apaise son ivresse. Déjà on pourrait croire que cet homme est cerné par les larmes.

Un tel épuisement point en lui, comparable à celui des fous après leur crise, à celui des femmes après leur accouchement, à celui des amants après l'amour.

Il s'agit maintenant pour l'homme de remonter en traîneau. De revenir sur la terre ferme, au plus vite. De discerner la ligne de partage de la neige, entre la terre et le fleuve gelé.

L'austérité habituelle des repas au manoir est rompue, d'un coup. Mme Tassy connaît l'obligation qui incombe aux maisons des morts d'avoir à tenir table ouverte, durant plusieurs jours. La voici qui commande à la cuisine ; deux chapons, deux canards, un cochon de lait, un ragoût de pattes et une demi-douzaine de petites tourtières...

A la demande de Mme Tassy, James Wood, aubergiste de Kamouraska, et le petit Robert Dunham, domestique du manoir, sont assermentés auprès du juge de paix. Pouvant, l'un et l'autre, reconnaître le jeune étranger qui fit monter Antoine Tassy dans son traîneau, les voici lancés à sa poursuite. Il n'y a qu'à suivre la route d'en bas, en direction de Sorel.

Sorel ! Voyez comme ce nom clair, transparent, limpide, vous atteint soudain en plein cœur, dame Caroline des Rivières Tassy ? Serait-ce que votre belle-fille s'y terre, rue Augusta, étouffant son impatience et son espérance peu recommandables ? Que savez-vous de cette femme ? Voyez comme elle donne le sein tendrement à son troisième fils.

J'attends qu'un certain voyageur revienne vers moi. M'apporte la nouvelle de ma délivrance. Votre fils est un monstre, madame. Il me torture et veut me tuer. A plusieurs reprises, déjà. La dernière fois, il a voulu me couper le cou avec son rasoir. Ce n'est que justice que... Ne me regardez pas avec ces yeux sévères. Tout votre visage de sable pourrait s'effriter, à l'instant, tomber en poussière, que vos yeux trop largement ouverts persisteraient, pour mon malheur, rivés sur moi. Sans aucune autre expression que celle d'une indicible curiosité. Je ne permets pas que l'on me dévisage ainsi. Je saurai bien m'échapper. Et puis tant d'obligations vous retiennent encore à Kamouraska. La mort de votre fils, l'enquête du coroner, l'enterrement du jeune seigneur de Kamouraska, dans la petite église de la paroisse. Déjà, le premier conseil de famille s'organise entre vous et votre beau-frère, Charles-Edouard Tassy. Si, d'aventure, mon image légère vous effleure l'un et l'autre, ce n'est qu'en secret. Tandis que bourdonnent à vos oreilles certaines rumeurs au sujet de la conduite de celle qui fut l'épouse infortunée d'Antoine Tassy.

L'appareil des vieilles familles se met en marche. Médite et discute. Mon sort est décidé, arrêté, avant même qu'aucune parole ne soit prononcée. Apaiser tout scandale. Condamner Elisabeth d'Aulnières au masque froid de l'innocence. Pour le reste de ses jours. La sauver et nous sauver avec elle. Mesurer sa véritable vertu à sa façon hautaine de nier l'évidence.

Mon obscure, profonde, inexplicable, fraternelle complicité avec eux. Mon épouvante.

Les pistes sont fraîches. La langue des aubergistes se délie. A la Rivière-Ouelle, il a demandé un verre de cognac, et ne l'a pas bu, après se l'être fait servir sur le rebord de la fenêtre. Ne voulant pas pénétrer à l'intérieur de l'auberge. A Sainte-Anne, il parle d'une boucherie monstre qui a éclaboussé son traîneau et ses robes de fourrure. A Saint-Roch-des-Aulnaies, il ordonne qu'on nettoie ses guides ensanglantées. Il arrive à l'Islet vers les deux heures. Il se lave et se change. L'eau dont il se sert est rouge de sang. Il mange à peine. Reprend la route. A dix heures du soir, il demande une chambre, à l'auberge de Saint-Vallier. Mais refuse de manger quoi que ce soit. Il jette sa ceinture de laine dans le feu. Le lendemain, samedi 2 février, il reprend la route de grand matin.

A Saint-Thomas, on perd toutes traces du traîneau, monté sur de hauts patins. James Wood et Robert Dunham ne sont pas loin de croire aux vertus surnaturelles du grand cheval noir emportant son démon de maître à l'intérieur des terres. Sur des chemins peu sûrs. Dans un désert d'arbres et de neige.

La nouvelle ne parvient à Québec que le mardi, 5 février. Le 6 février, on procède à l'enquête du coroner, à Kamouraska. Il est alors question d'une fille inconnue qui séjourna à l'auberge Dionne. Un peu avant la fête des Rois et fit boire à M. Tassy une boisson empoisonnée. James Wood et Robert Dunham suivent la rive sud. S'avisent soudain, après avoir dépassé la Pointe-Lévis d'environ dix milles, qu'ils n'ont pas de mandat d'arrêt. Retournent sur leurs pas jusqu'à Québec pour en réclamer un à qui de droit. La lente machine de la justice se met en branle à son tour.

Les sabots du cheval avancent péniblement dans la neige fondante. Chaque pas, retiré avec effort de ce marécage, laisse un trou aussitôt comblé par l'eau. Comme lorsque l'on marche sur une grève rongée par la marée. Un voyageur s'enfonce dans la neige alors qu'il faudrait filer comme une flèche. Pas de vent. Aucun homme tué ne se plaint dans le vent. Calme profond. Ce n'est que l'enlisement calme dans un silence étrange et désolé.

Docteur Nelson, j'épie votre retour. Les prières des agonisants résonnent trop fort, dans mon oreille. Risquent de m'attirer hors de ma vraie vie, de me ramener incessamment dans ma maison de la rue du Parloir.

> *Miserere nobis*
> *Vois, dans le mal je suis né*
> *Pécheur ma mère m'a conçu.*

Par deux fois la voix de fausset de Léontine Mélançon se perche au-dessus de ma tête. Me supplie de me lever de ce lit où je me prélasse dans un roman peu édifiant.

Je me débats contre des masses de brouillard. Je ravale mes mots, à mesure. Je ne parviens plus à articuler aucune parole. Mes gestes se résorbent, se racornissent. Je crois pourtant que je parviens (après des efforts inouïs) à dire à Léontine Mélançon que j'ai terriblement besoin de sommeil et de rêve.

A peine retournée contre le mur... Un galop de cheval se lève, comme la poudrerie dans l'anse de Kamouraska, balaye tout de son train d'enfer. Me poursuit ! Va me renverser ! Me tuer ! Je suis hantée ! Soudain, succédant à la fureur, un pas tranquille de cheval de corbillard prend la relève. J'ouvre les yeux. Je vois Florida qui montre sa grande figure et ses nattes grises dans l'entrebâillement de la porte. Je crois l'entendre dire qu'il faut du café noir, très fort, pour réveiller Madame...

Surtout, ne pas sortir de ma nuit au moment même où mon amour revient vers moi.

Rends-moi le son de la joie et de la fête
et qu'ils dansent les os que tu broyas.

Ce que cet homme a fait d'extraordinaire et de sur-humain, c'est pour moi qu'il l'a fait. Je dois être là, rue Augusta, pour accueillir George Nelson. Avec la tendresse et la reconnaissance nécessaires. Me jeter dans ses bras. Appuyer ma tête sur sa poitrine. Entendre battre son cœur. Sentir dans mes cheveux son souffle oppressé. Respirer à pleine gorge, sur ses vêtements et sa peau, l'odeur de la mort et du sang. Apprendre ma délivrance de sa bouche même, séchée par la fièvre.

— Voilà, c'est fait. Elisabeth ma femme, tu es libre, à présent. Nous sommes libres, tous les deux...

C'est la voix suraiguë d'Aurélie, pourtant, qui la pre-mière frappe mon oreille.

— Madame ! Madame ! C'est Monsieur le docteur qui s'en revient de Kamouraska !

Aurélie frissonne et s'enfuit en courant. Sa voix à la cantonade.

— Monsieur le docteur est tellement changé qu'on le reconnaît à peine. Et puis, Madame, ça me fait mourir, rien que de le regarder et de penser que...

— Aurélie, j'ai un si méchant mari, tu sais bien, un si méchant mari, si méchant, méchant... Il fallait le tuer, il le fallait...

— Nous sommes tous méchants comme la gale, Madame...

Quelqu'un est entré dans ma chambre de la rue Augusta. Un homme marche de long en large. Il s'approche de la fenêtre. Soulève le rideau. Regarde dans la rue. Surveille la rue ; son cheval et son traîneau sont arrêtés devant ma porte. Une voix rude et pourtant voilée, chuchotante et brisée demande s'il n'y a personne qui écoute dans le corridor. Je m'entends répondre, d'une voix d'écolière sage, que ma mère dort et que mes tantes sont à l'église.

Il est temps sans doute pour moi de m'approcher de l'homme de dos, dans l'embrasure de la fenêtre. De découvrir son visage. De le reconnaître et d'être reconnue par lui.

L'ombre de son corps, à contre-jour. La ligne alourdie de ses épaules, cette cassure dans sa nuque penchée. Il marmonne une histoire précise, avec des mots saccadés.

– Moi, médecin, je jure que ce n'est pas naturel. Tant de sang dans un corps d'homme. Je suis sûr que ce chien de Tassy l'a fait exprès.

Un instant, les épaules sont secouées par un rire déchirant comme celui des idiots.

Il se tourne vers moi. Mon Dieu, est-ce ainsi que je vais retrouver son beau visage, envahi, trituré, détruit par le rire ?

Que sais-je, au juste, de ce qui s'est passé réellement entre Antoine et George, dans l'anse de Kamouraska ? L'échange subtil entre bourreau et victime. L'étrange alchimie du meurtre entre les deux partenaires. Le sombre travail de la mort, donnée et reçue. Son inimaginable envoûtement. Et si, par une mystérieuse opération, le masque de mon mari allait se retrouver sur les traits du vainqueur ? Non, ne tourne pas la tête vers moi, si j'allais reconnaître, sur ton cher et tendre visage, l'expression même du jeune barbare qui fut mon mari ? Ricanant et brutal. Levant le bras pour me frapper. Rêvant de me tuer à mon tour.

– Elisabeth, regarde-moi, je t'en prie.

Nous nous regardons enfin tous les deux, un instant, sans parler. Debout, l'un en face de l'autre. Nous nous emplissons de ténèbres. Nous nous touchons avec des mains inconnues. Nous nous flairons comme des bêtes étrangères. Ton visage envahi par la barbe. Ta maigreur. Tes mains brûlées par le froid. Moi, en face de toi. Mes mains trop blanches, mon cœur comme un oiseau fou. Dérisoire et vaine, éperdue, voici la petite femelle blonde et rousse pour laquelle tu as provoqué la mort.

Qui le premier de nous deux pleure doucement, la tête tombée sur sa poitrine ? Comme un pendu ?

Qui ose répéter le mot « amour » et le mot « liberté », dans l'ombre, sans mourir de désespoir ?

Il faut dormir jusqu'à demain. N'avons-nous pas toute la vie devant nous pour être heureux ? Nous nous embrassons, pareils à des noyés.

Trop tard ! James Wood et Robert Dunham, envoyés de Kamouraska, ont rejoint les autorités du bourg de Sorel. Le lendemain matin, 7 février, deux officiers de police se présentent chez le docteur Nelson, munis d'un mandat d'arrêt.

Trop tard ! Il est trop tard ! Anne-Marie, ma fille, me presse de revenir à moi. Me tire de toutes ses forces par le poignet. Léontine Mélançon me fait respirer de l'ammoniaque. Son lorgnon quitte l'orbite de son œil pâle. Retombe sur sa poitrine creuse. Se balance au bout d'un long fil doré.

J'empêche la vie et la mort de la rue du Parloir d'arriver jusqu'à moi. Je construis des barrages d'obstination et de mauvaise volonté. Je persiste du côté des ténèbres. Je fouille les ténèbres. Je tâtonne comme une aveugle. Mes deux bras tendus dans l'ombre. Sous mes doigts surgit un certain mur de bois. Puis un autre mur de bois. Un angle parfaitement droit. Je pourrais compter les planches de pin. Retrouver la salle d'attente du docteur. Le poêle éteint marqué « Warm Morning ». Le lit défait, la courtepointe rouge et bleue, les draps qui traînent à terre. Une armoire aux deux battants ouverts. Vide. La tringle des rideaux à moitié arrachée. Un rideau de cretonne pend comme une loque blanchie par le soleil. Il est trop tard ! Qu'ai-je à faire ici ? Le docteur Nelson s'est échappé. Il a fui. On rapporte qu'il a été vu à Saint-Ours.

Le temps de vendre son sleigh américain et son cheval

noir. Vite la frontière américaine, dans un traîneau neuf, tiré par un cheval frais. La police est à ses trousses.

Une voix perverse, à travers moi, assure que le café n'est pas assez fort pour me réveiller. Une étrange volonté qui n'est pas de ce monde me pousse à mettre mon oreiller devant ma bouche, sur mes yeux, mes oreilles. Je refuse bel et bien la rue du Parloir et Jérôme Rolland, mon mari.

En songe je redeviens blanche et bête comme une jeune fille à marier. Quelqu'un, que je ne vois pas, ajuste mon voile de tulle qui pend jusqu'à terre. Me cloue à même le front une couronne de fleurs d'oranger, à l'odeur musquée. Je dois passer sous un arceau de pierre, le diable à mon bras. Un bouquet d'abeilles endormies entre mes doigts. Tous mes enfants me font cortège. Le plus noir d'eux tous, qui est aussi le plus petit, dort dans l'anse de mon bras droit. Il entrouvre mon corsage immaculé de jeune mariée. Un sein surgit, plein de lait. Tous les invités se pâment d'aise et me célèbrent à voix haute. Quel joli mariage ! On n'en revient pas. Aurélie Caron, je suis sûre que c'est elle, rit à s'en tendre les côtes. Quelqu'un dit qu'il est grandement temps que je regarde le visage de mon amour. Je lève la tête. Son visage vient si rapidement à la rencontre du mien que je ferme les yeux de bonheur. Vertige. Trop tard. Il aurait fallu courir... La vitesse du vent... Mon amour est déjà parti...

Je supplie ma tante Adélaïde de m'accompagner plus loin que la frontière. Après la visite à maître Lafontaine à Montréal, rebrousser chemin. Fuir. Mais où le chercher ? Dans l'immensité des terres et des forêts ? Cet homme est perdu. Je suis perdue. Nous sommes suivies, ma tante Adélaïde et moi. La police !

Le lundi, 11 février, la veuve d'Antoine Tassy est arrêtée et conduite à la prison de Montréal.

Aurélie, tu n'es plus mon amie. Je t'avais pourtant dit de faire un faux serment plutôt que de nous trahir. Tu es bien avancée à présent. Te voici en prison, comme ta pauvre maîtresse. J'ai si peur de me salir dans un si mauvais lieu. Aurélie, tu sais comme je suis dédaigneuse de toute promiscuité, de toute honte. (Même en enfer je refuserais la honte.) Ta petite silhouette de prisonnière, falote et blême, me fait horreur. Comment peut-on faire peser sur moi un aussi injurieux soupçon ? Cette fille, monsieur le Juge, est une menteuse et une dévergondée. Les vieilles familles de ce pays répondent pour moi.

Vous laisserez le Canada, n'est-ce pas ? Vous viendrez, Elisabeth, dites-moi cela seulement. Vous viendrez ? Vous viendrez ? Dites ?...

Cette lettre je ne l'ai pas reçue. Pire que la prison, l'abandon. Ton silence à jamais. Ton écriture saisie. Le son de ta voix intercepté. Ton appel perdu dans les paperasses de la magistrature. Seigneur, je me damne ! Ma petite tante Adélaïde demeure avec moi dans la prison. Je vais me tuer. Les murs pleins de salpêtre. Toute la nuit, ma tante Adélaïde rédige une lettre au juge. La signe d'un pauvre paraphe.

« Ladite Elisabeth d'Aulnières n'a eu que des bontés pour ledit Antoine Tassy feu son époux. Elle n'a eu connaissance de sa mort que comme nous toutes, sa mère, ses tantes et moi-même. C'est-à-dire d'abord par la rumeur et ensuite par des lettres reçues de Kamouraska. Ladite Elisabeth, ma nièce, a trois enfants en bas âge, nés de son mariage avec ledit Antoine Tassy, dont l'un n'a que trois à quatre mois. Ladite Elisabeth n'a que vingt ans. Elle est d'une santé bien fragile. Depuis son emprisonnement que je partage avec elle, moi Adélaïde Lanouette, sa tante, ladite Elisabeth s'affaiblit considérablement, de jour en jour. Elle souffre beaucoup d'un crachement de sang. Une plus longue détention mettrait sa vie dans le plus grand danger. Je connais très bien Aurélie Caron ci-devant de Sorel et je ne la croirais pas, en aucune façon, même sous la foi du serment. »

Fait à la prison commune de Montréal
ce 22 février 1839.

Arrivé à Burlington, le 8 février, le docteur George Nelson est arrêté, à son tour, quelques jours plus tard. A la demande des autorités canadiennes. Les longues procédures tracassières commencent entre Montpellier et Washington. Le 23 mars, le grand jury de la cour d'assises de Québec dresse une accusation de meurtre contre le docteur Nelson. Le cas d'Elisabeth d'Aulnières est renvoyé aux assises de septembre.

J'ai tant regardé fondre les glaçons dans la petite fenêtre de ma prison. Je me suis tant roulée sur le lit étroit. J'ai tant pleuré. Ma tante Adélaïde me met des compresses sur le front. Pleure avec moi. Un goût de fer me monte à la bouche. Je crache du sang. Quelle vieille sorcière me souffle à l'oreille que tout cela c'est du théâtre ?

Tante Adélaïde me supplie de réparer le désordre de ma toilette, de baigner mon visage d'eau fraîche et de me présenter en public, au côtés de ma belle-mère, venue tout exprès de Kamouraska.

Libérée sous caution, une jeune femme très pâle (ses longs voiles de deuil) franchit la porte de la prison. Son pas de somnambule. Le gouverneur de la prison la salue bien bas, comme s'il s'agissait d'une méprise. Enveloppée de châles et de crêpes, elle jette un coup d'œil furtif dans la rue. Se précipite dans la voiture, arrêtée là, contre le trottoir. Une femme plus âgée, petite, également perdue dans des voiles noirs, soulève une couverture de laine et la rabat sur les genoux de la jeune femme.

Une seconde voiture suit la première, emportant la mère et la tante de la jeune femme.

Dans la première voiture, deux femmes, côte à côte, évitent soigneusement de se regarder. C'est leur première rencontre depuis... Secouées par le mouvement rapide de la voiture, Elisabeth d'Aulnières et sa belle-mère, Mme Tassy, demeurent aussi défendues, l'une contre l'autre, que des noix entrechoquées dans un sac.

L'étrange cortège traverse Montréal, en plein midi.

Il faudrait me préparer une autre robe. Celle-ci est toute chiffonnée. Un peu d'eau de Cologne, s'il vous plaît. Le café est épais comme du sirop, me laisse un goût amer. La femme dans la glace a les yeux battus. Un visage trop rond. Des cernes sous les yeux. Un cou trop large pour le col de lingerie froissée.

Ma fille Anne-Marie, toujours elle, insiste pour me sortir de la nuit, tout à fait.

– Monsieur le curé voudrait te saluer avant de partir. Papa dort à présent...

Mon image ternie dans la glace. Après une si longue nuit. Effacer cette buée d'un revers de manche. Retrouver ma jeunesse...

A Sorel mes petites tantes me soignent, m'apportent des fleurs et des bonbons. Versent des torrents de larmes.

J'attends une lettre qui ne viendra jamais.

– La Petite est malade. Voyez, elle tient à peine sur ses jambes.

J'économise mes forces pour attendre une lettre. J'évite de bouger. Je fais semblant de vivre. J'apprends peu à peu à mourir. J'attends une lettre. J'ai tous les gestes, l'apparence, les vêtements, le linge, la coiffure et les chaussures d'une vivante. Mais je suis morte. Seule l'attente d'une certaine lettre me bat dans les veines.

J'attends une lettre qui sera interceptée, ne me parviendra jamais, ou plutôt si, mais beaucoup plus tard, des années après, ayant séjourné dans les paperasses des juges, trop tard, trop tard...

Le temps, le temps dure, s'étire, m'enveloppe, me traîne avec lui. Le silence double le temps, lui donne sa mesure impitoyable. J'apprends l'absence, jour après jour, nuit après nuit. Dans la chambre de la rue Augusta, je vis, à nouveau, comme une prisonnière. Personne ne se risque à mon chevet, sauf mon avocat, ma mère et les trois petites créatures qui ont juré de me sauver ou de se perdre avec moi.

Maître Lafontaine se penche sur mon lit. Sa tête à barbiche flotte au-dessus de moi. Il insiste sur un échange de lettres très compliqué entre les magistrats du Canada et ceux des États-Unis. L'extradition du meurtrier de mon mari est encore pendante et mon procès différé, d'assises en assises.

Je fais confiance aux puissances tutélaires qui me protègent dans l'ombre. Je rajuste mes vêtements de deuil et demande qu'on m'amène mes enfants. Les promener doucement dans Sorel m'apporte le plaisir pervers de donner le change au monde entier. Attendrissante et pâle, j'apprends mon rôle de veuve.

Deux ans passent. Te revoilà libre, Aurélie. L'extradition du docteur Nelson n'aura jamais lieu. Il y a désistement.

Qu'ai-je donc à attendre d'un homme qui me traite comme une morte ? Lui-même mort et disparu depuis longtemps. Mourir une fois, deux fois, à l'infini jusqu'à ce que ce soit la dernière fois. La vie n'est pas autre chose après tout.

Jérôme Rolland réclame sa femme auprès de lui. Anne-Marie dit que son père est tout à fait guéri, depuis que le prêtre lui a donné l'extrême-onction.

L'étudiant en médecine a une chevelure rousse, hirsute, crêpelée, agitée comme une oriflamme. Je regarde entre mes doigts joints passer des taches de soleil menaçantes

– Anne-Marie, ma petite fille, je descends tout de suite. Passe-moi un mouchoir, là, dans le tiroir.

Anne-Marie s'éloigne un instant. La chevelure de l'étudiant en médecine flambe au-dessus de mon lit. Le jeune homme parle à voix basse.

– Depuis quatre mois, j'étudie la médecine avec le docteur Nelson. Le 6 février, dans la nuit, il est venu me réveiller chez ma logeuse Mme Léocadie Leprohon. Il m'a fait venir à son bureau. Il m'a raconté qu'il était obligé de quitter la province pour ne jamais revenir. Il s'est appuyé contre le mur. La tête dans les mains. Il s'est mis à pleurer, dans une grande agitation de tous ses membres, de tout son corps. Je n'ai jamais vu, de ma vie, un homme dans un tel désespoir. Il a ajouté : « *It is that damned woman that has ruined me.* »

Vous parlez en langue étrangère, docteur Nelson. Non, je ne connais pas cet homme ! Je suis Elisabeth d'Aulnières, épouse en premières noces d'Antoine Tassy, seigneur assassiné de Kamouraska, épouse en secondes noces de Jérôme Rolland, notaire de Québec, de père en fils depuis X générations. Je suis innocente ! Voyez comme George Nelson me charge ? Maudite, il m'a appelée maudite. Si ton amour te scandalise, arrache-le de ton cœur. Qui le premier de nous deux a trahi l'autre ? Je suis innocente. Qu'il retourne dans son pays qu'il n'aurait jamais dû quitter. Mon amour a fui, m'abandonnant au bon plaisir de la justice. Qu'il retourne donc, anathème, dans son pays natal. Après treize ans d'absence. Désormais banni dans son propre pays. Étranger partout à jamais.

Moi-même étrangère et possédée, feignant d'appartenir au monde des vivants. Perfide Elisabeth, voici que vous rejetez votre plus profonde allégeance. Il est trop tard, dites-vous, pour vivre dans la passion et la démence. Le feu s'éteint. Ça ne sert à rien de remuer les braises. Il aurait fallu me décider plus tôt. Partir avec George. Être déportée avec lui. Au cœur même de la malédiction de la terre. Plus qu'un pays étranger. La terre entière étrangère. L'exil parfait. La solitude des fous. Voyez comme on nous montre du doigt. C'est moi qui vous ai poussé de l'autre côté du monde. (Je me suis retirée sur le bord de la route, pendant que vous.. dans l'anse de Kamouraska...) Le crime et la mort à traverser. Comme une frontière. Votre visage au retour posé sur moi, inconnaissable à jamais. Terrifiant. Non, je ne connais pas cet homme ! Découvert, docteur Nelson. Vous êtes découvert. Étranger. Assassin.

Et s'il attendait une lettre de moi, dans sa prison de Burlington ? En être sûre, je mourrais de joie ! Ah mon Dieu, pouvoir fuir vers lui. Supplier qu'on attelle et qu'on me conduise jusqu'à la frontière. Descendre de voiture. Le retrouver vivant. Me jeter dans ses bras. Dire : voilà c'est moi, Elisabeth. L'entendre répondre : voilà c'est moi, George. Nous deux ensemble pour la vie. Ce cri dans ma gorge.

Est-il possible qu'il vive encore ? Et s'il était marié ? Non, non je ne supporterais pas ! Je le préfère plutôt mort, là étendu à mes pieds, que... Qu'aucune autre femme ne puisse jamais...

Je n'ai plus qu'à devenir si sage qu'on me prenne au mot. Fixer le masque de l'innocence sur les os de ma face. Accepter l'innocence en guise de revanche ou de punition. Jouer le jeu cruel, la comédie épuisante, jour après jour. Jusqu'à ce que la ressemblance parfaite me colle à la peau. L'orgueil est ma seule joie, de place en place, tout le long d'un chemin amer.

– Jérôme Rolland a demandé la Petite en mariage. Quel gentil garçon ! Il dit qu'il saura bien la rendre heureuse et lui faire oublier...

Adélaïde, Angélique, Luce-Gertrude et ma mère ne se tiennent pas de joie.

Jérôme Rolland, calme et doux, trône, appuyé à une pile d'oreillers frais. Dans la chambre, aux volets à demi fermés, flotte une odeur de cierge. Florida plie une nappe blanche, avec des airs de sacristine. Mme Rolland a les yeux bouffis.

– Où étais-tu donc, Elisabeth ? Je t'ai fait appeler, à plusieurs reprises.

– C'est cette poudre que m'a donnée le docteur qui m'a fait trop dormir...

Jérôme Rolland sourit vaguement. Mme Rolland

s'approche du lit de son mari. Sans cesser de sourire, M. Rolland confesse, à voix basse, sa joie et sa paix.

– J'ai reçu le sacrement d'extrême-onction, Elisabeth. Le bon Dieu m'a pardonné tous mes péchés.

Mme Rolland baisse les yeux. Essuie une larme sur sa joue.

Brusquement le cauchemar déferle à nouveau, secoue Elisabeth d'Aulnières dans une tempête. Sans que rien n'y paraisse à l'extérieur. L'épouse modèle tient la main de son mari, posée sur le drap. Et pourtant... Dans un champ aride, sous les pierres, on a déterré une femme noire, vivante, datant d'une époque reculée et sauvage. Étrangement conservée. On l'a lâchée dans la petite ville. Puis on s'est barricadé, chacun chez soi. Tant la peur qu'on a de cette femme est grande et profonde. Chacun se dit que la faim de vivre de cette femme, enterrée vive, il y a si longtemps, doit être si féroce et entière, accumulée sous la terre, depuis des siècles ! On n'en a sans doute jamais connu de semblable. Lorsque la femme se présente dans la ville, courant et implorant, le tocsin se met à sonner. Elle ne trouve que des portes fermées et le désert de terre battue dont sont faites les rues. Il ne lui reste sans doute plus qu'à mourir de faim et de solitude.

Malfaisante Elisabeth ! Femme maudite !

– Si tu savais, Jérôme, comme j'ai peur.

– Rassure-toi, Elisabeth, je suis là.

Mme Rolland se raccroche à la main livide de M. Rolland, comme à un fil fragile qui la rattache encore à la vie et risque de casser d'une minute à l'autre. Elle a les yeux pleins de larmes.

Léontine Mélançon (à moins que ce ne soit Agathe ou Florida ?) murmure doucement.

– Voyez donc comme Madame aime Monsieur ! Voyez comme elle pleure...

Le Premier Jardin

roman
Le Seuil, 1988
Boréal, 2000
et « Points » n° 808

La Cage, *suivi de* L'Île de la Demoiselle

théâtre
Le Seuil / Boréal, 1990

Œuvres poétiques 1950-1990

Boréal compact, 1992

L'Enfant chargé de songes

roman
prix du Gouverneur général
Le Seuil, 1992
et « Points » n° 615

Le jour n'a d'égal que la nuit

poèmes
prix Alain-Grandbois, 1993
Le Seuil / Boréal, 1992
Boréal, 1999

Aurélien, Clara, Mademoiselle
et le Lieutenant anglais

récit
Le Seuil, 1995
et « Points » n° 508

Poèmes pour la main gauche

Boréal, 1997

Est-ce que je te dérange ?

récit
Le Seuil, 1998

Un habit de lumière

roman
Prix France-Québec Jean Hamelin, 1999
Le Seuil, 1999

GROUPE CPI

Ouvrage reproduit par procédé photomécanique et achevé d'imprimer en décembre 2006 par **BUSSIÈRE** *à Saint-Amand-Montrond (Cher)* N° d'édition : 93200. - N° d'impression : 62408. Dépôt légal : décembre 2006. *Imprimé en France*

Les Grands Romans